天鬼越

蓮丈那智フィールドファイルV

JN229505

角川文庫
24356

目次

鬼《き》無《な》里《さ》

1

『閉村のお報《しら》せ。平成十七年一月一日より鬼無里《きなさ》村は長野市になります』

コンピュータの画面に突然現われたメッセージに、内藤三國《ないとうみくに》は戸惑《とまど》った。蓮丈那智《れんじようなち》研究室のコンピュータはインターネットに常時接続しているから、ときとして奇妙なメールが届くことがないではない。現実世界に寄る辺《よべ》なきネット漂流者——命名は那智である——が、不埒《ふらち》なウィルスつきのデータを送りつけることも、さして珍しいことではなかった。

にもかかわらず、内藤は胸の奥深いところに、波紋が広がるのを感じた。

「へえ、鬼無里《きなさ》ってたしか長野県ですよね。鬼女《きじょ》伝説のある」

背後から画面をのぞき込む佐江由美子《さえゆみこ》の吐息が耳朶《みみたぶ》に触れ、思わず首をすくめる内藤のなかに、ひとつのビジョンが蘇《よみがえ》った。人を容易には寄せつけない孤高の笑みと、常時濡《ぬ》れているかのような黒髪。胸の奥にある懊悩《おうのう》をかきむしられるような、艶《つや》やかな声質。

——鬼無き郷《さと》……か。

「どうしたのですか、内藤さん」

「なんでもありません、ええ、なんでもありませんとも」

「どうしてこんなメッセージが、飛び込んできたのでしょうか」

「なにかの、バグでしょうね」

「通信ソフトの、ですか」

「詳しく突っ込まれると、困るのですが。多分、そうではないかと」

メッセージは削除キーを押しても消えなかった。やはり偶然ではないらしい。何者かが、明らかな意図をもって強制的にメッセージを送ったことになる。内藤はいったんコンピュータをオフにし、再起動させて、検索エンジンを立ち上げた。「鬼無里村」と入力して検索を開始すると、すぐに結果が表示された。一件目をクリックすると、先ほどと同じメッセージが画面に現われた。

「この画面を添付して送りつけたようですね」

「どうして、そんなことを」

さあ、と内藤はあえてさりげなさを装い、ディスプレイに視線を投げた。

「それよりも、検索を再開しましょう。とりあえずは江戸《えど》切絵図《きりえず》を取り出してみますか」

「でも意味があるんですか」

「その台詞《せりふ》、那智先生の前でいえますか」

「まさか！　それは……ちょっと、ねえ」

話は、いつものごとく那智が学生たちに課したレポートに端《たん》を発する。学会誌に提出する論文を完成させるために、二週間の予定でフィールドワークに出かけた那智は、【銭形平次《ぜにがたへいじ》はなにゆえ神田明神下《かんだみょうじんした》に居住しなければならなかったか。伝承《でんしょう》民俗学の手法を用いて、これを説明せよ】

かくのごとく、学生たちに置きみやげを残していった。

「いくらなんでも、銭形平次はありませんよね」

「甘いな。あの人ならばこれくらいのこと」

そもそも民俗学とは、緻密《ちみつ》に収集された事象《じしょう》を基本データとし、いかに自らの想像の翼を広げるか、その試《こころ》みそのものであるといってよい。したがってこの学問に数学的な解答は存在しないし、誰彼《だれかれ》と競うこともない。民俗学者は羅針盤《らしんばん》を放棄《ほうき》し、白紙の海図《かいず》を持って洋上を渡る航海者《こうかいしゃ》でなければならない。自らの航跡《こうせき》を記し、己のためだけの海図を完成させるのである。

でも、やっぱり銭形平次。このテーマはないだろうと、内藤も心中密《ひそ》かに首を傾げざるを得なかったが、二人はレポートの採点を任されている以上、それなりの考察をもっていなければならない。

内藤はインターネットから嘉永《かえい》六年（一八五三）の切絵図《きりえず》を取り出し、プリントアウトした。

「銭形平次《ぜにがたへいじ》の生みの親は、いわずとしれた野村胡堂《のむらこどう》です」

本名・野村長一《おさかず》。明治《めいじ》十五年（一八八二）岩手県彦部村《ひこべむら》（現・紫波町《しわちょう》）出身。盛岡《もりおか》中学時代の同学年には金田一京助《きんだいちきょうすけ》がいる。報知《ほうち》新聞記者であった彼が、銭形平次シリーズの連載を開始するのは昭和《しょうわ》六年。以後、眼病《がんびょう》の悪化を理由にシリーズを停止する（昭和三十二年）まで、三百八十三編もの作品を残している。特別編を入れると四百編あまりともいわれている。

「まあ、数ある捕物帖《とりものちょう》を代表するヒーローですよね」

「不勉強ですが、わたしは読んだことがありません。内藤さんは？」

「学生時代、ほんの短い期間ですが、神田に住んでいたことがあります。ちょうど神田明神近くに、アパートがありましてね」

「へえ、そうなんだ」

「神田明神には、ちゃあんと平次と八五郎《はちごろう》の石碑があるんですよ」

「知らなかった」

「まあ、これもなにかの縁だと思って、古書街で何冊かを探し出したことがあります」

ちなみに神田に移り住んだのは、当時密かに思慕の念を抱いていた先輩が住んでいたからであり、神田を離れたのは彼女が卒業と同時に同郷の男性と結婚、郷里へ帰ってしまったからだとはいわなかった。

「面白いのですか」

「それはもう、名作です。ただし、です・ます調の文体でして」

読んでいるうちに眠くなって仕方がなかったというと、佐江由美子が「面白そう」と笑った。その笑顔に癒《いや》されるはずの感情が、なぜか逆方向に振れるのを内藤は抑えることができなかった。

「ところでこの切絵図ですが、どうして嘉永六年なのですか」

「銭形平次にはちょっとした謎があるんです」

連載当初、銭形平次の物語は三代将軍家光《いえみつ》の時代に設定されていた。ところがいつからか話は天保《てんぽう》以降、幕末に近い時代に設定が変えられている。

「最も近いのが、この時代かな、と」

「そのあたり……かなり面白そうな謎ですね」

「平次がなぜ二百年もタイムスリップしなければならなかったか、ですか」

「那智先生の意図もそこにあったりして」

「それは……どうでしょうか」

切絵図を見て、すぐに気づくことがある。江戸という街がいかに武家社会を優先して構成されているか、である。当時世界に類を見ない大都市であったことはつとに知られるところであるが、切絵図を眺めると、街の大半が武家屋敷によって占められていることがよくわかる。インターネットから取り出した切絵図は、原版に彩色が施されており、武家屋敷及び家臣の住まいと、町民の居住区が色分けされているので、それが歴然としている。

「神田明神下というと……やはり町人の居住区が点在していますね」

「不忍池《しのばずのいけ》の上手には加賀藩上屋敷《かがはんかみやしき》、水戸家中屋敷《みとけなかやしき》、ああ御先手組《おさきてぐみ》もあります。銭形平次は町奉行の与力《よりき》や同心《どうしん》に私的に雇われる目明《めあ》かし、別名・岡《おか》っ引《ぴ》きなので、住むのにふさわしいか否かというと、少し疑問が残りますね」

「でも、岡っ引きは武家屋敷からの用事をいつかって動き回ることもあるって」

「時代小説にはよく書かれているようですね」

けれど、と内藤は続けた。

問題は御先手組である。某小説家の代表作にもあるように、御先手組は火付盗賊改《ひつけとうぞくあらため》方《かた》を兼任する部署であり、銭形平次が所属するのは、それとは異なる組織となる町方《まちかた》、町奉行所管轄《まちぶぎょうしょかんかつ》である。対立する両者の関係からいって、町方の岡っ引きが住むのにふさわしいとは思えない。

けれど、現に銭形平次は神田明神下に住んでいる。長火鉢の前に恬然《てんぜん》として座り、子分の八五郎が「親分、てえへんだあ！」と、転がり込んでくるのを待っている。

「しょせんは一人の小説家が作り上げた架空世界のお話です。その答えは著者の脳内にしかないといってしまえばそれまでですが」

佐江由美子の言葉に、内藤は頷《うなず》いた。頷きながら、胸のなかで首を横に振っていた。

「けれど先生はあえて、伝承民俗学の手法を用いて、と断っています」

「地理的考察でもなく、歴史的考察でもないとすると、どんな仮説を立てることができるのだろうか」

言葉にしながら、内藤の脳細胞はまったく別の働きを開始していた。

その夜。内藤がアパートに戻るタイミングを計っていたかのように、那智からの電話が鳴った。

「ちょうどよかった、那智先生。ぼくも連絡を入れようと思っていました」

「というと……君のところにも例のメッセージが？」

「やはり先生のコンピュータにも」

「鬼無里村《きなさむら》閉村の報《しら》せが、強制的に送られてきた」

「これはもしかしたら、あのときの」

「たぶん、そうだろうね」

「あれからもう五年になりますよ」

五年という月日が短いか長いかは、人それぞれだろう。だとすれば、メッセージを送りつけた人間は、この五年を一日千秋の思いで過ごしてきたかもしれない。そう思いながら、内藤は我知らずのうちに奥歯を噛《か》みしめている自分に気がついた。

「……あの、先生」

「いってみるつもりだね、あの村へ。鬼無き郷《さと》のある、あの地へ」

「ちょうど例の行事が」

「多分、それが狙いなのだろう。メッセージを送りつけた人間の」

「鬼哭念仏《きこくねんぶつ》、まさかまたあの祭祀《さいし》を見ることになるとは、思いませんでした」

「大学のことは、佐江君に任せておきたまえ」

「ああ、そういえば。銭形平次の住まいですが」

せめてヒントくらいは与えておかないと、佐江さんも戸惑《とまど》うでしょうに。そういうと、那智は電話の向こう側でくぐもった笑い声をあげた。

民俗学に明確な答えなどないよ。しかもこのたびのテーマは、いわば発想を転換するためのトレーニングのようなものだ。遊び心の風呂敷《ふろしき》を広げないと、わたしと同じ発想にはたどり着けないだろう。いや、わたしよりも面白い発想ができる学生がいたら、すぐにでも単位を認定してもいいのだが。

――無理ですって、そんなこと。

珍しく上機嫌の那智に向かって、

「なにかよいことでもあったのですか。それよりもヒントを下さい」

「なにもないよ。ヒントは……野村胡堂のもうひとつのペンネームから、考察を広げる方法もあることかな」

「もうひとつのペンネームというと、たしか」

「鬼哭念仏《きこくねんぶつ》の顚末《てんまつ》をよろしく。帰ってきたら、すぐに報告書にまとめておいて」

教務部には、自分から連絡を入れておく。報告書がないと、調査費用は自腹を切ることになるからと、いわずもがなのひとことをいい置いて、那智は電話を切った。

2

民間信仰や習俗《しゅうぞく》の伝播《でんぱ》は、人の移動とともに広がりを見せる。伝播の過程でさまざまな要素が加わり、変遷《へんせん》し、違った意味を与えられて、また次の土地へと広められてゆく。そうした変化を追うことで、逆に民族の移動過程や宗教観の変化を知ることも、民俗学上の大きな研究テーマである。

そのころ、蓮丈那智が取り組んでいたのは「鬼の民俗史」についてであった。ことに興味を寄せていたのが、男鹿《おが》半島に伝わるナマハゲ信仰と、その伝播ルートの解明、変遷についてであり、秋田県を中心とする周辺調査に多くの時間を割いていた。男鹿半島一帯では江戸時代では陰暦《いんれき》一月十五日の旧正月、明治時代にはそのひと月後の陽暦《ようれき》一月十五日などの変遷《へんせん》はあるが、現在では大晦日《おおみそか》の夜、ナマハゲと呼ばれる山の神、あるいは正月の神の化身が家々をまわり、旧年中の諸悪と怠惰《たいだ》を叱り、新年の希望と祝福を与えて歩くという行事が存在する。年の折り目に来訪神が降臨し、人々と接触を図るという、我が国古来の民間信仰形態を色濃く保存しているとされ、昭和五十三年には国の重要無形民俗文化財、その後にユネスコの無形文化遺産に指定されるのだが、それはかなり後年のこととなる。行事そのものは全国的に知られているのだが、起源等については、まだ謎が多いとされる。

神であるのに、ナマハゲの形態は明らかに鬼である。なにゆえに山の神や正月の神は、悪の権化《ごんげ》たる鬼の扮装《ふんそう》をしなければならなかったのか。あるいは仏教における「鬼」と民間信仰のなかに生きる「鬼」とは、別の存在なのか。

調査で浮かび上がったのが、秋田県に隣接する某県の山深いH村に伝わる《鬼哭念仏《きこくねんぶつ》》と呼ばれる祭祀だった。ナマハゲ行事同様、山の神である鬼哭《きこく》様が年に一度郷《さと》に下りてきて、念仏《ねんぶつ》を唱《とな》えながら家々を練り歩くという行事形態は、明らかに秋田県のナマハゲがこの地に形を変えて伝わったものだろう。念仏とはいうが、実際はゆっくりとしたテンポの謡《うた》いのようなもので、その意味はよくわからない。仏教思想の定着とともに、「念仏」という名の記号が与えられたと考えるべきかもしれなかった。行事は「年子《としご》」に指名された数名の若者が、「鬼哭長《きこくのおさ》」の指示に従って、旧盆の夜に郷を練り歩くとされている。

――あれは暑い夏だったな。

H村へと向かうバスの車中、内藤はその日々のことを脳裏に蘇《よみがえ》らせた。

戦後の区画整理と地名の変更とによってH村は生まれたが、その昔は上郷《かみごう》、中郷《なかごう》、下郷《しもごう》、西郷《さいごう》、東郷《とうごう》と、五つの小村《しょうそん》に区分されていたという。

大学の偉い先生が村の祭りを調べにやってくる。その報せはたちまち村中を駆けめぐり、蓮丈那智と内藤三國は村をあげての歓迎を受けての入村《にゅうそん》となった。さらに那智の容姿が伝えられるや、投宿先の村長宅には意味もなく村役場の観光課係長がやってくる、村議会の議長とやらがいつの間にかいる、遠く県庁からも視察がやってくるという、ある意味で鬼哭念仏以上のお祭り騒ぎが連日繰り広げられた。フィールドワークの基本である聞き取り調査、鬼哭念仏に使用される諸道具の撮影など昼間の調査には常に幾人かの案内人がついてまわり、夜ともなれば村長宅で宴会が始まる。そこに、なにかしらの下心が感じられなくもなかったが、那智の酒量はそんな邪《よこしま》な思いをことごとく粉砕《ふんさい》し、ほとんど毎晩のように広間には、空になった酒瓶と酔いつぶれた村人とが横たわることとなった。

「よく毎晩続きますね」

鬼哭様の面が奉納されている上郷の神社に、調査に出かけたときのことだ。昨晩も相当量のアルコールを摂取したであろうに、顔色ひとつ変えない那智に向かって、内藤は皮肉混じりにいった。

「君が弱すぎるんだ。たかがコップ酒二杯程度で酔いつぶれるなんて」

「先生の肝臓が、おかしいんです。西洋人じゃあるまいし」

憎らしい気分もあるが、西洋人は日本人よりもアルコールの分解酵素が多いとの説は、那智に限ってはあてはまらないのだから仕方ない。

神社の宮司《ぐうじ》の厚意もあって、というよりは村長の強硬な申し入れがあったおかげで、鬼哭念仏当日以外は不出とされる鬼哭様の面を、二人は特別に閲覧調査することを許されていた。

カメラの三脚をセットしながら、内藤は今もはっきりと残るアルコールのダメージを、鳩尾《みぞおち》のあたりに感じて軽い吐き気を催した。

「面の長さは縦が一尺四寸五分、横八寸二分となっております」

東北訛《とうほくなま》りの強い言葉で、宮司の今村《いまむら》がいった。

「形状は、かなり秋田のナマハゲに近いようですね」

「はあ、男鹿半島からここまでは約四十里、あるいは郷《さと》同士の行き来があったのやもしれませんな」

「そのような記録があるのですか」

「いや、それはありません」

面は全部で五枚。朱色に塗られ、牙《きば》を下あごから突き出しているのが「鬼哭長《きこくのおさ》」の面で、残りの四枚はそれぞれ墨色で、牙は上あごから下に向かって突き出されている。振り乱した髪は、どうやら頭部の木地に漆で幾層もの和紙を貼り重ね、そこに植えつけているようだ。顔への装着方法は、額の側部に通した紐《ひも》を後頭部で結び合わせる仕組みになっている。

「奇妙だな」

那智は小さくつぶやいたつもりだろうが、その言葉には周囲を不安にさせる能力が備わっているらしい。「なにか」と問う今村の声には、明らかな緊張感が滲《にじ》んでいた。

「面は面だが、これは面ではない気がする」

「はい？　それはいったい」

今村には那智の言葉がまったく理解できないようだ。が、それは内藤とても同じであった。蓮丈那智が、言葉遊びを弄《ろう》する性格でないことは内藤がだれよりもよく知っている。面は面だが、これは面ではない。瓜売《うり》りが、瓜売りにきて、瓜売れず、売り売り帰る、瓜売りの声。そんな言葉遊びが、ふと頭の片隅に浮かんだ。

――瓜尽くしならぬ面尽くし……だね、これは。

撮影を一通り済ませると、那智が面を手にとって記述調査を開始した。

面の材質、木製。彩色及び表情、秋田県男鹿《おが》市戸賀《とが》地区の面に酷似。ただし形状に変化あり。面極めて深く、顔面から後方、頭半分を覆うほど。

那智の言葉を正確に記録しながら、内藤はようやく先ほどの言葉を理解した。

面とは多少の隆起はあるにせよ、基本の形状は平面である。ところがこの村に伝わる鬼哭様の面には、明らかに立体感が与えられ、そのために顔を耳のうしろまで覆う造りになっているのだ。面というにはいささか異形で「被《かぶ》り物」と呼ぶべきかもしれない。

「空気穴、鼻腔《びこう》及び口腔状のもの。さらに紐を取りつける穴とは別に、耳朶《みみたぶ》近くにも空気穴らしきものあり」

那智の言葉を書き留めながら、

「先生、それはいったい。耳に空気穴を作ってどうするのですか」

「たぶん……この面の造りからいって」

内藤の疑問に答えようとした那智の言葉は、そこでいったん途切れた。

面の造りからいって、これを装着した人間は、耳まで覆われるために周囲の音が聞きづらくなるのではないか。それを緩和するための仕組みだろうといったが、その言葉にはいつになく、ためらいが感じられた。

「ところで、鬼哭念仏の経文《きょうもん》のようなものは残っているのでしょうか」

那智がいうと、それを待っていたとばかりに今村は一巻《ひとまき》の巻物《まきもの》を差し出した。広げると、そこに染みついた古色から、少なくとも江戸時代以前の巻物であろうと内藤は推察した。

「メー　サムジョメ　サラブパ　ロル　チン　マーツェ　マ　ガタ　ナム　カーイ
ゴ　オ　ニ　ソーソル　ラン　ギ　イーシー　チョ　ユル　バ……って、なんですか、これは」
カタカナで書かれた経文だか謡《うた》いだかは、内藤にはまったく意味不明な言葉の羅列《られつ》に過ぎなかった。

「いやア、わたしどもにもまったくわかっておりません。どこか異国の言葉でもあるようですが」

「まさに……ただの音の羅列にも思えるし」

「この言葉を唱えながら家々を練り歩くのですね」

「はい、鬼哭長《きこくのおさ》がまず家へと入り、告《つ》げ文《ぶみ》を主《あるじ》に手渡します」

ああ、告げ文というのは、当神社の守り札のことです。要するに、神の使いの証《あかし》としてこれを授ける。ありがたく受け取れという意味でしょうな。

そういって今村は天井近くに貼ってある守《まも》り札《ふだ》を指さした。

続いて二神《にしん》の鬼哭様が屋内に入って、それぞれ天の福と地の福を授けることになっている。その間、別の二神は、戸口で念仏を唱《とな》えつづけるという。

「二神は、戸口で。いる場所は家の外ですか中ですか」

「外になります。邪神が神事を妨げるのを防ぐため、とされております」

今村の回答に、那智が唇を引き締めた。

うだるような暑さのなか、降りしきる蟬時雨《せみしぐれ》が少しだけ、弱くなった気がした。

報告書をまとめるからとその夜の宴会を断わり、内藤が那智の部屋に向かったのは午後九時過ぎだった。襖《ふすま》を開けると、メンソール煙草の香りと、ジン特有の芳香が鼻腔に届けられた。

「いつもの、ですか」

「これがないと、眠れないんだ」

ところで、と那智が毛ほども酔いを感じさせない口調でいった。

あの面をどう思う。どうもわたしには引っかかって仕方がないんだ。どうしてあんな造りになっているのだろう。まるで顔を完璧《かんぺき》に隠すための造りじゃないか。だが、鬼哭念仏に参加する者は、毎年持ち回りで選出される。どこのだれが鬼哭様に扮《ふん》しているのかは、秘密なわけがない。

その言葉は内藤に発せられたものでないことは、たしかだった。そうやって自らの胸の奥に投げかけた小石で波紋を作り、脳細胞のレベルで解を求めようとする。それを知っているからこそ、内藤はあえて言葉を差し挟まなかった。

「やはり祭祀《さいし》、現物を見るしかないか」

那智が、手にしたグラスの中身を飲み干した。

「ところで先生、例の念仏ですが」

「あの摩訶《まか》不思議な言葉の羅列について、かい」

「あれはどのような意味があるのでしょうか」

「うん、どこかで、たしかに耳にした覚えがあるのだが」

経文が作られたのが江戸時代であると仮定する。当時幕府が海外に向けて門戸を開いていたのはオランダだけでしたっけ？　となると、他の外国語が流入されたはずがないから、と内藤がいうと、那智が右手の人差し指を立て、言葉を制した。

「そんなことはないさ。古くは飛鳥《あすか》時代、朝鮮半島の言葉はほとんど公用語に近いものであったはずだし、対馬《つしま》藩が朝鮮との貿易をし、朝鮮通信使も来日している。中国とも交易をもった時代もあった。またアジアの諸外国と手を結んだ商人や、遠くオーストラリアにまで触手を伸ばしたとされる加賀藩御用商人《ごようしようにん》・銭屋五兵衛《ぜにやごへえ》の例もあるじゃないか」

海の難路《なんろ》として知られる奥州三陸《おうしゆうさんりく》海岸には、数多くの外国人漂着民が上陸したのではないかと推測する民俗学者がいる。かの地方に、ときとして日本人離れした顔だちを見るのは、そうした漂着民と地元民との間に交合《こうごう》がもたれた結果ではないか。日本語の源流を、韓国語と同じアルタイ語に求める説は非常に有力だが、これとても古代における朝鮮半島と日本の繋《つな》がりの深さを証明するものにすぎぬ、といえなくもない。言語学的見地から見て、これをもって日本語の源流なりと結論づけるのはいささか早計ではないのか。さらにいえば、シルクロードの最終目的地を飛鳥地方とするなら、中東イスラム系の言語が入った可能性も否定はできない。

那智の唇から噴きこぼれるように紡ぎだされる言葉の奔流に、内藤は圧倒され、畏《い》怖《ふ》し、そして翻弄《ほんろう》されるに任せるしかなかった。

「それに」と、那智が薄い唇をゆっくりと動かした。

あの巻物。古文書としては少々怪しい気がする。どうも和紙に柿渋《かきしぶ》を用いて古色を出しているように見えたんだ。わずかながら焼けこげた匂いがしたのは、煙で燻《いぶ》したせいかもしれない。そうすることで、墨跡の新しさ――光沢――を消すことができると、知り合いの古物商から聞いたことがある。だとすると、祭祀《さいし》そのものを洗い直す必要が生じるかもしれない。

「とりあえず、明日は下郷《しもごう》へ聞き取り調査に出かけてみようか」

「そうですね、できれば物見遊山の付き人抜きで」

「ならば、起床は午前五時。六時には出発することにしよう」

那智の提案に頷《うなず》き、部屋を辞したのが午後十一時過ぎ。

そのまま自室に帰ろうとしたが、中途半端に活動させた脳細胞は興奮したままで、とても眠れそうにない。内藤は表に出て、ねっとりと澱《よど》む夏の闇に身体《からだ》を馴染《なじ》ませようとした。

――それにしても暗いな。

月齢がよほど若いのか、月の光もない。星はたしかに瞬き、微《かす》かな光を投げかけるが、文明の光源のほとんどない闇は、闇以外のなにものでもない存在感を主張しているようだ。

一筋の青白い蛍火《ほたるび》が、柔らかに漆黒を切り裂くのが見えた。その光跡に誘われるように、内藤はふらふらと歩きだした。かろうじてわかる道を進む。

水の音がするようだ。村長宅の裏手、山道を十五分ばかり登った所に小さな滝がある。そこに向かっているのだなと、意識の遠いところで認知した。水音がさらに大きくなり、やがて夜になってもいっこうに薄まることのない熱気を分断する冷気と、細かな水の粒が頬にはりつくのを感じた。鼻腔《びこう》を苔《こけ》の香りがくすぐる。

――滝壺《たきつぼ》が近いのだ。

やがて辿《たど》りついた山道の終点に、内藤は信じられない光景を見た。月の光はなく、星々の煌《きら》めきも闇の厚さの前にはとうてい地表付近まで届かない。にもかかわらず、滝壺周辺は柔らかな光の帯に包まれ、水飛沫《みずしぶき》に反射した光の粒子がそこここに乱舞している。

光の飛散。仄《ほの》かな光源に彩られた幽玄の世界。それだけではなかった。

滝壺に佇《たたず》む人影がひとつある。

夜目にもくっきりと浮かび上がっているのは、白い裸身だった。

3

その年の旧盆は八月二十二日。地方都市ではたいがい八月十五日を旧盆とするようだが、H村では正確に旧暦を用いて鬼哭念仏《きこくねんぶつ》が執《と》り行なわれるという。

鬼哭念仏の神事が始まるのは午後三時、昼の八ツ半である。鬼哭長《きこくのおさ》を含む五人の鬼哭様が、旧上郷《かみごう》地区の神社で、宮司《ぐうじ》から祝詞《のりと》をいただく言祝《ことほ》ぎの儀より始まる。このときそれぞれに、神宝たる数珠《じゅず》が手渡される。「念仏」という仏教行事固有の名詞と、神社での宮司による祝詞を受けるという行為。ふたつの組み合わせは決して奇異《きい》なるものではない。神仏習合《しんぶつしゅうごう》の歴史が長きにわたったこの国では、こうした光景はいたるところで見ることができる。

「昼の八ッ半というと、十二支でいうと未申《ひつじさる》の方角ですね」

「丑寅《うしとら》の方角が鬼門《きもん》だから、ちょうど裏《うら》鬼門だ」

内藤の問いに答えた那智が、なぜだかひどく気むずかしげな顔つきとなった。

「気になりますか」

「符丁《ふちょう》が合いすぎているんだ。神仏習合は歴史のならいだが」

十二支《じゅうにし》は中国で生まれた暦法《れきほう》のひとつで、日本に伝えられて以来約千四百年にわたってこの国の時間と空間――方位――の大半を統治しつづけたといってよい。その基本思想は陰陽道《おんみょうどう》などにも生かされている。

「仏教に神道《しんとう》に陰陽道ですか、たしかに」

さすがに内藤も、鬼哭念仏のもつ特異性について、微かな違和感を抱《いだ》いていた。

祭祀の骨格をなすものは「様式」であり「理《ことわり》」である。これらはすべて人の脳細胞が作りだす「人工の事象《じしょう》」であるといってよい。しかし底流をなすものは、あくまでも神仏への畏怖《いふ》であり、彼らとの交流を望む真摯《しんし》なる願いでなければならない。人工でありながら人工臭を排した超越的《ちょうえってき》儀式が祭祀の本質といえるのではないか。逆にいえば、あまりに人工的な祭祀には神仏との交流を装《よそお》った、別の思惑が隠されていると考えるべきだ。

那智の表情がそう告げている。

「那智先生、内藤先生、いかがですか」

人の魂を鷲《わし》づかみするような、艶《つや》やかな声が背後からかけられた。とたんに、内藤の心臓が、急速に脈拍数を上昇させた。振り返ると白装束の女性が、山風《やまかぜ》に黒髪をなびかせ立っている。

「おっ、小野《おの》……八重子《やえこ》さんでしたっけ」

鬼哭念仏の祭祀にはもう一人、大きな役割を担う女性がいる。マレビトである鬼哭様の儀式を妨害しようとする邪神《じゃしん》から、彼らを守る「御籠《おこ》もり様」と呼ばれる巫女《みこ》の存在だ。祝詞を受けた五名の鬼哭様は、これより日が落ちるまで詰め所でさらなる禊《みそ》ぎの時を迎える。同時に御籠もり様は、村長宅の裏山へと向かい、無一物、一糸まとわぬ姿で滝にうたれながら、祭祀が無事終了する宵の五ツ半――午後九時――まで村全体に結界を張るのである。儀式が行なわれる六時間ほどの間、滝から離れてよいのは暮れ六ツ半から宵五ツまでの小一時間のみ。滝壺の傍にある小さな社《やしろ》にこもり、鬼哭様たちの神事が無事終了することを祈願するためとされているが、どうやら日暮れとともに急速に低下する気温と水温から、巫女の身体を保護するのが本当の目的らしい。古くはそのような儀式はなく、時に巫女の命を奪うこともあったようだと教えてくれたのは、小野八重子本人である。

彼女は地元の小学校で子供たちを教えながら、在野の研究者として学会誌に論文を発表している。鬼哭念仏について、那智に情報をもたらしてくれたのも彼女だ。

二日前、深夜の滝で内藤が見かけた裸身もまた、彼女であった。その折、記憶に焼きつけられた白い裸身があまりにも鮮明で、内藤は八重子を、今も正視することができない。

「大変ですね、これから御籠もり様ですか」

「午後から気温も上がっています。大事にはいたらないでしょう」

そういって歩きだす彼女の前に、小学校の低学年らしき児童が三人、駆け寄ってその白装束にまとわりついた。先生、先生と慕われる様子はいかにものどかで、彼女が生徒たちに愛される存在であるなによりの証拠だが、たちまち周囲の大人が彼らを引き離したのは、それほど御籠もり様の役割が鬼哭念仏にとって大きなものだからだろう。

「あっ」

八重子が短かい叫び声をあげた。無慈悲に引き離された教え子の姿に、感情が高ぶったのかもしれない。

だが、大人たちには大人たちの理《ことわり》がある。

神事が始まる十日前から御籠もり様に選ばれた女性は生臭《なまぐさ》ものをいっさい断ち、二日前からは五穀をも断つらしい。同時に十日前から毎夜二時間、無一物、一糸まとわぬ姿で滝に打たれ、俗世の汚《けが》れを落としてようやく神事に臨むという。内藤が見かけたのは、水垢離《みずごり》の最中の小野八重子の姿のようだ。

今や彼女の肉体は、生身の人間からより神に近い存在へと昇華している。たとえ純真無垢《むく》の魂であろうとも、俗世の垢《あか》をまとった子供たちがまとわりつくことを、看過するわけにはいかなかったのだ。

調査を始めてから十日あまり、村人がいかにこの神事を真摯《しんし》に受け止めているかを、内藤は知っている。

小野八重子の背中を半ば陶然としながら見送っていると、耳元に「……ミクニ」と、ある意味でこれまた魂を鷲づかみにする囁《ささや》きが、届いた。

「どうした、魂魄《こんぱく》ここにあらずといったところかな」

「なにをいうんですか、那智先生。彼女はですね、それはそれは神聖な」

「村に到着した当初だが、彼女と話す機会があった」

「そっ、そうなんですか」

「実に面白い考察をもっていたな」

「鬼哭念仏に関する、民俗学的考察ですか」

H村はかつては五つの村落に分割されていた。どうやらその当時、鬼哭念仏はそれぞれの村落で執り行なわれていたらしい。区画整理によってH村が誕生したことをきっかけに、それぞれの郷の神社と神事が統合されたという。

「ところがね、記録によると鬼哭様の面は二十枚しかなかったというんだ」

「おかしいじゃないですか。村落が五つなら、面は二十五枚あってしかるべきです」

「すると、どうなる」

「どこかにひとつだけ、神事が存在しなかった郷があった」

内藤の胸のなかに、

──鬼無き郷《さと》があった、鬼無里《きなさ》……だ。

そんな言葉がふいに明滅しはじめた。

やがて暮れ六ツ。陽はまだ十分に残っているが、五人の鬼哭様が村を練り歩きはじめた。

鬼哭長《きこくのおさ》を先頭に、家々を廻《まわ》る姿はどこかおぞましき巡礼を連想させた。真夏というのに、鬼哭様はそれぞれ体形さえ推察できないほどの蓑《みの》をまとっている。唱《とな》える念仏はあくまでも陰鬱《いんうつ》で、いまだ濃く残る熱気と入り交じって、粘着物化《ねんちゃくぶつか》するようだ。

「なんだか、憂鬱になりそうな神事ですね」

「これは……怨念《おんねん》だよ。長きにわたり受け継がれた負の精神史を具象化したものさ」

「那智先生」

蓮丈那智は、浅学《せんがく》なるオカルティズムにたいしてはほとんど容赦ない罵倒《ばとう》を与えてしかるべしという、信念をもっている。けれどオカルティズムそのものを否定しているわけではない。精神史と思想史、背後に根付くものを正確に捉《とら》え、検討することが民俗学の本質でもあるからだ。

その那智があえて「怨念」を口にした。純粋なる研究者の理性がそれをいわしめたものか。あるいは尋常ならざる彼女の感性が、瞬間的に巫女《シャーマン》の能力を目覚めさせていわしめたものか、内藤には判断することができなかった。

ただし。

那智の一言は後の惨劇を正確に予言したことになる。

神事ももう半ばと、今村が口にするのと、鬼哭様の面をはずした若い男が神社に駆け込むのがほぼ同時だった。

「どうした、宮越《みやこし》君！」

「多治見《たじみ》の……啓介《けいすけ》さんが死んどる。頭を鉈《なた》で割られて殺されておるんだ」

「なんと、殺されておるとな。そりゃあいったい」

聞けば、多治見啓介の家は旧中郷地区のはずれにあり、そこが来訪先のちょうど半ばにあたるという。鬼哭長が儀礼どおりの経文《きょうもん》を戸口であげ、引き戸を開けてまもなく、脳天から大量の脳漿《のうしょう》をまき散らせて倒れているこの家《や》の主《あるじ》を発見したと、宮越と呼ばれた若者は、とぎれとぎれに話した。

H村には駐在所がない。隣町まではクルマを急がせても往復一時間はかかる。

「いったいどうしたらよいものだろうかね、今村さん」

「どうしたらもなにも……急いで駐在さんに連絡せねば」

「神事はどうなさるかね。まだ廻るべき家が半分あるんだが」

「そんなことをいっておる場合か！　中止だ。だれか隣町に駐在さんを呼びにいかさねば」

二人のやりとりを聞きながら、那智がその内容にはまるで興味がないといった口調で、

「ちょうど半分……ずいぶんと時間に正確な神事なのだな」

腕時計を見ながらいった。その言葉がいかにも場違いな気がしたが、取り乱した二

人には聞こえなかったらしい。とりあえずは村長に報《しら》せよう。隣町には高畠《たかはた》にいってもらうがいいだろう。あやつならば日頃からクルマの運転に慣れている。一刻も早く警察官にきてもらって、あとのことはそれから考えればよいだろう。いや、まずは電話をするべきか。

そういって今村は、自らも現場に赴《おもむ》くために神社を飛び出していった。

4

かつてのH村は、まもなく市町村合併によって隣町に併合されることが決定している。ただ単に名称が変わるだけでなく、その凄《すさ》まじい変貌《へんぼう》ぶりに到着した内藤は唖然《あぜん》とさせられた。

舗装道路とは名ばかりで、ただアスファルトを垂れ流しただけだった道路は、路肩、道幅ともに整備され、見た目は都市部と比べてもなんら遜色《そんしょく》ない。村の所々に見られたかやぶき屋根の農家も、皆無であった。かつて「公民館」の看板がかけられていたプレハブハウスは、三階建てのコンクリ建築物に建て替えられ、小学校の木造校舎も同じ運命をたどっている。

長い時間をかけて村を歩き回った内藤は、今浦島《いまうらしま》の気分に陥った。都市化という名の下に施行された無惨な田園破壊の爪痕《つめあと》を、まざまざと見せつけられた気がした。

「内藤……先生じゃありませんか」

呆然《ぼうぜん》と立ち竦《すく》んでいると、背後から声をかけられた。振り返るまでもなく、声の主が小野八重子であることはすぐにわかった。

「きてくれたのですね、内藤先生」

「先生ではありませんが……やはりあなたでしたか」

「あのメッセージの意味、おわかりになったのですね」

「わかりませんよ。わかるはずがない。けれどあなたからのメッセージであることは、わたしにも那智先生にもすぐにわかりました」

だからこそ、きたのですよ。メッセージの意味を確かめるために。

そういうと、小野八重子は眩《まぶ》しそうに目を細めて笑った。事件当時、彼女はまだ二十代の半ば過ぎではなかったか。だとすると、すでに三十歳を超えているか、いないか。けれどその黒髪は以前となにもかわりがなかったし、表情には成熟の痕跡《こんせき》も見られない。張りのある肌と整った顔立ちは、この人の周りだけ時間が止まってしまったかのようだ。

──だが……。

どこかが違う。あのときの小野八重子にはなかったなにかが、今は、ある。

「それにしても、変わってしまいましたね」

「便利になったでしょう。いまではビジネスホテルだってあるんですよ」

「そうか、宿まで……その点だけは助かった。なんの手配もしていなかったものだから」

そういうと、小野八重子は携帯電話を取り出し、二、三のやりとりの後、

「大丈夫ですよ。部屋は空いているそうです。内藤先生の名前で予約をしておきました」

と笑った。その表情を見て、内藤はようやく彼女に生じた変化の正体を見た気がした。どこか頑《かたく》なな、それでも凜《りん》とした孤高の笑みが失《う》せているのである。かわりに華といってよいほどの、ナチュラルな笑みが表情全体に宿っている。

「変わったのは、村ばかりではないようです」

「わかりますか。わたし今度、国費留学が決まったんです」

「国費留学、ですか」

「ええ。文部科学省の出費で、英国へ二年ほど」

「もしかしたら、それがあのメッセージの理由ですか」

「内藤先生には、わからないでしょうね。この村を大手を振って出てゆくことのできる歓《よろこ》びなんて」

「そういうものでしょうか」

八重子の感情の昂《たかぶ》りが内藤にはいささか不思議に思えた。閉鎖社会を維持しようとする不文律は、今も日本の各地にある。地方色が強くなるほどに、そして旧来の閉鎖性が高いほどに、その考え方はより強固となる。棄村者《きそんしゃ》は裏切り者とみなされ、帰郷することはおろか先祖の墓参りさえも許してはもらえない。現代の日本にそのようなことがあるはずがないといえるのは、強い閉鎖性を保《たも》つ村社会を知らない人々の気楽な発言でしかない。村社会は外部の人々を拒みはしない。けれど迎え入れることもしない。一方、村から出てゆくものは、決して許さない。独自の連帯感によって生みだされた精神のバリヤーは、棄村者が再び足を踏み入れることを断固拒否しようとする。

言葉にすると相当にきつい現実だが、それでも小野八重子の表情は穏やかなままだった。

「若い頃は、かなり反発したんです。大学だって本当は東京にいきたかった。けれど許されたのは県内の国立大学だけ」

「それでは十分ではないと」

「わたしは、この村を出てゆきたかった、ずっと！」

そういって小野八重子が、山の方角を指さした。

いってみませんか。上郷《かみごう》の神社へ。あの場所だけは今も昔も変わりありません。

返事を待つことなく、小野八重子は歩きだす。内藤はそのあとを、ただ追いかけるしかなかった。

多治見啓介の殺害現場である自宅に、隣町の駐在所の警察官が到着したのは午後九時少し前だった。県警からの応援及び鑑識《かんしき》が到着したのはその二十分後。すぐに現場検証と聞き込み捜査が開始されたが、捜査員が頭を抱えるのに一時間とかからなかった。

遺体の発見状況と、鬼哭長《きこくのおさ》の面をかぶっていた小沢《おざわ》の証言からも、多治見啓介殺害は、鬼哭様の来訪直前であったことは確実だった。

「だってさあ、脳天からまだ血が滲《にじ》んでいたもの」

なにがおかしいのか、小沢の口振りはひどく軽やかであった。そのことが、後に重大な結果になるとは、思わなかっただろう。さらに小沢は、「多治見はいろいろと恨みを買っていたから」と、余計な一言を付け加えてしまった。

だが、証言らしきものはそれだけで、あとは事件のことさえ知らぬ住人がほとんどであった。それもそのはずで、鬼哭念仏の神事の最中は、人々には不出の掟《おきて》が課せられている。犯行現場の目撃証言、なし。犯人の目撃証言、なし。

「なんでよりによって、こんな日に！」

捜査員の一人が歯ぎしりしながらしぼり出した声に、

「こんな日だからこそ、事件は起きたと考えるべきだろうな」

那智がつぶやいたのだが、その言葉は内藤一人にしか届かなかったようだ。

村長宅に戻ったまま、調査を中断せざるを得なくなった二人のもとへ、日下部《くさかべ》と名乗る捜査員が訪れたのは三日後のことだった。口を開くなり日下部は「参りました」と頭を下げた。

別に那智に謝っているのではなさそうだ。

「どうしたんですか」

「まるで証言が採れないのですよ。知らぬ存ぜぬの一点張りで」

それでなくともH村は、昔から閉鎖性の高い土地柄であるという。地縁血縁《ちえんけつえん》の関係もまた色濃く、それぞれがそれぞれを守り合うことで、より高い閉鎖性を維持しているのだと、日下部は憤懣《ふんまん》やるかたない口調でいった。

「なるほど、それで我々の許《もと》へ」

「ええ。外部の方なら、なにか話していただけるのではと思いまして」

「あいにくですが」と、那智は、日下部の申し出をやんわりと断った。内藤もそれに倣《なら》う。悪意があるわけでも、村に義理立てしたわけでもなかった。那智も内藤もしょせんは部外者であり、鬼哭念仏の民俗調査に訪れたに過ぎない。この村に住む人々のプライバシーに接触する機会もなかったから、動機らしきものにも心当たりがない。

内藤がそういうと、

「動機はあるのですよ。いや、ありすぎるほどなんだ」

日下部が顔をしかめた。

多治見啓介という男、日下部の話によるといわゆる村の嫌われ者であったらしい。酒に酔って乱暴狼藉《ろうぜき》をはたらく、人の女房を半ば公然と犯す。勝手に土地の境界線を書き替え、それを咎《とが》めた土地の所有者を半殺しにする。

「ちょっと待ってくださいよ。それじゃあ完璧《かんぺき》な犯罪者ではありませんか」

地元の警察はなにをしているのですか。今は江戸時代じゃない。近代法治国家ですよ、この日本は。

内藤の言葉が気に障ったというより、激しく同意するような目つきで、日下部はさらに表情を渋く歪《ゆが》ませ、

「これじゃ、まるで法治国家、というよりは、放って置く〝放置〟国家ですかね。多治見のような男のやり放題を許す」

と、吐き捨てた。

たとえ無法者であっても、同じ村落から縄付きを出すわけにはいかない。歪んだ閉鎖意識が、多治見の無法を野放しにしてきた。それは、彼が殺された今も変わりはな

く、身内から犯罪者を出すことを良しとしない連帯感が、村人からの証言を阻害しているという。

「ですが神事の最中は不出の掟があります。ということは家庭内で相互監視されているわけですから、犯罪は不可能でしょう」

「信用できませんな。逆にいえば、互いがアリバイを証明し合っているのですから」

「それは、そうですが」

もっとも信用がおけるのは、神社内で神事の終了を待っていた宮司の今村と、東京からやってきた二人の大学関係者。この三人には完全なアリバイが成立している。

「それに」と、日下部が続けた。

御籠もり様を務める小野八重子についても、ほぼアリバイは成立しているという。

「ほぼ、という言い回しは微妙ですね」

「彼女、午後七時までは滝にうたれていましたが、それから一時間、滝の近くの社《やしろ》に籠もっているんです」

「ちょっと待ってください。午後七時から八時というと、ちょうど犯行時刻に当たるじゃありませんか」

「ええ、しかも滝から被害者宅までは裏道を急げば片道十五分。犯行時間を考慮しても十分に間に合います」

「あの社は、見たことがあります。付き添いの巫女《みこ》が待機する場所から考えて、裏口の羽目板にあらかじめ手を加えておけば、抜け出すことも可能だと思いますが」

「我々もそれは考えました」

しかし、と日下部はいった。

小野八重子が社《やしろ》に入った時間、そして出てきた時間は付き添いの巫女が正確に記録している。というよりは、無一物、一糸まとわぬ姿で滝に打たれる八重子には、時間を計る術《すべ》がない。そこで付き添いの巫女が、滝から出る時間、社から出てくる時間を八重子に報《しら》せていたのである。

事件当夜、社に籠もった八重子が、突然「ひゃあ」と大きな声をあげたという。付き添いの巫女が表から問いかけると、どうやら蛙が紛れ込んでいたらしい、大丈夫だから気にしないでほしいと返事があった。これが七時二十分のことだ。

「それでも犯行は可能です」

「ええ、時間的にはね」

社の内外でやりとりをしてからすぐにそこを抜けだし、犯行現場に駆けつけ、多治見を殺害してまた社に戻ることは不可能ではない。だが、どうしてそんな危ない橋を渡る必要があるのだろうか。社に籠もってすぐに抜け出せば、時間的な余裕が生まれるはずなのに。犯罪小説ならばいざ知らず、現実の事件でそれほど計算されたアリバイトリックを必要とするだろうか。

より確実に犯行を行なうには、といいかけた日下部の内ポケットから、携帯電話の着信音が響いた。


小野八重子が「変わりない」といったように、旧上郷の神社はあの日のままだった。変わっているのはあの当時、聴覚を麻痺《まひ》させるほど激しかった蟬時雨《せみしぐれ》が今はないことだが、それは村をとりまく環境が変化し、生物の生態に影響したせいなのか。

「あのとき日下部刑事の許《もと》にかかってきた電話は、重要証言が得られたという報せでした」

「例の少年の証言ですね」

「そのために容疑者が浮かび上がったのでした」

事件の夜。

神事の最中は決して屋外に出てはならぬ。その掟に染まりきっておらず、なおかつ自らの好奇心に勝てなかった少年が、いたのである。彼はトイレにゆくといって、密《ひそ》かに家を抜け出して鬼哭《きこく》念仏一行の先回りをしたのだった。後にわかったことだが、彼もまた多治見啓介をひどく憎んでいた。酒に酔った多治見から、いわれもないことでこっぴどく殴られたことがあったからだという。場合によっては鬼哭様のせいにして、なにか悪戯《いたずら》でも仕掛けてやろうか。そんなことを考えながら夜道を歩いていた彼は、多治見啓介の家のすぐ近くで経文を読む微《かす》かな声を聞いたという。それが鬼哭様の読む経文であることは確かだった。なんだ、もうきているのか。先回りしたつもりだったのに。

そのときだった、少年は聞き覚えのある多治見の叫び声を聞いた。

「彼はこう証言しました。多治見を殺したのは、鬼哭様だと。鬼哭様が極悪人に天罰を与えたのだと」

歌うように、八重子がいった。

まもなく、重要参考人として鬼哭長役《きこくのおさ》の小沢隆平《りゅうへい》が捜査本部に身柄を拘束された。要するに、ごく単純な犯行方法であったと、警察は考えたのだ。鬼哭念仏の神事に従い、小沢は告げ文を手渡すべく、まず一人で多治見宅に入った。このときまだ被害者は生きている。告げ文を手渡すふりをして小沢は多治見を殺害。すぐさま第一発見者のふりをして、表の四人に変事を告げる。

「早業殺人……というトリックがあります」

内藤がいうと、小野八重子が頷《うなず》いた。

けれどまもなく、小沢隆平は釈放された。早業殺人に不可欠の証拠の品が現場になかったからだ。すなわち、凶器の鉈《なた》である。後日近くの藪《やぶ》のなかから発見されたが、事件直後、四人の鬼哭様の目の前でそれを処理する時間は小沢にはなかった。あるいは多治見が村の嫌われ者ゆえに、五人の鬼哭様が共謀したのではという説も浮上したが、それを立証することはできなかった。

「結局、犯人はわからずじまいとなったのですか」

「さあ、警察関係者には知り合いがいません。けれど犯人が逮捕されたという話は聞いておりませんから」

「やはり、迷宮入りですか」

「内藤先生、知っていましたか。あの事件を機に鬼哭念仏の神事は村から消滅したことを」

「本当ですか！」

「最後まで神事の廃止に反対していた宮司《ぐうじ》の今村さんも、一昨年《おととし》に亡くなりました。脳溢血《のういっけつ》で、あっけないものでしたわ」

自分の父親も昨年、身罷《みまか》った。母は小学生の時にすでに病没している。村は消え、神事は消滅し、そして天涯孤独となった自分はもうじきこの村を離れようとしている。国費留学だから、郷土の誇りになることはあってもだれかにうしろ指をさされることはない。

足元から一枚の枯れ葉を拾い上げた八重子が、

「この村を離れることができる。ようやく解放されると思うと、こんな小さな葉っぱさえも愛《いと》おしい。おかしなものですね」

「だから、偶然にも閉村が決まった長野県鬼無里村に、思いを託したのですか」

それには応《こた》えずに、八重子が突然振り返った。

「ねえ、先生。鬼ってなんだと思いますか」

丑寅《うしとら》の方角よりいたりし、災厄の象徴。それゆえに鬼は牛の角《つの》を生やし、虎皮《とらがわ》のふんどしに身を包む。あるいは、いまだ和魂《にぎみたま》になり得ぬ荒ぶる魂。あるいは常世《とこよ》からの来訪者。

「要するにそれは、鬼が常民の住む郷に、本来いてはならない存在であるということでしょう」

「そうも……いえるかもしれませんね」

「だったら、多治見啓介も鬼です。この世にいてはならない鬼だった」

その言葉が、内藤の背中を押した。事件以来、胸の奥にたまっていた澱《おり》のような言葉を吐き出させる勇気を与えられた気がした。

「小野八重子さん。もしかしたら多治見啓介を殺害したのはあなたではありませんか」

だが、答えは返ってこなかった。そのかわりに、一変して憎悪の滲《にじ》んだつぶやきが耳朶《じだ》へと届けられた。

本当にひどい男。わたし、あの男に汚《けが》されました。わたしがなんとかして村から出ようとしていることをどこからか聞きつけて、やってきたんです。それもなんども。あの男はいいました。腹に子ができるまで何度でも犯してやる。子ができればお前も村を出ることができないだろう。なに心配はいらない。お前の父親に掛け合って、俺の嫁にしてやるから。絶対に嫌とはいわせぬぞ。

「だから、殺したのですか」

「わたしには、不可能です。そのことは内藤先生もよく知っているじゃありませんか」

そういって嗤《わら》う八重子の顔は、鬼女そのものだった。

5

ホテルにチェックインしてノートパソコンを開くと、佐江由美子からのメールが入っていた。

内藤様

那智先生からのヒント、ようやくわかりかけてきました。野村胡堂はもうひとつのペンネームをもっていたのですね。彼は「あらえびす」の名で、さまざまな音楽評論を書いていたのです。ここに銭形平次と神田明神とを繋《つな》げる重大なるヒントが隠されているはずです。

これからの調査結果に乞《こ》うご期待。

佐江由美子

「あらえびす……ですか。東国武士の蔑称《べっしょう》だったはずだが」

ベッドに身を横たえたまま つぶやいたが、内藤の脳細胞はまったく別のことを考えていた。

暗い夜の闇を、小野八重子の裸身が駆け抜けてゆく。自らにとっての鬼を葬るために。

七時二十分。付き添いの巫女《みこ》との会話を終えてすぐに彼女は社《やしろ》を抜け出した。多治見宅までは十五分。七時三十五分到着。そして殺害。

「いやちがうな。彼女は社のなかでもう少し待っていなければならなかった？　往復ぎりぎりの時間を見極め、彼女は社から抜け出した」

だが、どうやって彼女は時間を計ることができたのか。神事に臨むにあたり、彼女は付き添いの巫女によって徹底的に身体《からだ》を調べられている。口内はおろか、女陰、裏門まで調べてほしいといったのは彼女であったそうだ。そこには明らかな作為がある。

どうしても小野八重子は、時間を計る術《すべ》がないことを周知させておきたかったにちがいない。社で過ごす時間を自ら知ることができないところに、この犯罪の要点がある。社から出てしまえば、時計はどこにでも隠しておくことができる。

「ところが、そこに思いがけないアクシデントが生じたんだ」

そのことを指摘したのは那智だった。

神事の当日、滝へと向かう八重子にまとわりついた児童がいた。その子の手に、およそ田舎の小学生が持つにはふさわしくないものが握られていることを、那智は見逃してはいなかった。多分どこかの木の枝にでも隠しておいたのだろう。八重子が用意した時計を、偶然にも子供が見つけ、取得していた。八重子はそれを目にして、思わず声をあげてしまったのであろう。

「だが、彼女は犯行を実行に移した。なぜか。時計がなくとも時間を計る術を知っていたからだ。いわば時計は万全を期すための補助用具でしかなかった。なによりも……」

もうひとつ大きな謎があった。

どうやって、小野八重子は多治見宅に鬼哭様が訪れる時刻を知り得たのだろうか。その時間に犯行時刻を合わせることで、彼女は容疑の目を鬼哭長《きこくのおさ》の小沢に向けることに成功した。彼の無罪が証明されたのはあくまで結果論であり、あらかじめすべてを計算していたと考えるのが、妥当ではないのか。村の家々を廻《まわ》るうちにはアクシデントも生じるだろう。——時間が大幅にずれることだって……。

そこまで考えて、内藤ははっと身を起こした。

「大幅に時間がずれることがあり得ないとしたら」

その脳裏に、那智の言葉が蘇《よみがえ》った。

——那智先生はいった。ずいぶんと時間に正確な神事なのだな、と。

ベッド脇の室内電話が鳴った。フロントからである。

蓮丈那智様がロビーでお待ちです。二分以内に下りてこないと、置いてゆくとのご伝言です。

慌てて部屋を飛び出すと、ロビーには佐江由美子の姿もあった。

「どうしたんですか、いったい」

「那智エマージェンシーコールです」

そういいながら、佐江由美子の表情は奇妙なほど明るかった。

三人はホテル前から車に乗り込んだ。運転手は由美子。那智と内藤は後部座席に座った。

「どこにいくのですか」

那智は答えるかわりに、

「鬼とはなんだ。ミクニ」

　ぽつりといった。

「その質問、この間も受けましたよ」

「悪の象徴か、昇華せぬ魂か。けれど人は鬼に新たな記号を与えることもある。負の歴史が歪《ゆが》みを増して、彼らに別の意味をもたせてしまうんだ」

　那智の言葉を引き継いだのは、佐江由美子だった。

たとえば京都・大江山《おおえやま》の酒呑童子《しゅてんどうじ》。あるいは、土蜘蛛《つちぐも》。これらはもしかしたら、権力者にまつろわなかったからこそ、鬼や妖怪《ようかい》の類《たぐい》にされてしまったのではないか。日本には古くからそうした精神構造が存在している。

「まつろわぬものですか。そういえばあらえびすにも似たような意味がありましたね」

「よく気がついたね。たとえば陸奥《むつ》の国のアテルイだが、彼はみちのくの民にとっては解放者であり英雄だが、権力者にとっては反逆を試みた悪でしかない。価値の逆転は、しばしば彼らを醜悪なる悪者に変えてしまうんだ」

「価値の逆転……ですか」

「すべてはそこに集約される気がしないか。特に民俗学という世界では」

　価値の逆転は世界観の逆転でもある。

　内藤の視神経から佐江由美子の姿が消えた。蓮丈那智も消えた。そこが車内であることも忘れて、脳細胞の活性化にのみ、すべての労力を注いだ。

鬼無き郷《さと》はどうして生まれたのか。発想を逆転させよ。そこが鬼そのものを生みだし、周囲に派遣した場所であったからだ。

小野八重子はどうして時計を持つこともなく、時間の経過を知ることができたのか。時計に代わるなにかを持っていたからだ。

内藤は現実世界に精神を引き戻した。

「小沢氏の許《もと》に向かっているのですね、我々は」

「確かめるんだ、君自身の耳目《じもく》で」

そういったまま目を瞑《つぶ》った那智の顔が、どこか遠い国の神像に見えた。


それがいつの時代であったかはよくわからない。H村がまだ、五つの村落に分かれていた時代であったことだけは確かだが。ある時、中郷に住む五人の者が、異形で村々を歩き回るようになったという。聞けば、この地よりさほど離れていない男鹿《おが》半島には、こうした風習があるという。山の神、正月の神を迎えて神事を執り行なうのだそうだ。

男たちはそれぞれが鬼の面をかぶり、奇妙な経文をあげながら村々を練り歩いた。最初は物珍しく、そしてどことなくおかしみのある男たちの姿を、どこの郷でも歓迎したという。別に悪さをするわけでもない。聞けば家々に祝福を与えるのが目的というなら、それも良し。

だが男たちの行動が数日に及ぶうちに、これを怪しむ者が現われた。我も男鹿半島のナマハゲについては、聞き及んでいる。だが、幾日も幾日も村を練り歩くのは、なにか別の意図があるのではないか。

疑念はやがて荒事《あらごと》に発展した。村々をあげての追及と暴力とに、ついに中郷の者が真実を告げたのである。

そのときより、鬼哭念仏《きこくねんぶつ》の神事は始まった。


「なにが神事ですか！」

研究室に戻った内藤は、己の口調が荒くなるのを抑えられなかった。

「でも、意外な真相でしたね」と、佐江由美子がいう。

小沢隆平の家は、代々鬼哭長《きこくのおさ》を務める家柄だった。そこに一子相伝の秘儀として伝えられていた神事の秘密を、渋々ながら小沢が話してくれたのは、すでに那智がその内容をほとんど解き明かしていたからだ。真実を話してくれるなら、このことは外部には決して漏らさない。

「でも、先生はいつから気づいていたのですか」

から」

「例の経文だが、あれがチベット語の般若心経《はんにゃしんぎょう》によく似ていることを思い出したとき

「と、いいますと」

「かつてグレートゲームと呼ばれ、各国の密偵たちがチベットの地を暗躍していた時代があったんだ」

そのとき、密偵のあるグループは地図を作製するために、隠密《おんみつ》行動を取っていた。チベット僧になりすまし、経文を唱えながら、彼らは密《ひそ》かに測量を行なっていたのである。己の歩幅を完全にコントロールすべく訓練を受けた彼らは、一定歩数ごとに数珠玉《じゅずだま》をひとつ繰り、その合計数からかなり正確な距離測定を行なっていたという。

「征服者にとって、地図製作こそが野望の第一歩だからね」

かつて日本地図を海外に持ち出そうとし、追放の憂き目にあったシーボルトの一件も、決して例外ではない。

「まさか、中郷の者たちが、土地の測量をしようとしていたなんて」

「それも、ナマハゲの神事をカムフラージュにして」

彼らはそれに加え、さらに精度を増すために経文を利用した。訓練された歩幅と速度に、経文という時間要素を加えることで、より正確な地図を作製しようとしていたのである。呼吸を整え、ひと節ひと節、正確に唱えられる経文は、正確に時を刻む時

計の針だ。鬼哭様の面の耳の部分に穴があいていたのは、五人が経文のテンポを合わせるための機能に他ならない。

「でも……あんな田舎で地図なんて」

佐江由美子がいった。

「もちろん、単なる予行演習だった。あの試みが成功すれば、日本全国で手を替え品を替えて、秘密の測量が行なわれていただろう」

「ということは……中郷の人々に測量を依頼していたのは」

「もちろん、日本人ではないだろうね」

そのことを知った村人の怒りは凄《すさ》まじく、そこに無惨な殺戮《さつりく》が展開されたことは想像に難くない。それでも彼らの怒りは収まらなかった。中郷の人々に未来永劫《えいごう》続く屈辱を与え、なおかつ彼らへの見せしめとして鬼哭念仏は引き継がれたのである。

そのことを、小野八重子は知っていた。鬼哭念仏で唱えられる経文が、実は正確な時間計測器の役割を果たしていることを、小沢から聞いていたのである。正確な時間計測器がある限り、家々を廻《まわ》る時刻はかなり正確に限定される。

そこから逆算して、彼女は社《やしろ》を抜け出す時間を割り出したのである。社のなかでも付き添いの巫女《みこ》に聞こえぬように経文を唱え、彼女は決行の瞬間を待っていた。もちろん、抜け出してからも経文は唱えつづける。なるべく正確に、犯行時間を調整するためだ。証言をした少年が聞いたのは、小野八重子が唱えていた経文だ。

――もっとも……。少年の証言はあくまでもアクシデントだったらしいが。

彼の証言がなくても、いったんは警察の目は小沢に向けられると、八重子は計算した。犯行時間を調節してそう仕向けたのも、凶器の問題からいずれは容疑が晴れると踏んでのことだった。

「それにしてもあの小沢という男。とんでもない狸でしたね」

由美子の言葉に那智が頷《うなず》いた。経文に隠された秘密を彼女に教えた以上、小沢は真相を知り得たはずだ。そのことを問い詰める内藤に「どうでもいいことさ。ゴミがひとつ消えただけだからな」と、平然といい放った。小沢には時計もあっただろう。しかも鬼哭長の立場ならば、八重子と共犯となって、犯行現場へ到着する時間をたがいに調整することも、可能だったはずだ。

――あいつも同罪なんだが……。

「いいんでしょうか、あのまま放っておいて」

「我々は司法関係者ではないからね」

「はあ……」

納得はできないが、致し方ない。

「ところで佐江君、銭形平次の謎はとけたかな」

「そのつもりです」

そういって佐江由美子はバッグからファイルを取り出した。

「野村胡堂は自らあらえびすを名乗っていました。これは彼の気骨《きこつ》を表わすものと考えられます」

東国の荒武者、おおいによいではないか。権力にまつろわぬ？　それこそが常に中央権力より弾圧を受けてきた我ら東北人の心意気でもある。

「そのことを証明する事実は？」

「戦時下、日本国内にあった一大勢力に大政翼賛会《たいせいよくさんかい》があります。軍人、政治家のみならず、多くの文化人がこの組織に参加していました。にもかかわらず、野村胡堂はこの団体と一線を画していました」

「それは、歴史的事実だね」

「はい、紫波町《しわちょう》の野村胡堂・あらえびす記念館で、調べていただきました」

「続けなさい」

「彼があらえびすであるなら、その筆から生まれた銭形平次もまたあらえびすでなければなりません。キャラクターは作者にとっての分身であり、子供ですから」

「うん、記号的にも正しいね」

「そして、関東《かんとう》にもまたあまりに有名なあらえびすがおりました」

二人のやりとりを聞きながら、内藤は胸の裡《うち》で密かに舌を巻いた。

——なるほどね。そう考察したか。やるもんだ。

佐江由美子が指摘するとおり、関東には最強のあらえびすともいうべき人物が実在している。かつて東国独立を目指し、自ら「新皇《しんのう》」とまで名乗った男。

平将門《たいらのまさかど》。

「彼は反逆者であると同時に、東国の人々にとっては救世主であったはずです。クーデターは失敗しましたが」

だからこそ東国の人々は彼を敬い、そして神格を与えた。

「その彼を今も祀《まつ》っているのが、神田明神です。故にこそ、あらえびすの眷族《けんぞく》たる銭形平次は、神田明神下に居住していなければならなかった」

以上です、と説明を終えた佐江由美子に向かって、

「Aプラス」

那智が小さくいった。

奇《き》偶《ぐう》論《ろん》

1

市民講座　フィールドワークへの誘《いざな》い
第一回「都市記号論」

今回初めて講師を務めさせていただく内藤三國がご案内いたします、フィールドワークのテーマは「都市に隠されたさまざまな記号」です。都市と記号。奇妙な取り合わせだとお思いかもしれませんが、実はわたしたちはさまざまな記号に取り囲まれて生きているのです。たとえば道路交通標識。そこにはさまざまな規則、道路状況がたった一枚の板に書き込まれ、それをドライバーに提供しているではありませんか。これを記号といわずしてなんと呼べばよいのでしょうか。地名もまたひとつの記号といえるでしょう。たった数文字の地名が、その地の歴史や文化、そこを出身地とする有名人を示すことは少なくありません。街にあふれる記号を探し出し、民俗学的見解を踏まえながらフィールドワークを試みようというのが、今回の講座の目的なのです。

では皆さん、旅立ちましょう！

＊

あまり上質ではない紙に印刷された文字を幾度めかに眺め、内藤三國はこれまた幾度めかの深いため息をついた。

「どうした内藤君、体中の酸素がなくなってしまうぞ。それとも新式の健康法か」

「冗談を切り返す気力もありません」

教務部主任の高杉《たかすぎ》の言葉に、内藤は胸によどむ鬱屈《うっくつ》と不安がさらに色濃くなるのを感じた。

「高杉さん、本当に生徒さんは集まるでしょうか」

「それは間違いないだろう。こうした講座はある程度の生徒が集まらないと、中止されることもあるらしいから」

そもそも事務局に受講希望者の人数を確認していなかったのかとの問いに、

「そんな恐ろしいこと！……できるわけないじゃないですか」

半分涙声で答える。

「相変わらずの蚤《のみ》の心臓だな。先が思いやられる」

「はい、やられますですぅ」

事の起こりは半年前にさかのぼる。

東敬《とうけい》大学の蓮丈那智研究室に隣の市の教育委員会事務局から市民講座の講演依頼があった。隔週で月に二ないし三回、民俗学のわかりやすい講座を開いていただけないだろうか。

依頼状を那智に見せられた内藤は、その場で噴き出してしまった。

なんて無謀な依頼なんでしょう。那智先生に「わかりやすい民俗学」の講座を開けだなんて。アインシュタインに小学一年生向けの授業をもてというくらい無謀で、ある意味純粋だけれど社会常識というものを、否、蓮丈那智という民俗学者が学界でどのような評価を受けているかを知らなすぎる。そうでしょう、ねえ先生。

軽口を叩《たた》いたつもりだったが次の刹那《せつな》、内藤の心臓は最大心拍数を数えはじめた。

那智の眼が、笑っていないので……あった。

事務局には依頼を受けると連絡しておいた。ただしわたしは多忙の身だ。うちの研究室の優秀な助手でよければ引き受けると。もちろん君と佐江君の二人だ。二人でよく話し合い、それぞれにテーマを決めて取り組んでほしい。最近の学生はどうも民俗学を疎んじる傾向にある。もう少しこの学問を啓蒙《けいもう》しなければならないと、常々考えていたんだ。君たちに課せられた任務は重大だ。心してかかるように。なお、講師料だが一講座につき二万円。それはおのおの懐に収めることを許可する。以上。

とだけいい置いて、那智は次の講義があるからと部屋を出ていってしまった。

反論はもちろん許されるはずもなく、かくして深いため息をつく内藤が、講座当日の朝ここにいる。

「問答無用だもんなあ、いつだって」

「あきらめるより仕方ないね。なにせ相手は蓮丈那智先生だから」

「昔から、こうですか」

「少なくとも、わたしの知る限りにおいては。しかもそれほどのことをいったんだ」

引導を渡された気分だった。

フィールドワークへの誘いと題された講座の開講は五月二十日の日曜日。そのほかの講座が開かれる公民館の玄関に午前九時半集合。簡単なレクチャーののち、十時出発、約二時間のフィールドワークを終えて現地解散。

内藤は時計を見た。九時ジャスト。

「まあ、いいじゃないか。少なくともここに一人は生徒がいるのだから」

「悪い冗談ですよ、高杉さんが受講するなんて」

「そうでもないさ、わたしも君の都市記号論に興味がある」

「十分すぎるプレッシャーをありがとうございます」

　幸いなことに天気は快晴。フィールドワークなどと堅苦しいことを考えずとも、気軽な散歩気分で参加してほしい。参加してください。ねえ、道ゆくそこのあなた、ぼくと街歩きを楽しんでいただけませんか。半ば祈る気持ちであたりを見渡す内藤のもとに、「先生！」と弾む声をあげながら、中年男が駆け寄ってきた。

「ああ、出雲《いずも》さん」

　毛髪の大半を失った見事なやかん頭が、汗を拭《ふ》き拭き内藤と高杉の間に割って入った。

「どうも今日はご苦労様です」

「もしかしたら出雲さんも」

「はい、お供させていただきます。といっても今回の講座と、次回の佐江由美子先生の講座のみですが」

「ははは、ていのよい様子見ですね」

「とんでもない！　わたしも興味があるからですよ、民俗学に」

「ところで……」

　と、内藤は無意識に声を潜めた。

　参加者数はどれくらいですかと、さらに声を潜めて問うと、事務局の出雲正一《しょういち》がまじめな顔で両手を広げ、いったんは拳《こぶし》を握って、さらに右手を開いた。

「まさか……十五人！」

それはなにかの間違いでしょうと、いいかけてやめた。いえ間違いではありません、ただのジョークですといわれたのでは、立ち直れそうもない。だが、

「本当です。わたしも驚きました」

あくまでもまじめな顔つきで、出雲はいう。とたんに息苦しくなった。

「どうした、顔色が真っ青だぞ」

高杉が心配そうに顔をのぞき込んできたのに、内藤は声を震わせた。

「パッ、パニック症候群かも」

「……つくづく難儀な男だな、君は」

いわれなくてもわかっているといおうとしたが、声にならなかった。

高杉を含めて十五名の受講者、それに事務局の出雲を引き連れて、内藤のフィールドワークは始まった。男性十二名に対して女性は三名。男性の平均年齢などに興味があろうはずもなかったが、

——女性に関しては、やはりなあ……。

受講者は全員、胸にネームプレートを下げている。

大橋京子《おおはしきょうこ》のプレートの持ち主は、いかにも余暇をもてあました中年主婦風。たっぷ

りと波打つ腹部にふさわしく、はっきりとした話し方……というよりは豪快ささえ感じられる笑い方が特徴だ。

対するがごとく芝野《しばの》トキエは、針金のような体軀《たいく》の老女。

——そして……。

男性受講者すべての視線を集めるのが、片岡《かたおか》めぐみだった。肩を覆う長さの黒髪を無造作に束ね、萌黄《もえぎ》色《いろ》のアウトドアジャケットを羽織った彼女は容姿のみならず、その明るい笑顔で瞬く間に講座の中心、あるいは支配者となってしまった。

「さて、フィールドワークの第一歩は、ここからはじめましょう」

坂道の登り傾斜を目の前にして、内藤はいった。

「ここに記号が隠されているのですか」

片岡めぐみの言葉に内藤は、幾分胸をそらせてうなずいた。

「それもふたつ。そこから読み解ける事実を探るのが目的です」

「ふたつも！　どこにあるのですか」

「ええっと。それを考えるのが民俗学の本質なのですがねえ」

「でも……」と、片岡めぐみが不満げに唇を引き締めた。

大学の講義でもさして変わりないが、生徒ないし受講生という人種は自ら考えることを良しとしない傾向にあるらしい。ましてや有料の市民講座である。時間と知識とを購入したと思えば、知識の出し惜しみは許さないと考えても不思議はないのだろうか。

蓮丈那智ならば、このような場合にはどのように対処するか、を内藤は思った。

――答えが出るまで置き去りだな。あるいはチームからはずすとか。

「はい、答えのひとつは、路面にあります」

那智になりきることなどできようはずのない内藤は、あっさりと坂の斜面を指差した。「路面とは、この坂の？」といったのは初老の受講者、垣内《かきうち》だった。

「ドーナツ形の溝が無数に刻まれているでしょう」

「これは……滑り止めではないのですか」

「その通りです。斜面の角度、つまり傾斜角が大きい坂には、こうした溝が刻まれているのです」

「だからどうだというのですか」

「とりあえず、坂を上ってみませんか。坂の上には古い住宅地がひろがっています」

ドーナツ形の溝が刻まれた傾斜は約百メートルほど続き、そこを過ぎるとなだらかなだらだら坂となる。陽気が陽気だけに内藤も参加者も、たちまち額に首筋に玉の汗を浮かべながら坂道を歩いた。その頂点を上りきって進むうちに、東側に多摩《たま》丘陵を望む小さな公園へとたどり着いた。

「さて皆さん、ここまで歩いてみて気づいたことはありませんか」

内藤は語りかけた。少しだけ講師の威厳らしきものを滲《にじ》ませながら。

「特には……ないなあ」と、有坂《ありさか》——のちに聞くところによれば公立中学校の社会科の教師だった——が、ぼやいた。

「そうですか？　いくつもの推理材料が、あったはずなのですが」

たとえば、といいかけると、代わりに片岡めぐみが、

「ずいぶんと大きな車庫が目立ったように思いますが」

その答えが内藤を歓喜させた。思わず「Aプラス」といおうとしたのに、高杉がさえぎるような言葉を放った。

「なるほどね、面白いことを考える」

「それはどういうことですか」と片岡めぐみが反応した。自分の説明ではなく、高杉の言葉にだ。その瞳《ひとみ》の輝きを見て、

——面白ク……ナイゾ。

内藤は胸の奥深くで吐き捨てた。

かつて民俗学界の大御所からその後継者と認められながら、「民俗学は学問として死に向かっていると思えたから」という理由で、高杉はこの世界から離れていった人物である。ある事件を通して再び学界に復帰しつつあることも事実だが、ここではあ

くまでも受講者の一人にすぎない。それに、受講者全員に思考の道筋をサジェスチョンしたのは、内藤である。高杉が口を挟んでいいわけがない。煩悶《はんもん》が渦巻き、澱《よど》んで内藤を苦しめる。のだが、

「つまり、ここでは移動手段としての車両が、生活レベルのなかで大きな比重を占めているということですよ」

当然のように答えた高杉の言葉に、今度は大橋が反応した。

「それがなにか」

「いまや車は一家に一台が通常ですが、ここではたぶん一家に二台ないし三台、いい換えるなら家族分の台数が保有されているのではないでしょうか」

「ああ、それで大きな車庫が必要に」

「さらに考えを進めましょう。駐車中の車両も、同じメーカーの類似車種が多かったでしょう」

「そういえば、T社の車が多かったように思えました」

バブル経済はずいぶん前に崩壊したが、それまでの日本では新車購入後五年以内に、新たな車両を購入することが半ば常識だった。たとえば、ある家庭で新車を購入したとする。急な坂道のあるこの住宅地で、その車両はきわめて優秀な性能を発揮する。さらに「たとえば」を重ねるならば、四輪駆動車を仮定しよう。その利便性はたちま

ち町内に伝播《でんぱ》し、多くの家庭がその車種を購入したがることは想像に難くない。古い住宅地なればこそ、そのような現象が起こりうる。

「坂下のすぐ近くに、T社のディーラー店がありました！」

「すべては、急傾斜の坂がこの町のひとつの形態を作ったといえるでしょう」

そして、と高杉が内藤を促した。その手つきが次の言葉……真打《しんうち》としての内藤のひと言を呼んでいる、気がした。

——やっ、やはり高杉さんは那智先生とはちがう！

「結果としてですね」と、内藤は言葉を詰まらせながら続けた。

ここは、坂道における事故多発地帯であるばかりでなく、車上狙いの窃盗が多発する、きわめて防犯上好ましくない街であることを、運命づけられたのです。

あたりの空気が、冷ややかになったことに内藤は気づいた。

——もしかしたら……高杉さん……こうなることを予測して？

「あの……」と、いったのは三十代半ばと見られる沢口《さわぐち》だった。

「なにか、ご質問でも」

「わたしね、来月にもここの宅地を買い取る契約を結ぶつもりなんですがね」

「そっ、そんな」

理性と感性が同時に悲鳴をあげた。

ここはなんとか話題を変えねばならぬ、と思う一方で、高杉が巧妙に最悪のバトンを譲ってくれたことを確信して、内藤は自分が負の坂道を転がり落ちるのを自覚した。

「さらにいえば、ここは一丁目一番地なのです！」

半ばやけくそであった。

「それがなにか」と、再び片岡めぐみがいった。

ここで汚名――であるはずもないのだが、なぜかそうとしかいいようのない状況――を返上せねばならない。ことさらに内藤は声を大きくした。

「成立の古い町並みでは、一丁目一番地は、周囲のランドマークが存在する場所につけられることが多いのです」

たとえば、かつての代官所――役所――や、地元の豪農、生活避難場所や、歴史的価値のある建物、駐在所、学校などなどである。

「記念碑のようなものが選ばれる場合もあります」

そういって内藤は、いくつかの事例を挙げた。

「それは確かな事実なのですか」

「事実かといわれると……はいそうですとは、答えづらいですね」

「そうではない例もあるのですね」

「最終的には行政官の判断によるものでしょうから、この説が確実であるとはいえないでしょう」

けれど、と内藤は続けた。

まっさらな紙に地図を描く。そしてそこに区割りの線を引く。さらに区分けされた土地に番地を振り当てる。こうした作業の際、行政官はどのような思考をたどるであろうか。まず決めねばならないのが一丁目一番地だ。その場所に周辺を象徴する陸標、すなわちランドマークをあてたであろうことは、想像に難《かた》くない。

「十分に説得力のある説だね」と高杉はしきりと感心したようにいうが、内藤は先ほどにわかに胸中に生じた猜疑心《さいぎしん》を捨てきることができなかった。

「で、この土地のランドマークはどこにあるのですか」と、沢口。

「ありません。そのようなものが存在する、あるいは存在したという記録はありません」

「それでは……」

「現実の建造物や記念碑はありませんが、ここにひとつ、奇妙な伝承があるのです。いや、地名とでもいうべきか」

内藤は、国土地理院発行の二万五千分一地図を広げた。

指差した地点は「七《なな》ッ塚《づか》」と記されている。

「つまりここは七ッ塚一丁目一番地であることがわかります」

「そんなことといわれんでも、表札の番地表示を見ればすぐにわかるだろう」

すぐ近くの民家の表札を指差しながら沢口がいった。

「それでも一応確認するのが民俗学です」

地誌を調べてわかったことだが、ここには古くから七つの塚があると言い伝えられている。にもかかわらず、史実として確かなところはまったくの不明なのである。

「ただの言い伝えだからでしょう」

「けれど、無から有は生まれ得ません。こと民俗学の世界では」

「するとどういうことになるのですか」

片岡めぐみの質問が、不思議な高揚と勇気を与えてくれた……気がした。

――ココデ踏ン張ラネバナラヌゾヨ。

「実在した七ツ塚が、人の記憶の及ばぬほど昔に消滅したことが、まず考えられますね」

「そんなことがありうるのですか」

「もちろん。伝承には記憶の保存と封印を同時に行なう機能があります」

「……難しいですね」

「要するにあまりに忌まわしい記憶は直接記録せずに、伝承や地名のなかにさりげなく隠しておくということです」

「完全に失われてはいけないのですか」

「そうできないのが、人間の業《ごう》なのです」

一説によれば、このあたりは中世に山城があったという。しかし領主は臣下の裏切りに遭い、城は落城。なんとか落ち延びようとしたが近習《きんじゅ》を含めて七名ことごとく討ち死に。その首塚こそが七ツ塚であったともいわれている。主を裏切った逆臣はのちの領主となるのだが、もちろんそのような歴史は伏せておきたいものだ。首塚もことごとく破壊したにちがいない。

これもまた密《ひそ》かな一説に過ぎないが、怨霊《おんりょう》伝説の類《たぐい》もあったようだ。

「そんな恐ろしい歴史が！」

「この番地を割り振った行政官は、そのことを知っていたのではないでしょうか。すなわちこの地のランドマークは失われた首塚であり、怨霊伝説なのです。非常にまれなケースといえるでしょうね」

内藤は己の弁舌に酔った。

片岡めぐみの尊敬のまなざしを受け止めながら、この仕事を引き受けてよかったと心から思った。

那智先生、わたしはあなたにまた一歩近づきました。内藤三國は今、民俗学研究者の喜びに打ち震えています！

「あの」と、沢口がひどく暗い声でいう。

要するにわたしがもうじき取得しようとしているのは、急な坂があるゆえに事故多発地帯であり、車両の所有率が他の街よりも高いがために車上狙いの窃盗事件が多発する、防犯上好ましくない上に怨霊伝説まである、そんな土地だとおっしゃりたいのですね。

とたんに内藤の胸で膨れ上がった歓喜の赤い風船は、ぺしゃんと潰《つぶ》れた。

2

一行は繁華街へとフィールドワークの現場を移した。

――気を取り直して、気を取り直して。

勇《ゆう》を鼓《こ》して内藤は己にいい聞かせる。そっと事務局の出雲を窺《うかが》い見ると、先ほどまでの柔和な表情は、双子でまったく性格の異なる弟であったと思いたくなるほど急変している。

講座が記念すべき第一回目にして最終講座になりそうな予感に、内藤はおののいた。

「さて皆さん」と、ことさらに張りのある声をこしらえ、やや大げさすぎるポーズであたりを見回した。

「街中にも記号は隠されています」

「道路標識以外にも、ですか」

と、「小林《こばやし》」のネームプレートをつけた学生風の男がいった。

「もちろん！」

内藤は「本日休業」の木札が下がった、居酒屋を指差した。

「わたしには休日で店を閉めている居酒屋にしか見えませんが」

「よく見てください。シャッターに『宴会受けつけます　二〜三十名様まで　予算三千円より』と書かれています」

「特に珍しいことではありませんが」

「ふたつの記号から、この店の営業形態を知ることができます」

まず一点は日曜が休業日であること。見たところ、チェーン店ではないようだから、この店は日曜日の集客があまり望めない立地条件にあることがわかる。そして宴会を常に受けつけており、それなりの収容能力を備えている店であることもまた、確かなようだ。

「すると、どのような営業形態であるかは明らかですね」

「はい！」と、片岡めぐみが手を挙げた。

「この店はサラリーマン相手の店で、しかもある程度遠距離から通勤してくる客の利用が多いとわかります」

「ほお、それは？」

「だって営業時間が午後十一時半までとも書かれています。最寄《もより》の地下鉄駅の最終電車が確か十二時前だったはずですから」

「そっ、そうですね。たしかにそうです」

　想定外の解答、しかも己が気づかなかった点を指摘されて、再び内藤は動揺した。

　サラリーマン相手の居酒屋の場合、かなりの確率でランチタイムを設けている。ひとつは店の在庫を処分するため、もうひとつには夜の客への顔つなぎの意味をもっているからだ。したがってランチメニューは、質・量ともに頼もしく、なおかつ安価であることが想定される。すなわちおいしい昼飯を食べたければ、こうした店を探し出せばよい、というのが結論だったのだが。

　――だってそちらのほうがわかりやすく楽しい、市民のための民俗学講座っぽいと思ったから……！

　たしかに片岡めぐみの出した解答のほうが、民俗学的推論として、より高度であるかに思える。

「落ち込むな、顔に出ているぞ」

　高杉が内藤の背中をぽんと押しながら、耳元でささやいた。

「はっ、はい。わかっています」

「そういえば……」と、片岡めぐみが、小首をかしげながらいった。

「あの地下鉄駅で、事故があったわよねぇ。二週間位前に」

「ああ、知っています。中年女性が自殺したのでしょう」

小林が、片岡めぐみにおもねるようにいった。あるいはそう見えただけかもしれないが。

「でも、奇妙な噂が流れなかったっけ」

「それも知っています。確か……幽霊に突き落とされたという」

「そうそう。まるでだれかに突き落とされたみたいに、こう、つんのめるようにして」

片岡めぐみが、両手を前に突き出し、野球のベースに向かって滑り込むようなポーズで一歩踏み出した。

「普通、自殺ではそんな恰好《かっこう》になりませんよね」

宅地の件から幾分機嫌を直したのか、沢口が話題に入った。

「しかも、婦人の後ろに立っていたのは小学六年生の女の子だったというし」

「昨今流行《はやり》の、いわれなき殺人というやつでしょうか」

「小学生の女の子が、見も知らぬおばちゃんの背中を、不意にドン！　ですか。なんだかありえないなあ」

「だからこそ、警察は自殺と断定したのでしょう」

「それでも、奇妙な噂は流れた。もしかしたらあそこには霊的な磁場があって、そこから離れることのできない地縛霊が、仲間を作るために婦人を背後から突き落としたとか」

片岡、小林、沢口の会話に他の受講生も加わり、もはや収拾のつかない状況になりつつあった。

——失敗だ、ぼくの講座は完全に失敗だ。

いいんだ、いいんだ、どうせぼくの講義なんてだれからも相手にされない三流品でしかない。だいたいこいつら、いつのまにこんなに仲良くなって……。

そのとき内藤は、民俗学などという聞きなれない学問の講座に、十五人もの受講生——そのうちの一人は高杉だが——が集まった理由を、漠然とながら理解した気がした。

——彼らはみんな顔見知りなんだ。

なぜ、今までそのことに気がつかなかったのか。己のうかつさに泣き笑いするしかなかった。市民講座は他にもいくつかある。彼らはそこで知り合った仲間なのであろう。最初はいくつかの偶然が重なったのかもしれない。しかし偶然の積み重ねはやがて必然となる。民俗学の常識ではないか。いつしか彼らは「次はどの講座を受講しようか」と話し合うようになり、いや違う、たぶん中心になっているのは片岡めぐみではないのか。彼女を中心に講座から講座を漂流する、サークルのごときものがいつしか形成されていたのだ。

――さらに論を進めるならば。

内藤の思考はいつしか学究モードに切り替わっていた。

そうしたサークルのごときものを、出雲たち事務方もうまく利用しているのではないだろうか。数ある市民講座へのアンテナもしくは人気のバロメーターとして、である。

地域における集団の形成とその進化の一例。

なにやら次の研究のテーマらしきものまで、おぼろげながら見えてきた。

集団はどのような状況下でも発生するが、それを維持もしくは進化させるためには別の変数を必要とする。たとえば共通の目的、あるいは集団の核となる人物。そうして維持された集団は、別の変数によって別の目的をもたされ進化する云々《うんぬん》……。

「もしかしたら、突風が吹いたとか」

「どういうこと？」

「地下鉄の場合、ホームに車両が到着する直前、結構強い風が吹いたりするじゃない」

「あるある、わたしも帽子を飛ばされたこと、ありました」

「でも、人が飛ばされるほどの突風なんて、少し無理がないかなあ」

「そうねえ、婦人一人だけが飛ばされたというのも……」

理論的に無理がある、と片岡めぐみがいうと、全員がうなずいた。

「内藤先生はどうお考えになりますか」

小林から突然コメントを求められ、内藤はわれに返った。とはいえ、思考を急に修正できるほどの能力をもっていないことは、己が一番よく知っている。

「民俗学的に見て、霊魂伝説はその人間の怨念《おんねん》あるいはその人物に降りかかった災難を記録させるための装置であり、これもまた都市に隠された記号と見ることが……デスネ」

なんとか講師としての威厳を維持すべく言葉を探すが、その場しのぎの感は否めない。助け船を求めて高杉を見たが、見事に視線をそらされてしまった。

——あんた、かつては学界の重鎮の衣鉢《いはつ》を継ぐ研究者として嘱望されていたんでしょうが、なんかいってくださいよ。

が、答えはない。この世にテレパシーなどというものが存在しないことを、内藤は改めて思い知らされた。

「……やっぱりだれかに突き落とされたんじゃないかな」

沢口が唐突ともいえる口調でいった。

「けれど、彼女の真後ろは小学生の女の子で」

「真後ろじゃなくてもいいんじゃないかな。たとえば斜め後ろからとか」

「そんな不自然な動きをしたら、小学生が気づくでしょ、普通」

再び沈黙。

沈黙は時として恐怖を呼び覚ます。沈黙すなわち無視に繋《つな》がることがあるからだ。そうしてこの瞬間、内藤は集団のなかから完全に浮いた存在であることをしくしくと実感していた。

さあ、次の記号を探す旅に出ましょう。たとえば皆さん、街中で急にお腹の具合が悪くなったとします。あなたはトイレを探さねばなりません。あたりを見回してください、デパートのようなものは見当たりませんね。頼みの交番もないようです。パチンコ屋はありますが、女性には入りづらい場所ですよね。それに、ああした場所のトイレはあまり清掃がゆき届いていません。さあ、どうしましょうか。わたしならば、雑居ビルを探します。できれば雀荘《ジャンそう》が入居している雑居ビルを。どうしてだかわかりますか。雀荘という業種は、部屋のなかに一台でも多くの台を置きたがるものです。そのために、共同のトイレが設置されている不動産物件を探す場合が多いのですよ。

雀荘と共同トイレ、これもまた都市に隠された記号なんです。

などなど。これから繰り広げられる予定であったはずの講義内容が、むなしく脳細胞のなかをメリーゴーランドよろしく回転する。

「あの……そろそろ次のポイントへ」

事務局の出雲が出してくれた助け船も役には立たず、議論は再び中年婦人自殺事件、というよりは彼らの間ではすでに殺人と断定されたらしい事件へと差し戻された。だれにも見られず、婦人を突き落とすことは可能か否か。

「おい、少し変じゃないか」

高杉の言葉に、内藤は黙ってうなずいた。集団の空気が明らかに変質している。なにかを糾弾する空気。追い詰める空気。全員の目つきまで変わっている。

――そして彼らの視線は……。

二十八の瞳《ひとみ》はただ一人の人物に向けられていた。

「やめてくれ！　わたしをそんな目で見るのはやめてくれ」

出雲が悲鳴をあげてうずくまった。

「だって亡くなった女性は出雲静江《しずえ》さん。つまりあなたの奥様でしょう」

片岡めぐみの言葉には殺意の刃《やいば》が隠されている。

「静江さんはぼくたちの仲間だった。あの人が自殺するなんて考えられない」と、小林。

さらに沢口までもが、

「あの勝気だった静江さんが、自殺するはずがないじゃないか」

と出雲に詰め寄る。

――なにがどうなっている？

思わぬ展開に、内藤は意識を手放しそうになった。

どうやら自殺した女性は、出雲の妻であり、市民講座内に発生したサークルのごとき集団の一員であったらしい。彼女の自殺に疑念を抱いた彼らは、出雲を追いつめるために今回の講座に参加したというのだろうか。講座内容については、あらかじめレジュメを作って配付しておいたから、把握することは可能だっただろう。目的に合わせて講座を選び、全員で参加することで糾弾の機会を待っていた……。

一応は説明がつくのだが、そこここに生じた違和感が、どうしても拭《ぬぐ》い去りがたい。

「……高杉さん」

「しばらく様子を見る以外にないな」

「なによりも」と、片岡めぐみがさらに語気を強めた。

事件当日。わたしは偶然あなたの姿をこの近くで見かけているのよ。あなたの住まいは立川《たちかわ》市でしょう。どうしてこんな場所をうろうろしていたの。しかもあの日のあなたはひどくあわてていた。まるでなにかから逃げるように、足早に立ち去る様子だったじゃないの。さあ、話してしまいなさい。あなたでしょう、奥さんを突き落としたのは。いったいどんな方法で静江さんをホームから突き落としたの！

片岡めぐみが、憤怒《ふんぬ》の不動明王に見えた。

3

どうやら君は、憑物《つきもの》にとりつかれやすい体質らしい。

蓮丈那智がコーヒーカップを薄い唇に当てながらいった。

「冗談じゃないですよ」

「で、講座は中止になったのか」

「いや、それがなんとも奇妙な話ですが」

内藤のフィールドワークの講座は、存続が決定している。そこには、あの日の奇妙としかいいようのない展開が大きく関わっている。

どんな方法で静江さんをホームから突き落としたの！

片岡めぐみの糾弾を浴びた出雲は、ただひたすらに「違うんだ、誤解だ、話が逆なんだ」といいつづけたのである。

「話が逆？　どういうことですか、それは」

と、問いかけたのは佐江由美子だった。

「ふふん、そういうことか」

「あれ、先生は真相がわかっちゃったんですか。あれだけの話で」

「内藤君の説明が要領を得ていたからね。およそのところはわかった」

この調子ならば、学内での講師昇格も遠い話ではあるまいと、冗談とも本気ともつかない口調ながら、内藤は胸の奥深くで飼っている子犬がパタパタと尻尾《しっぽ》を振るのを感じた。

――子犬の名は……忠犬ミクニ……かな。

「じゃあ、その中年女性、出雲静江さんは」

「もちろん自殺なんかじゃない。けれど殺害されたわけでもない」

「ましてや、怨霊《おんりょう》の仕業でも」

「佐江君、そちらの研究がしたいなら、別の研究室に移りなさい」

「冗談です。本当に冗談です」と、由美子が本気でおびえた口調でいった。

「つまり……」

出雲氏は事件当日、地下鉄駅の近くで目撃されている。たぶん、現場にいたことは確かだろう。そしてその場から逃げ去ったのである。

「事件現場にいた？」

「うん、でなければ足早に立ち去る必要はない」と那智が応じた。

「じゃあ、やっぱり奥さんを……」

「違うんだ。だからこそ話が逆なんだ」

那智の言葉を聞きながら、内藤は内心舌を巻いた。

——先生は真実に到達している。

彼女の脳細胞なら十分可能であることは、経験則によって理解できるが、いつもながらその冴《さ》えを目の当たりにすると、背筋が寒くなる思いだった。

「なんらかの理由で、静江さんは出雲氏のあとを尾《つ》けていたんだよ」

「……もしかしたら」

「そうだ。彼女はホームに立っていた。しかし最前列ではなかったはずだ。彼女の前には一人の男が立っている」

「それが、出雲氏ですね」

「車両がホームに入る直前、彼女はその男の背中を思いっきり」

思いっきり突き飛ばそうとしたのである。ところがそこに予期せぬ出来事が起きた。車両が到着する刹那《せつな》、突風がホームを吹きぬけた。そして見事なやかん頭の出雲の頭部から、帽子を剝《は》ぎ取ってしまったのだ。斜め横に落ちた帽子を拾おうとかがみこんだ出雲と、その背中を突き飛ばそうとした静江の動きが、交差してしまったのだ。

「じゃあ、静江さんはそのまま」

前のめりに、あたかもベースに滑り込むような姿勢でホームから転落したのである。出雲は最初、なにが起きたのかわからなかった。だが彼は見たという。

『妻がね、ホームの下から恐ろしい形相でわたしをにらんでいるんです。その瞬間、すべてが理解できました。妻はわたしを殺そうとしたのだ、と。恐ろしくなりました。なにも考えることができなくなって、その場から逃げ出したんです。駅を出たところを片岡さんに見られてしまったのでしょう』

内藤の説明に、佐江由美子が大きくうなずいた。

「他のメンバーもね、あの人ならやりかねないと、奇妙な形で納得してしまったのですよ」

「それで講座は存続、か」

「まあ、非常に悪意のある事故ということで」

「憑物にとりつかれやすい体質なれど、かなり運に救われているな」

「先生が口にすると、冗句《じょうく》に聞こえません」

「でも、周囲の人はどうして気づかなかったのでしょうか」と、由美子がいった。

「駅のホームなんてそんなものでしょう」

電車を待ちながら、周囲をいちいちうかがう人間などいない。突風に帽子を飛ばされた人間がそれを拾おうとするのもあまりに自然な行動で、特に注意するものがいるだろうか。ホームとはだれもがのっぺらぼうの集団で、出雲静江はそこから転落死したからこそ、記憶に残ったのである。

「だが」と、那智がメンソール煙草に火をつけた。一本を灰に変え、さらに新たな煙草に火をつける。

「……ミ・ク・ニ」

「はっ、はい」

椅子から立ち上がり、我しらずのうちに直立不動の姿勢となっていた。

受講者の名簿はあるのか、あるなら見せなさい。

ありませんとは決していえない状況を、蓮丈那智はごく自然に醸し出すことができる。

これには個人情報が多く含まれているから取り扱いには十二分に注意するようにと、出雲にいわれて渡された名簿を、内藤はなんのためらいもなく取り出した。それを一《いち》瞥《べっ》するなり、

「奇妙だな、これは」

と、那智はいった。

「どこが、ですか」

「君がフィールドワークを行なった地下鉄駅周辺とは……S駅のことだね」

「そうですが」

「だが、片岡めぐみの住まいはまったく別の地域だ」

那智が指差す名簿には、たしかにS駅とはまったく異なる地名が書かれている。

「疑問のひとつめ。どうして出雲氏は事件当日S駅付近にいたのだろうか」

「なにか、特別な用事があったのではないですか」

「疑問のふたつめ」

どうして片岡めぐみはS駅周辺の事情に詳しかったのだろうか。那智の眉間《みけん》にくっきりと深いしわが刻まれた。

「特に詳しいようには思えませんでしたが」

「だが彼女は、駅の終電時刻を心得ていたじゃないか」

「そういえば！」

「疑問のみっつめ。静江夫人はどうしてS駅ホームで亭主を殺そうとしたのか」

殺意なんて急に芽生えるもんじゃない。ましてやそれを爆発させるのに人ごみを選ぶだろうか。

「感情を爆発させる要因があったんだよ」

「先生、先ほどなんらかの理由があって静江さんは出雲氏を尾行していた、とおっしゃいましたね。もしかしたらその理由というのが」

「たぶん、女性がらみだろうね」

「じゃあ、その相手は片岡めぐみさん？」

「だったら、彼女がS駅周辺に詳しいのも納得できるじゃないか。終電時刻を知っていたことも、君がフィールドワークの対象に選んだ居酒屋を、君以上の洞察力で分析できたことも、だ」

出雲氏と片岡めぐみはしばしばS駅周辺で会っていた。たぶん居酒屋もいくども訪れたことがあるのではないか。

「疑問のよっつめ。これが最後の謎なんだが」

事件当日、片岡めぐみがS駅近くにいたのは、本当に偶然だろうか。

「そうか、夫人は亭主の浮気の現場を押さえるために尾行していた。そしてついにあの日、決定的な現場を見てしまったんだ」

内藤は情景を思い浮かべてしまった。二人の浮気現場を押さえて、とっちめる方法もあっただろう。が、彼女はそれよりも殺意を選んだ。あるいはとっくに殺意は芽生えていて、あとはスイッチひとつ押すだけの状況であったやもしれない。ホームでの転落死、となれば保険金の問題も絡んでくるだろう。

「なんのことはない。片岡めぐみが事件当日S駅周辺にいたのは、偶然でもなんでもない。出雲氏と事件直前まで会っていたからなんですね」

「あるいは」と由美子が会話に入ってきた。

「ああ、ぼくも同じことを今考えたよ」

「でしょう？　たぶん彼らはそこにアパートかなにかを借りて、二人の愛の巣にしていたんです」

「愛の巣とは、ずいぶんとロマンチックな言葉を使う」

「からかわないでください」

「でも。そうなるとまたわからなくなってくる。なぜ二人はぼくの講座であんな茶番を演じて見せたのですか」

「簡単なことだ」

糾弾するものと、されるもの。涙ながらの告白をするものと、それを許すもの。ふたつの立場を明確にすればするほど、両者の間に横たわる、まったく別の構図――関係――を隠すことができる。

また、静江夫人の殺意を証明することで、彼女の人間性を否定し、なぜ彼女が殺人という凶行に走ったかをぼかす意味もあっただろう。

「ですが」と、内藤は最後の疑問を口にした。

あまりにも偶然がすぎるのではないか。S駅周辺でのフィールドワークを決定したのは自分であって、そこには第三者の意図が付け入る隙はなかったはずだ。

「たしかに、君が今回S駅周辺をフィールドワークの場所に選んだことは偶然だろう」

だが、と那智が急に興味を失ったように立ち上がった。

偶然を積み重ねることによって必然に昇華させることは可能だ。今回、まったく別の地域をサンプルに選んだとしても、講座を重ねるに従い、なんらかのサジェスチョンを与えることでS駅周辺のフィールドワークへと誘い込むことは可能だ。

「特にミクニならば、な」

そういって、那智は部屋から出ていった。

「どういうことですか！」

当然ながらその声は、那智の背中には届かない。

祀《まつり》人《ひん》形《な》

1

内藤三國は、気づかれないようにそっとため息をついた。不満があるわけではない。ただ、ほんのちょっと疲労感を覚えただけである。

というのも、今回蓮丈那智研究室にもち込まれた依頼は、中部《ちゅうぶ》地方、G県尾方《おがた》村での調査だった。予定では佐江由美子も同行するはずだったのだが、急性虫垂炎、いわゆる盲腸にかかり、手術、入院を余儀なくされて、不参加となった。本人は残念がったが、どうしようもない。この際ゆっくり休んでおきなさいと那智がいいおいて、内藤と二人で東京を発ったのだ。結果、由美子と二人で分担する作業に慣れていた身が、一人ですべてをこなす昔のスタイルに戻ったものだから、ついため息が出たのである。

依頼者は、榊原佐希子《さかきばらさきこ》という二十八歳の女性で、江戸時代に庄屋《しょうや》としてこの地をまとめていた榊原家の次女だった。当主であった父はすでに他界し、母が臥《ふ》せっているので、家のこと一切を差配しているという。榊原家が御守《おもり》をしている神社について、子孫のためにきちんと知っておきたいと、研究室に連絡をしてきたのだ。社《やしろ》は、榊原家の母屋《おもや》から二百メートルほど離れた場所に建てられており、今も村の人々の参拝が欠かさずある神社だそうだ。

榊原家は村内では高名な家で、今は亡き祖父の巳之助《みのすけ》が、この地方には珍しい養蚕業を始めて家の屋台骨を建て直し、同時に村を富み栄えさせたという。家に伝わる古文書《もんじょ》を調べると、社《やしろ》については『江戸中期に建てられしものなれど、大正《たいしょう》の御代《みよ》に不審きわまる火によって焼失せり。よって由来書《ゆらいしょ》も焼け失《う》せたゆえに、詳しき由来《こ》は不明也《なり》』との記述が残っていた。現在の社は、巳之助が新たに建立《こんりゅう》したものらしい。となると、それ以前のことは、他を当たって調べるしかない。

昨日調べた母屋の隣に建てられている蔵は昭和の中頃、母屋《おもや》の住居部分は一部に大正期の箇所もあるが、柱や梁《はり》から、細かい造作までが吟味された材で丁寧につくられた、実に贅沢《ぜいたく》な建築であった。客人を迎えることが多かったのか、離れの一部分が来客用の宿泊施設として利用されていたので、那智と内藤もそこに泊めてもらっていた。

母屋には客間がふたつあって、ひとつは高位の人物を迎えるための賓客用《ひんきゃく》、もうひとつは顔見知りを通すための普段使いとのこと。調査が一段落し、「どうぞ休憩を」と勧められて、そちらの客間に通された時に、床《とこ》の間に置いてある人形に目が留まった。

「これは」

お飾りなのですかと内藤が問いかけると、佐希子がほほ笑んだ。柔らかいその笑みは、まるで菩薩《ぼさつ》のようである。彼女が聡明《そうめい》さとしっかりした性格を兼ね備えていることは、調査を始めて間もなく内藤にも分かってきた。和風美人という形容がぴったりの女性である。

「祖父の巳之助が婿入りするときに携えてきた人形です。なぜかは分かりませんが、昔からずっとこの場所に飾っているんです」

ふり下げ髪の愛らしい顔立ちの市松人形が、黒漆の台に敷かれた金襴緞子《きんらんどんす》の座布団に鎮座していた。大振袖《おおふりそで》の胸元には、筥迫《はこせこ》が挟まれている。

「それにしても随分古い人形のようですね」

「なんでも、もともとは高祖母の嫁入り道具のひとつだったと聞いています」

巳之助の祖母の持ち物となると、ゆうに百五十年は超えているだろうか。顔や手足は胡粉《ごふん》で仕上げられているようだが、年月を経ても白肌が美しかった。金襴の帯を締め、総絞りの振袖《ふりそで》も色鮮やかで、文様や布地、仕立て具合からも手の込んだ人形であることがうかがわれる。資産家の家にふさわしい豪華さだが、婿入りする男の持ち物としては、違和感を覚えないでもない。なんらかの由来があってのことなら、うなずけるのだが。

「ところで、この人形の前に置かれている品物は、なんでしょうか。お供えにしてはちょっと……」

内藤が指さした先には、言葉は悪いが、雑多な物が雑然と並んでいた。供え物は、ふつう菓子や果物などが多いが、その類《たぐい》とはまるで違う。おもちゃや、子供向けの文房具やキラキラ光るアクセサリーなどが、所狭しと置いてあるのだ。

「姉の子供の仕業です。なにかままごとの延長みたいに思っているようで」

佐希子の声は笑いを含んでいた。そういわれてあらためて見ると、どれもが子供らしいカラフルな色彩で、夏の花屋の店先のような明るさがある。子供のたわいない遊びであれば腑《ふ》に落ちる光景だ。

「桃果《ももか》はいつも家のなかにいるので、人形の前に物を置いてはお祈りみたいなことをしているのです。一度たずねてみたんですけど、なんでもないといわれてしまって。友だちにもらったのか、見慣れないものもあって気になるのですが、片づけようとすると怒るし」

それ以上は聞けず、語りもしないので、なぜそんなことをしているのかはわからないといった。子供特有の一人遊びの世界なのかもしれない。佐希子が、ちょっと乱れていた人形の髪を撫《な》でて、元どおりにした。

「祖父は十九歳の時に村にきて、その翌年、祖母のふきと婚姻しました。ふきは榊原家の一人娘で、当時二十五歳でした。祖父は年下ですし、入り婿なのもあったのか、ことさらに自分のことを語らなかったそうです。八年前に百十歳で亡くなりましたけど」

男の年齢が上ならまだしも、その逆で五歳も違えば、そうなるかもしれない。しかも時は大正時代。そこには、なんらかの事情があるかもしれないとは、だれもが思う疑問だろうが、

「お祖父《じい》様はどこの御出身ですか」

那智は違うことをたずねた。

「I県です。なんでも実家とは行き来がなかったし、郷里のことも話さなかったと、父からはそう聞いていまして」

「ミクニ、このあたりの地方で人形にまつわる話を知っているかい」

「人形……ですか」

内藤は首をひねった。北陸《ほくりく》のI県では聞いたことがない。むしろこの中部地方のどこかに、なにかしらの人形についての伝承があった気がした。

「ひんな神だよ」

「ああ……」

思い出した。

「なんでも、お祀《まつ》りして供え物をすると、欲しいものをなんでももってきてくれるとい

う人形ですね。用事をいいつけないでいると、逆に次はなんだと催促してくるという」

内藤が答えると、佐希子が振り返った。

「人形に、そんな話が？」

「民間伝承ですよ。ただ一部の地域では、だれかを呪うという言い伝えもあるようです。相手の持ち物を供えて、十日間、毎日呪いの言葉と願いの文言を唱えると、希望を叶《かな》えてくれるとか。またある言い伝えでは、髪の毛にて相手の物をしばりて供え、密《ひそ》かに伝えられし呪文《じゅもん》を唱えるならば、相手を殺すことも能《あた》うなり、と」

「陰々滅々《いんいんめつめつ》とした話ですね」

佐希子が眉《まゆ》をひそめた。

「とはいっても、呪殺《じゅさつ》は自分の身にも災いが降りかかるかもしれないので、めったに思うことなかれと戒められているとか。ともかく、吉凶ないまぜの伝承で、いきなり金持ちになった家があると、この人形を祀《まつ》っているからだと皆が噂しあったとかいう話もあります。なんでも祀っている者は、死ぬときに非常に苦しみ地獄に落ちるとか」

「たしかに祖父は、この人形は飾っても祀るな、といっていたそうですけど……」

「だとしたら、本来は墓場の土で作った人形との説に似ているな。この人形とは異なる印象だが、ひんな神の可能性がありそうだな」

那智の言葉に、佐希子が困惑顔になった。飾っている人形について、おどろおどろしい話を聞かされれば、だれでも戸惑う。だがそこは那智、一向にお構いなしである。

「たしか、桃果ちゃんは一年生でしたね」

内藤が話題を変えると、心なしか佐希子の顔がほっとしたものになった。

佐希子の姉の亜矢《あや》は、夫の伊藤辰彦《いとうたつひこ》と一人娘の桃果と共に、二年前からこの家に住んでいるという。桃果は小学校に通いはじめたばかりで、夫が目のなかに入れても痛くないほどかわいがっている娘だそうだ。内藤たちも何度か会っているが、人形の前に物を置いて遊ぶなど、幼女そのままのほほえましい行動であれば、頬が緩む光景である。

「段々おしゃまになってきました。そう明るい性格ではないようですけど……。あら桃果、お帰りなさい」

佐希子の視線の先を見やると、当の桃果が廊下から室内を見ている。障子に半分顔を隠しているが、帽子をかぶり、障子越しにランドセルのシルエットが見えることから、帰ってきたばかりのようである。かわいらしい顔立ちのなかの大きな瞳《ひとみ》が、どこかおどおどと、こちらを探っているように見える。

「おかえりなさい」

内藤のかけた言葉にも答えず、くるっと踵《きびす》を返していってしまった。

「すみません、愛想がなくて」

佐希子が申し訳なさそうにいった。調査にきて二日目、少しは打ち解けてもいい頃なのに、那智たちに口を利いたことがない。挨拶《あいさつ》はと母親に促されても軽く頭を下げる程度で、内藤などは最近の子供はこんなものなのかと思っていたのだが、どうもそうではないらしい。しかも、

「桃果！」

今日も叫ぶような甲高い声が響いた。

「すみません、騒々しくて」

佐希子が頭を下げた。名前を呼んだのは、桃果の母の亜矢だ。佐希子と似た面差しで共に美人の部類に入るのだが、どこか険を含んだ容貌《ようぼう》が、内藤は苦手だった。

「お嬢さん人見知りなのですね」

「引っ越してきて二年になるんですけど、田舎生活が合わないのか、あまりお友だちもいないようで」

そういった口調がどこか寂し気だった。父の辰彦は、東京で店舗の企画運営を請け負う会社に勤めていたのだが、榊原家の紡績工場跡を再開発する話がもち上がった当初から参画し、結局一家で越してきて会社を設立してしまった。一手に開発、運営を請け負っているためか、忙しくて子供の相手もままならないそうだ。

対して妻の亜矢は専業主婦だが、お手伝いがいるので家事をしなくてもいいという

羨《うらや》ましい御身分。自由な時間はあるものの、東京暮らしが気に入っていたので、田舎に舞い戻って不満らしい。桃果にしても、あまり土地になじんでいないというし、辰彦以外はどうも満ち足りていないようである。それらが榊原家のなかで、不協和音のように響いているのだろうか。

叔母《おば》の佐希子としては、そんな姪《めい》っ子が不憫《ふびん》に思われても、両親の手前、差し出がましい口は控えているようだ。

調査の途中で耳に入った話によると、姉の亜矢が婿取りは嫌だと嫁いだので、佐希子が跡を継ぐことになったそうだ。だがよい婿候補が見つからない間に、その姉が夫や子供と共に戻ってきてしまった。

親戚《しんせき》連中は、あっちの男は佐希子にどうだとか、亜矢に子供がいるのだからその子に跡を継がせればいいとか、臥《ふ》せっている母親の見舞いに訪れると、かまびすしく勝手放題にいい立てているらしい。肩身が狭く、しかも出会いもないまま家を切り盛りする佐希子が、内藤には不憫に思われてならなかった。

「それにしても立派な蔵ですね」

母屋に引けを取らないような大きさとつくりで、昨日、古文書《こもんじょ》の調査のために入れてもらったのだが、大小の桐箱や葛籠《つづら》が所せましと置かれているのに驚いたのだ。

「代々捨てずにいたものが入っているだけです。昔使っていた養蚕道具や骨董《こっとう》、祖父の代に集まった中国のものとかもありますが、ガラクタ揃いですよ、きっと」

わたしは全然関心がないのですがと、佐希子は笑った。

昨日聞いた話では、工場立ち上げの際に知りあった在日中国人を通じ、多くの中国人を雇用していたという。巳之助が集めた「ガラクタ」とは、その縁で贈られた品々が半分以上を占めるとのことだった。祖父は中国人に分け隔てなく接し、しかも後年、自身も中国本土を幾度となく訪れ、その際の土産も少なくないのだと佐希子は語った。

時勢に押されて、工場を閉鎖して数十年経つが、養蚕も紡績もすっかり廃れた現在、尾方村に目立った産業はない。そこで観光に力を注ぎ、榊原家が大正期に建てた煉瓦《れんが》造りの工場を見学施設にして、若い女性向けの飲食店や有機栽培農家の直売店を誘致したのが成功しているらしい。

「虫干しだけでも大変でしょうね」

「ええ、家族総出でも足らないので、他の人にも手伝ってもらったりします」

「多人数でやって、紛失とかしないんですか」

内藤の質問に、笑顔で首を横に振った。

「紺野《こんの》さんがしっかり管理してくれているので、大丈夫です」

佐希子の口調からは、信頼しているのが察せられた。紺野とは、榊原家にきた時に紹介された紺野昌夫《まさお》のことで、祖父の代からこの家の男衆《おとこし》のようなことをしている四十代の独身男だった。お手伝いの米子《よねこ》と同様に、毎日、榊原家に通ってくる。力仕事はもちろん、高齢により五年前に引退して、今は非常勤のような執事の斎藤《さいとう》に代わって、季節ごとの行事を仕切ってもいた。また家内のあらゆる雑事をしており、重いものの多い蔵のなかの品物の虫干しを担当するのも、もっともと思われた。「じゃあ、明日のことでも」と内藤がいい、それからは調査に関連することについていろいろとたずねたりなどの打ち合わせをして、時間が過ぎていった。

2

離れに戻ると、内藤はパソコンを操作して情報を画面に呼び出した。ひんな神のことが気になって仕方なかったからである。

ひんな神は中部地方のT県に残る伝承である。ひんなとは人形のことで、三年間で三千人の人々に踏まれた墓地の土で作られた人形が、ひんな神となる。念の入ったものだと、七つの村の七つの墓地から取ってきた土を、人間の血で捏《こ》ねて自分の信じる神の形とし、さらに通行の多い場所に埋めて千人の人々に踏ませるとの説もある。また、三寸程の千体の人形を作り鍋《なべ》で煮ると、一体だけ浮かび上がってくるものがあり、それが千の霊がこもったコチョボという人形なのだという。他の地域では、墓地の石で作るともされるが、どの説をとってみても、あの優美な日本人形とはかけ離れたものとしか思えない。

「随分おどろおどろしいですけど、まるで式神《しきがみ》ですね」

「式神は神霊を指すが、ひんな神は死者の怨念《おんねん》の塊のようだな。まあたしかに似たようなものとする捉《とら》え方もあろうが」

　そう答えた那智はステンレス製のスキットルを、手にしていた。タンカレーのマラッカジンとノイリー・プラットのベルモットの芳香が室内に満ちた。

　民俗学では、鬼や妖怪《ようかい》など、現実に存在しないものも研究の対象とする。すべてを受容したうえで、存在理由と成立過程の系譜を論じることが目的の学問でもある。

　陰陽師が操る式神は、人の心からおこる悪行や善行を見極めるという。対して人形はいかに、と思った内藤だが、人形を目にした時から、嫌な予感がしていた。蓮丈那智研究室のファイルには、さまざまな事件の記録が収められている。そのひとつに、代々伝わる人形にまつわる、残忍な事件があった。

「まさか、あの二の舞にはならないでしょうねえ」

　そう呟《つぶや》いたが、那智はなんら反応を見せなかった。だが翌日、内藤は自分の直感が正しかったことを知った。

その日の調査を終えて、夕食後に部屋で聞き取り調査の整理をしている途中で、どこか母屋が騒がしいのに気づいた。

「何事でしょうか」

聞きにいった内藤に、お手伝いの米子が声を潜めた。

「人殺しがあったそうで、村は大騒ぎなんですと。怖いことですねえ」

そういうものの、興味津々なのが顔にも声にも表われている。だがその場にいた紺野は無関心なのか、「このあたりもよそ者が増えて、物騒になりましたね」と抑揚のない声でいうと、部屋を出ていった。興味の度合いというのは、人によって異なるものだ。たしか紺野は、夜中から早朝に行なわれる仏事の手伝いのために、米子共々夕方から支度に追われており、今日は榊原家に泊まることになっていた。この地方独特の行事なので、那智たちも見学させてもらう予定になっていた。

「なんでも、首を絞められて、道路わきの草むらで発見されたそうですよ。ああ怖い、怖い」

米子がどこか嬉々《きき》として語った時に、チャイムが鳴った。はーい、ただいまと米子が玄関に向かうと、引き戸の開く音に続き、「こんばんは」というしゃがれた男の声が内藤にも聞こえた。榊原家は、玄関に鍵《かぎ》をかけない。というか、村の人はほとんど鍵を閉めないのが通例で、観光客がくるようになって、用心のために施錠する家が増えたとは、調査の途中で聞いたことだった。

「佐希子さんはおるかね」

「これはこれは、松井《まつい》の御隠居さん。しばしお待ちを。ただいまおよびいたしますので」

米子の返事から、来訪者は知り合いで、声の調子からすると慌てているのが分かる。

ほどなく米子が佐希子を呼んできた。

「御隠居さん、わざわざいらしていただいて、どうなさったんですか」

「事件のことは耳に入っていると思うが」

「ええ、まあ」

「それなんだが、殺されていたのは権藤《ごんどう》なんだよ。当主の喜一《きいち》なんじゃよ」

「えっ、喜一さんが」

佐希子が驚きの声をあげた。

「昔から、権藤のところとお宅は親交があったじゃろ。それで知らせにと思ってね」

「ありがとうございます。あとで人をやって確認しますわ」

内藤がなんとはなしの気配を感じて振り向くと、やや離れた位置に紺野がいた。さすがに心配そうな顔で、内藤と同じく玄関の方向から聞こえる声のやり取りを窺《うかが》っている。榊原家と親交のある人物の事件ならば、気にかかるのも当然だろう。内藤は前方に顔を戻した。松井という老人の声が続いた。

「県からも警察がくるようだし、お宅も色々聞かれるかもしれん。土地のことがあるからのう。それになんや東京から人がきているんじゃろ」

「神社の調査できていただいているんです。事件とは無関係ですから、お気になさらないでください。お忙しいのに、わざわざありがとうございました」

やんわりと、だがどこか強い口調で切り上げるようにいって、佐希子が送り出した。

「殺人事件か」

那智の声に、内藤は慌てて振り向いた。紺野の姿はなく、その位置には那智が立っている。

「のようですね」

内藤の返答に、那智はふうんと答えて、歩きはじめた。内藤が一足遅れてついていくと、てっきり離れに戻ると思った那智の足が、そのまま人形が飾られた客間に入っていく。それが部屋の真ん中で止まった。いったいなにをしているのかと近づくが、那智は人形を見つめながら微動だにしない。

「先生、どうしたんですか」

「ミクニ、それ」

那智の削り出したような美しい指が、前方を指さした。そこには、あの人形が、相も変わらず雑多な品々に囲まれて鎮座している。内藤が那智の指の先を目で追うと、人形の前には、子供らしいカラフルさとは縁遠い、古びた黒い棒のようなものがあった。

「これは、万年筆？」

体のなかで、なにかざわつくようなものを覚えた内藤は、目を凝らした。やはり万年筆のようである。キャップの部分には、金色のローマ字が刻んであるようだ。

「KIICHI GONDO……？」

「被害者は、権藤喜一といわなかったか」

内藤は、あっと声をあげた。

「これって、まさかその殺されたという人のものですか」

「かもしれないな」

「一体どうしてここに？」

「お二人ともこちらにいらしたんですか、もうすぐ……」

入ってきた佐希子が、那智と内藤を見て怪訝《けげん》な顔をした。

「なにかあったのでしょうか」

「あの、もしかしたら、これはさっきお話に出ていた権藤さんという方のものではないかと」

内藤が件《くだん》の万年筆を指さした。佐希子が顔を寄せて、そこに書かれているアルファベットを読んだようだ。

「なぜ……」

呟くようにいって、青ざめた。なぜここにあるのかは、内藤にもわからない。佐希子は気丈にも思い直したように、「警察に連絡します」といって部屋を出ていった。三十分もたたないうちに、鑑識課員を連れた刑事がやってきた。那智と内藤は部屋を追い出されて、もうひとつの客間に待機することになった。しばらくして刑事が入ってくると、お決まりの質問を口にした。

「最初に発見したのは」

「わたしだ」

那智を見て一瞬まぶしそうな顔になったが、あわてて表情を引き締めて、咳《せき》ばらいをした。

「えー、東京からきた先生とお伺いしましたが」

「大学に籍を置く研究者だが」

那智の差し出した名刺を一瞥《いちべつ》し、

「なぜ、あそこに万年筆があると？」

「一目見れば、以前との違いなどすぐわかるものだ」

那智の至極当然というふうの返答に、刑事が目を剝《む》いた。昨日、人形を見た時には、そこに万年筆はなかったということだ。が、答えた那智にしても、「だれが置いたのかはわからないが」と付け加えるだけだった。刑事は、内藤と佐希子にもたずねたが、同じくわからないとしか答えることができない。警察は榊原家にいる全員にたずねて回り、ついに子供の桃果まで呼び出した。桃果は怯《おび》えた顔つきでやってきて、刑事の問いに、知らないと答える。拾ってもいないし、置いてもいない、繰り返し何度も同じことを答えるが、刑事も執拗《しつよう》にたずねる。桃果が半泣き顔になってきた。そしてついに、日頃の大人しさとは打って変わったように、

「知らないもん」

大声で叫ぶなり、泣きはじめた。夜の十時を回っていては、小学一年生の機嫌がよい時間でもなかろう。だいたいが、すでに寝ている頃である。泣く子にはかなわない。亜矢の気色《けしき》ばんだ責める声に、刑事たちはほうほうの体で帰っていった。

3

翌日、聞き取り調査で各戸を回っていた内藤に、その家の主婦がいった。

「わたしの小さい頃は、街灯もろくになくて真っ暗でね。工場跡の開発をして、たん

と人がくるようになって、村はにぎやかになりましたよ。昔は昼間でもふらふら出歩く人なんぞ、おらんかったもの。まあ今でも寂しいところはあるけんどねえ。とはいえ、殺人なんて怖いことよなあ。お客さんもこなくなるんかねえ、困るねえ《え》」

主婦は畑作業の合間に家に戻ってきたのか、晩の惣菜《そうざい》用らしき菜っ葉を選り分けて、ザルに入れていた。まんざら興味本位の他人事《ひとごと》でもなさそうな口調なのは、村のイメージが損なわれれば、また景気が悪くなるからだろう。もしかしたら、野菜を観光客相手の店にでも出荷しているのかもしれない。となると、直接にダメージを受ける立場だ。他人事ではない。

工場跡とは、榊原家がかつて紡績工場として稼働させていた、大正期のがっしりした煉瓦《れんが》造りの建物のことだ。一棟は昔の機械などを置いたまま見学用に公開し、文化遺産登録の申請中だという。他の二棟には、カフェやレストランを入れて営業していた。それを計画、管理運営をしているのは亜矢の夫の辰彦だ。それ以外にも、牧場や有機栽培農家などが直販や飲食店を始め、尾方村は、昔のほのぼのした村に、現代風のモダンが入り混じった独特の風情を醸しだす、家族連れや近隣の若者がデートや行楽で訪れる観光名所となっていた。

観光客が増えれば、それを当て込んだ店やペンションなどの宿泊施設ができる。なかには人気のそば屋もあり、材料がなくなって午後早々に閉めてしまうことまであるという。

死体があったのは、工場の奥の倉庫跡付近で、愛犬を連れてカフェを訪れた客が、帰る際にたまたまリードが外れた犬を探していて見つけたということだ。死んでいたのは、松井という老人が知らせてきたとおり、造り酒屋の当主の権藤喜一で、年齢は四十四歳。死因は首を絞められたことによる窒息死だという。犯行時刻は午後三時すぎから、死体が発見された五時の間。というのも、休憩で飲食店の従業員が三時ごろにそこを通った時には、死体などなかったと証言したからだそうだ。

権藤家は江戸時代末期から酒造業を営む旧家だが、家業の業績は右肩下《みぎかたさ》がりとなって久しく、販路拡大に悩んでいたところ、昨今の日本酒ブームでフランスに送った酒が評判になって、一躍《いちやく》時の人になっていた。榊原家で夕食に出してくれた日本酒も権藤酒造のもので、洋風ムードたっぷりのアールヌーボー調のラベルが貼られた四合瓶《しごうびん》だった。味はといえば、軽い口当たりながらもしっかりと米の味のする純米酒だった。

東京にも進出を企てたり、見方によってはやや強引に事業を拡大しているところから、警察は怨恨《えんこん》やトラブルを調べはじめたらしい。そこで浮上したのが、榊原家と権藤家の問題だった。

というのも、今は観光名所となった一角にある、権藤家と榊原家が隣接して所有する土地の境界線について、両家が揉《も》めているというのだ。狭い村のなかの常《つね》で、あっという間に情報が伝わるため、那智たちの耳にも入ってきた。家々を回っていても、まず開口一番が事件の話というのも仕方ないのかもしれない。今日、調査を予定していた最後の家を出ると、内藤は運転席に座ってから、

「先生、困りましたね」

ついぼやきのような言葉を吐いたのだが、助手席の那智は黙っている。毎度のことだが、事件が起これば調査はしづらくなる。だが、どう思っているのか、腕を組んで前方を見つめているだけで、その表情からはなにも読みとれなかった。

数時間後、那智との夕食の席で、内藤は疑問を口にした。

「しかし、どうして殺された人の万年筆が、人形の前にあったんでしょうか」

「ひんな神にでも、なぞらえたのか」

「先生」

内藤は声を潜めた。

「まさか、殺し？　いや、たしかに殺したい相手の持ち物を、ひんな神の前に供えて呪い殺す方法があるといっても、だれがそんなことを……。まさか、それをしたのは……」

「この家に出入りできる人間だろうな」

那智は当たり前のようにいう。

「それで、ひんな神が願い事を聞いてくれたってことですか……。でもって、人形が〝用事〟を催促して、また事件が起こるなんてことはないですよね」

小声ながら、内藤はおどけるように、あははと笑った。実際権藤が死んでいるゆえ、笑うしかないと思ったのだが、ブラックジョークじみた言葉にすら、目の前の那智はなんら反応を示さずに酒を飲みつづけている。内藤は、いささかばつが悪くなって飯をかきこんだ。しかし、榊原家のことを取り仕切る佐希子ですら知らなかった、ひんな神の伝承である。この家のだれが、そんなことをするというのか。

気まずい空気のなかで食事を続けていると、チャイムが鳴った。二人が食事をしている母屋の部屋は玄関から近いので、よく響いて聞こえる。

応対に出た米子に、「度々すみませんが」と、警察を名乗る声が聞こえた。刑事が訪れたようだ。佐希子と辰彦を呼んでほしいと、どこか神妙な声でいうのに、米子が慌てたように奥に呼びにいった。ほどなくして佐希子と辰彦が玄関に揃ったようだ。

「落ち着いて聞いてください。先ほど、亜矢さんと思われる遺体が発見されました」

内藤は息をのんだ。恐る恐る那智はと見ると、酒の入ったグラスを持ち、考え込むように、鳶色《とびいろ》の瞳《ひとみ》をあらぬほうに向けていた。内藤は、直前に口にした自分の不用意な言葉を恥じるしかなかった。

佐希子と辰彦は刑事と出ていったが、二時間ほどで佐希子だけが戻ってきた。ひとまず那智先生と内藤さんにご説明をと思いましてと、わざわざ離れにきてくれた。

「姉の遺体は明朝に司法解剖をするとのことで、今日は帰ってこられません。今は義兄《あに》が付き添っていますけど」

気丈に語っているが、青白い顔とその目を見れば、感情をこらえているのがよくわかる。

語ったところによると、亜矢は修繕中の古い商家の裏手で見つかったという。背中を刺されての失血が死因だそうだ。権藤が殺害されたことと関連があるのかどうかはまだ不明。とはいえ、平和だったこの狭い村のなかで、二件立て続けにまったく関係なく殺人事件が起こるのも解せない。両者共に金は抜き取られていたとあって、警察は強盗殺人を視野に入れながらも、トラブルはなかったか、関連する事情はどうか、恨みを抱く者がいないかなどを調べはじめたという。

ひとしきり話した佐希子が、突然はっとしたように、

「まさか」

といって立ち上がり、母屋に向かって走りだした。那智と内藤も後をついていく。佐希子は人形が飾られた客間に駆け込んだ。

「こ、これは……」

佐希子の言葉に、内藤もその視線を追った。人形の前には、今も子供らしい色とりどりの品物が置いてある。そのなかでも、ひときわ艶《つや》を放っているショッキングピンクのクロコダイル革の名刺入れが目に入った。見覚えのないそれには小さいゴールドのチャームが付いており、どう見ても大人の持ち物である。周辺に置かれている子供向けのチープ感漂う雑貨とは、明らかに異なっている。

「ひんな神への供え物か……」

那智のぽつりといった声が、どこか不気味に響いた。内藤は、はっとした。

「もしかして、この名刺入れは亜矢さんのものですか」

佐希子がうなずいた。内藤と那智の顔を交互に見ると、

「警察に連絡したほうがいいですよね」

と低い声でいって、部屋を出ていった。

「いったい、いつ、だれが置いたのでしょうか」

榊原家では玄関を施錠していないので、家の者以外が忍び込むことは可能である。とはいえ、二回も続けて物を置くとなると、執拗《しつよう》で、人形の由来を知っている者の仕業でしかないと思える。殺したい相手の品物を供えると願いが叶《かな》う――そんなことはあるはずがないと理解しながらも、内藤は薄気味悪さを感じて、思わず二の腕をさすった。那智は考える風に、ピンクの名刺入れを見つめている。

ほどなく警察がやってきた。佐希子の証言と、なかに収められた複数枚の名刺と指紋から、その名刺入れは亜矢のものと断定された。

「なぜここに置いてあるのか、ご存じですか」

「姉がいつもバッグに入れて持ち歩いている——いたものです。どうしてここにあるのかは」

知らないと、佐希子は首を横に振った。

「亜矢さんが外出したのを、どなたも知らなかったんですよね？」

「先ほどお答えしたように、米子さんも知らないし、わたしも気づきませんでした」

「権藤さんと亜矢さんの間でトラブルは？」

「ありません。二人に接点はないと、何度もいったじゃありませんか」

強い口調で佐希子がいった。それを見た刑事が、もう一人と互いに目配せをして頷《うなず》き合うと、佐希子にたずねた。

「権藤さんとは、お宅のもつ土地の件で揉めていましたよね」

「それは……」

佐希子がいったん言葉を切ってから、強いまなざしで刑事を見つめた。

「隣接する権藤家と榊原家の土地の境界線があいまいなので、測量しなおしてきちんと境界線を決めるということで、弁護士を介して話がついています」

「弁護士の名前をお教えいただけますか」

「ええ、聞いていただければわかることですから。もともと向こうから境界線があいまいだからどうしようかといってきたのです。先のことも考えて、一筆かわして線を引こうということになりました。揉《も》めてなどいませんし、去年いいだしたことです。わたしと喜一さんで話して、弁護士をたてたんです。いまさら」

なにをそんなことをといって、佐希子は頤《おとがい》を襟にうずめた。刑事は冷酷とも思える目で、そんな佐希子を見つめている。佐希子の全身には疲労感が漂っている。夜中というより、朝のほうが近い時間だ。佐希子のその姿を見て、内藤はなんともいえない気持ちになった。

「揉めている相手を殺すなど、だれが犯人か自分から語るような真似を佐希子さんがするとは思えないが」

那智の言葉に、刑事がふんと鼻で笑った。

「犯行とは短絡的なことが多いものですよ」

「だが実際は揉めてもいない。それに、女性の手で権藤氏の首を絞めて殺すことができるのかな。地蔵背負いで殺したとしても、権藤氏の体を持ち上げられるのか」

答えようとした刑事が、唇の動きを止めた。

「わたしが聞いたところでは権藤氏は、百八十センチメートルを超える巨漢だそうだ」

「それではいくらなんでも、無理でしょうね」

内藤が同調した。調査中に耳にしたかぎり権藤は、プロレスラー並の巨体ということだった。那智のいった地蔵背負いとは、重い地蔵を運ぶときに、地蔵の首にひもをかけて背負うことである。そのような方法で絞め殺したとしても、華奢《きゃしゃ》な女性にはとうてい不可能である。

「しかもその後、亜矢さんが何者かに背中を刺されて、殺されている。実の姉を殺すメリットがあるとは思えない。それでも彼女が犯人だというのかい」

那智の追いつめる声に、刑事たちは苦し紛れに、「ともかく、後日また伺いますから」といって引きあげていった。

「進展がなければ、これ以上は、いってこないでしょうから」

内藤の言葉に、佐希子がありがとうございますと、頭を下げた。なんにせよ、夜が明けないと葬儀のことも進められない。こんな時に申し訳ないが少しいいだろうか、と那智が声をかけると、佐希子は、「なんなりと」とうなずいた。

「殺された権藤氏の家とは、佐希子さんのお祖父《じい》さんの代からの繫《つな》がりなのかい。村の人に、権藤氏の祖父と巳之助さんは同じ村の出身だと聞いたのだが」

「その通りです」

意外な質問にやや驚いた表情をしたが、佐希子の声は落ち着いていた。

「表向き祖父は、遠縁の旧家から婿入りしたことになっていますが、本当は薬種問屋《やくしゅどいや》に奉公していて、読み書きそろばんが達者だったのを見込まれて養子縁組がなったと祖母から聞いています」

「奉公人風情ではまずいから、旧家の出身と偽ったということだね」

「ただ、薬種問屋云々《うんぬん》も、もしかしたら……」

「それも偽りだと？」

那智の言葉に佐希子がうなずいた。

「祖母がそんなふうにいったことがありましたから」

「流れ者だと？」

ええといって、佐希子はまたもうなずいた。

「祖父は権藤さんの御先祖と共にこの村にきて、それぞれ各家に婿入りしたのが真実のようです。男衆《おとこし》として家にいる紺野さんの御先祖も同様で、三人とも奉公人仲間だったのでしょう。祖父の代はみな親戚《しんせき》のような付き合いをしていたそうですし、その縁で紺野さんは我が家で働いてもらっています。今は権藤家との行き来はありませんが、土地が隣接していたのも繋がりがあったからだと」

「権藤家は造り酒屋で、相当な資産家とかいわれているそうですね」

内藤が聞き取り調査の途中で聞いてきたことをいうと、佐希子の表情が曇った。

「ミクニ、それは昔の話さ。今は往時の面影がないんじゃないかい」

「そのようです。いえ、それは我が家も同様なのですが……」

佐希子が慌てたようにつけたした。

「今のご時世ではなかなか……。ですが、このあたりは内陸部ながら、意外と隣県の港への距離は短いのです。それが祖父が事業を興した一因でもあります。もともとその港は明治時代から昭和中期までは輸出業が盛んだったそうです」

「その名残が、村内に散在する蔵や煉瓦《れんが》造りの建物なのですね」

「港は中国や韓国などへの航路が発達していたので、それを利用して中国関連の事業を始めましたから」

隣県の港は三津七湊《さんしんしちそう》のひとつとされ、江戸時代には北前船《きたまえぶね》の寄港地《きこうち》として栄えた。古くは、大伴家持《おおとものやかもち》が越中国《えつちゅうのくに》の国守《こくしゅ》として、国府のあった伏木《ふしき》に赴任したなど、歴史的にも表舞台で脚光をあびた土地であった。明治時代には定期航路の寄港地にもなったところだ。とはいえ、時勢もあり、機械が古くなった二十年ほど前に養蚕業《ようさんぎょう》からは撤退し、それからは村も廃《すた》れる一方だった。再開発で村が活況《かっきょう》を呈《てい》したのは、ここ数年のことだという。

「最近はまた権藤酒造もブームに乗って急拡大しているとか」

内藤が聞いた情報を披露すると、那智が答えた。

「だが、相当無理もしているのではないかな。それにしても、警察は榊原家が権藤家に恨みをもつような図式を考えているようだが」

「警察の人からもしつこく聞かれましたが、古い家同士、多少の揉め事はあっても恨みというほどのものはないですから。ただ噂話として皆が面白おかしくしゃべっているうちにそうなったのだと。ただ大きな揉め事自体村では聞いたことがないので、その意味では、村民のなかでも、権藤さんにそれほど強い感情をもっている人がいるかどうか」

首をかしげる佐希子に、那智が助け船をだした。

「このような事態なので、調査を見合わせてはいかがでしょうか」

もっともな提案である。せめて自分たちはどこかの宿泊施設に移るがと続けると、

「どうかこのまま家にいてください。調査も継続していただければと思います。今、先生と内藤さんに出ていかれたら、わたし、どうしたらいいか……」

佐希子が声を詰まらせた。まだ若い身で旧家を差配し、いきなり肉親が殺される事件に出くわしたのだ。深い縁でなくとも知り合いがいなくなることが、どれだけ心細いものか。女心に疎《うと》い内藤ですら、彼女の心の不安定さが心配になる。

「わかりました。それではお言葉に甘えて逗留《とうりゅう》させていただきます」

佐希子が安堵したような笑顔になった。内藤には佐希子が不憫《ふびん》に思えてならなかっ

たが、どうすることもできず、那智と共に離れに引き上げていった。

4

翌日、亜矢の遺体が戻ってこない榊原家は、ひっそりとしていた。夕方、村の調査を終えた那智と内藤は、蔵を案内してもらっていた。調査の初日に、内部をざっと見せてもらって以来である。

「祖父は戦前、中国との繋がりを深め、多くの中国人を受け入れて工場を稼働させていました」

折々の礼として贈られたさまざまな品に加え、祖父自らが蒐集《しゅうしゅう》した骨董《こっとう》や土産物が多いとの言葉どおり、堆《うずたか》く積まれた古色蒼然《こしょくそうぜん》とした数多くの桐箱は、圧巻である。そのなかには、陶器や衣服や絵画、紙幣や切手などもあって、それぞれに整理されていた。

「貴重なものもあるのだろうね」

という那智の言葉に、わたしは価値が分からないもので、と佐希子が笑って答えた。

「祖父の偉業の証《あかし》でしょうか。なので、売るつもりはありません」

現在は数年おきに、古くから懇意にしている骨董商に保存状態を確かめてもらっており、今年も陶器をいくつか売らないかといわれたのだと語った。

「唐三彩《とうさんさい》というもので、相当価値もあるとの話でした」

「中国の骨董などは、海外に渡った物を、本土に住む中国人が買っている例が多いそうですよ」

内藤がテレビからの情報を口にした。国際的なオークションなどで、国外流出した美術品を買い戻すがごとく、中国人が高値で競り落とすことが多くなっているそうだ。中国の富裕層が増えたためで、投機目的での西洋美術の購入も多いという。土地の個人所有が認められていない中国では、美術品は蓄財の対象のようだ。

「まあ売るつもりはありませんので」

お金の話は嫌だというような雰囲気で、佐希子が強い調子でいった。

「お嬢さま」

米子が蔵に顔を出した。お電話ですがとの声に、佐希子が「しばらくお二人で見ていてください」と蔵を出ていった。

「しかし、随分とマレビトが一気にやってきたものだな」

佐希子がいなくなってからの那智の呟《つぶや》きに、内藤も同じことを思った。その昔、なぜ三人の奉公人が一緒に、この村にやってきたのか。これが東京なら、集団就職として上京するという話は、昭和の年代まで続く。東京がそれだけ働き手を欲し、職場があったからだ。だがこの村はどうだ。百年ほど前ならば、主に畑作くらいで、突出する産業などもない村ではなかったのか。

「地理的にきやすかったということでしょうか……」

それならば可能性はある。だが、祖父が婿入りする前はI県に住んでいたと聞いた。I県は距離としては遠い。

「たしか今は統廃合されて、町となっているようですね」

ネットでそれくらいは調べられるが、戸籍は記載されている人が死んでから百五十年経過すると消滅してしまうので、調べようがない場合もある。

「それにしては人形が新しいな」

那智も同じことを思っていたようだ。祖父の祖母のものならば、どう見積もっても百五十年は超えていようが、そこまでの経年劣化は感じられないのだ。しかもひんな神の伝承は、I県ではなく隣のT県の一部に残る。高祖母の嫁入り道具だったというが、彼女がT県の出身だったのか。やはりそこまで昔の物ではなく、祖父が箔付《はくづ》けのために語った話で、単なる持参品の人形ということなのか。

「それとも、人があまり触れなかったためか」

人形の顔や手足にも黒ずみなどはない。置かれている座敷の床の間まで日の光は差し込まないようだし、人があまり触れず、衣装もその後に新調したものならば、保存状態がよいのもうなずける。

「それはそうと、調査はどうだった」

「やはり蘇民将来《そみんしょうらい》伝説が残っている村でした」

内藤は那智に命じられて、午前中は地元の伝承を調べに、古くからある寺と図書館にいってきたのだ。

寺の古文書と風土記《ふどき》には、蘇民将来伝説が記録されていた。この伝説には、裏表のこととして吉凶《きっきょう》双方の話があり、この土地でもマレビトを迎え入れた家は栄え、拒絶した家は流行病《はやりやまい》で断絶したと伝承されていた。だからこそ、祖父と他の二人は村に迎え入れられたのだ。

榊原家は旧家ゆえに、親族だけでは釣り合う相手がなかなか見つからないこともあり、他の村から嫁入り、もしくは婿入りすることがままあったという。そこで、マレビトとして訪れる男に興味を抱いたということは、十分考えられる。

過去迎え入れたマレビトのなかには、各人の性格などにより、時にはひそかに殺害され、旅立ったことにされた者もいるかもしれない。祖父の代は、たまたま婿となる男がいない時代だった。といっても、それだけでなぜ旧家に迎え入れられたのか。格式を重んじる家こそ、相手にも家柄を求めるものである。

「おそらく佐希子さんの祖父は、奉公先から金を持ち出して逃げてきたのだよ。一緒にこの村にきた他の二人は同郷。集団就職のように働きに出て、奉公先の辛さに耐えかね、示し合わせて金を持ち出し出奔したのだ」

大金を携えてということならば、分からない話ではない。ともに窃盗を働いた三人が、離れた土地であるこの村にまで流れてきた。榊原家は実は金がなくて傾きかけていた。祖父のその金欲しさに、係累のない男を婿に迎え入れた。だが殺してだまし取ることもできたのではないか。いや、そうするには近代的になりすぎていたし、罪悪感が邪魔したということもありえるだろう。

「窃盗ならば、実家を捨てたも同然だから、孤立無援の身である。しかも、係累がいないというのは、幸いなことでもあるのだ」

那智がいう。余計な口を出す親族がいない。わずらわしさもなく、また偽りの経歴を周囲に披露してもばれない。祖父にしてもそれは都合がよいだろう。本人も生まれ変われるのだ。祖父は榊原家にとってマレビト、しかも金を持っているということが幸いをもたらす。一人が榊原家に婿入りした。権藤家に婿入りした者は、その金で酒造りを守《も》り立《た》て財を成した。最後の一人は紺野家に入り、榊原家に仕えた。

「では、当時の榊原家の主《あるじ》は金に目がくらんで、どこのだれかも分からない男を迎え入れた、ということですか」

「祖父が婿入りした大正から昭和初期の時代、この村には主だった産業はない。村民のほとんどは農業と畜産で生計を立てるくらいで、旧家といえども図抜けて豊かといううわけではなかったようだ。しかも地位があれば、なにかと支出も多かっただろう。金は種を蒔《ま》けば生えてくるわけじゃない。対価となるものを差し出して手に入れられるものだ。それが作れない状況で、向こうから金がやってくる。そして祖父の人品骨柄が、この家に入る人物としての水準を満たしていたとしたら。金と人格、まさに天恵と思わずしてなんとする。多分この人形は行きがけの駄賃で、奉公先から持ってきたものさ。ことさら祀《まつ》るなといっていたことからも、盗んできた罪悪感はあったようだが、箔付《はくづ》けには利用したかった。その妥当線がひんな神の言い伝えの利用じゃないのかな」

「でも、祖父はT県の出身じゃないですよ」

「奉公先から金を盗んできたんだ。本当の出身を知られてはまずいだろう」

「婿入り前から、I県に住んでいたと工作したってことですか」

「嘘を本当に変えるには、そのくらいのことはするだろう。それに、最初から大金を持参してという触れ込みでは、いくらなんでも不審に思われるし、その場で金だけ奪われて殺される可能性だってある」

それは十分にあり得ることだ。

「この人形はひんな神だといい、祀って金を持ってこさせるなどといって、夜ひそかに人形の前に隠しておいた金を置いたのかもしれない。伝説があたかも本当であるかのように装い、金の出所をとやかくいわれないようにね。元執事の斎藤氏から聞いたのだが……」

「ああ、先祖代々この家に仕えたという方ですね」

今も白シャツにネクタイにベストという現役時代と同じ服装をして訪れる、家屋敷から預貯金の管理までを担っていた寡黙な老人だ。今でも佐希子は一目置いており、なにかというと相談しているらしい。小柄ながら重厚なドアのような存在感がある人だ。

「その斎藤氏いわく、ひんな神は人形を携える者のいうことしか聞かないと、祖父が榊原家に厄介になる時に語ったのだと、先代の執事だった父親から聞いていたそうだ。しかもそのことを知っているのは、佐希子さんの祖父と、当時の榊原家の主と執事だけ。のちの世に、その人形は決して祀らず、大事にすることだけを伝えよ。ひんな神であることは語るべからず、とね」

古美術店の片隅に飾られているのが似合いそうな斎藤が、陰々と語るのを想像して、内藤は身震いを覚えた。

「当時の主は、祖父の素質を見抜いたんですね。商売の才覚があったのは、事業を興し成功させたことで証明された。出自は捏造《ねつぞう》できる。婿としては申し分なかったということですね」

大正、昭和という、混沌《こんとん》とした時代の地方の村。それはまだ江戸時代の続きであり、厳格な社会秩序と相互監視の目が生まれる前の世ではなかったのか。だれかに成りすます、経歴を騙《かた》るということが、なんとか可能な時代だったのだろう。

「聞いたところによると、祖父と結婚した女性、つまり婿取りをした佐希子さんの祖母だが、気位の高い傲慢《ごうまん》なところのある人だったようだね」

「だから婿の来手がなかったんですかね」

三國の納得したような声に、那智がうなずいた。

「そこに祖父が金を持ってやってきたんだ。榊原家の主は、これ幸いと結婚させたが、その気性が、どこの馬の骨とも知れない年下の流れ者を夫としたところで治まるわけもなく、逆にひどくなったことは想像に難くない。ゆえに祖父は一生懸命働き、持参金以上の稼ぎを生み出した結果が、昭和期に建てられた立派な住居部分の建物にあらわれているのではなかろうか」

養蚕で屋台骨を立て直したのだ。それが豪華な建造物となった。

「でもそれも、周囲に金をひけらかすためじゃなくて、妻のためってこともありそうですね」

「ほう、なかなかよいところを突くね」

那智が目を見張ったのに、内藤は慌てて手を横に振った。

「あっいえ、よくわからないんですけどね。でも、名ばかりの妻からの冷たい態度に耐えられたのは、やはり婿養子だからというだけでは難しそうな気が……」

「罰だと思ったのかもしれないよ」

「金を盗み、人形を盗み、自分を偽った罰ですか……」

「奉公の辛さに出奔したが、帰る家とてないだろうから」

「まだ奉公先よりも榊原家のほうがよかった、と」

「あの頃は時代的に、しかも地方では、住み込みの奉公人の扱いは、ひどかっただろうからね」

奉公人は狭い部屋で薄い布団に雑魚寝《ざこね》はあたりまえ、食事も主人やその家族に比べれば格段に劣る。商家で働いても、番頭にまでなれる者はそうそういない。それが代々庄屋《しょうや》だった家の入り婿ともなれば、妻と共に座敷によい布団で寝られて、食事も申し分ないはずだ。妻に疎まれようとも、そんな環境を手放すなど思いもよらないだろう。図抜けた栄達を望まぬ身であれば、そこは天国。頑張るよりほかはないと、自らにいい聞かせていたのだろうか。

「元来真面目な性格ゆえじゃないのかな。山っ気があるなら、その金をもとに東京にでもいっただろうが、そこまで自分を過大評価もせず、一刻も早く落ち着きたかったのかもしれないね」

　狭い地域のことしか知らない者が、東京に出ても無理だと考え、近隣の県で地道に働いた。

「この前見せてもらった祖父の日記、ミクニも読んだろう？　年齢を重ねるほど、妻への感謝の言葉が多くなり、妻の何気ない言葉が綴《つづ》ってあった」

「信頼関係がうかがえる文言でしたね」

「あれは、長年家を守り立ててきた夫に、妻が心を開いたからだろう。それほど実直に働いたという証《あかし》だろうさ」

　佐希子が語ったおぼろげな靄《もや》のかかった記憶のなかでも、祖母は穏やかな媼《おうな》として認識されていた。それは夫の誠実さが作用し、齢《よわい》を重ねるごとにまろやかになった妻の心の変化の表われではなかろうか。

　榊原家が建てた工場は、当時ハイカラであった煉瓦《れんが》がふんだんに使われた堅固な建物であり、十年前に県の保存建築物に指定されていた。いくら豊かになったとはいえ、地方の村でそれほどの材料を使えたことこそが、財力と、ある種の権力の証ではないか。それを築いたのは、どこからか婿入りしてきた祖父なのだ。

「人の金を盗んだとはいえ、身を粉《こ》にして働いた結果の繁栄さ」

「でも、逃げてきたとか奪ったとかは、想像のなかのことですよね。憶測ですから、佐希子さんにはいえませんよね」

那智はなにもいわなかった。敬愛する祖父は、奉公先の家から金と人形を奪った罪人ですとは、とてもではないが、いえない。他の二人のマレビトも同罪だ、とは……。

「そういえば、紺野家に婿入りした人は、どうして榊原家で働くようになったのでしょうか」

「だれもが商才があるわけではなかろうさ」

力を尽くしたものの、失敗し金もなくなった。温情で榊原家に雇われたというのか。

「人生はいろいろですね」

複雑な結果だなと、内藤はなんとはなしに天井を見上げて息を吐いた。と、

「失礼しました。調査はいかがですか」

佐希子が扉から顔をのぞかせた。内藤は一瞬話を聞かれたかと思ったが、その表情に、特に違和感はない。那智が笑みを向けた。

「今日はこれで結構です」

「では続きはまた改めて、後日にでも」

佐希子がほっとした顔で、ほほ笑んだ。一足先に蔵を出た那智と内藤は、そのまま離れに向かった。

5

ほどなくして那智と内藤が早めの夕食をとっていると、ドンと音が響いた。

「そんなバカなことがあるわけないでしょう」

辰彦の大声が家のなかに響いた。たずねてきた刑事の問いへの答えである。声の源は二間《ふたま》先の客間らしい。襖《ふすま》をあけてあるので筒抜けだった。

「あなたの浮気で、最近、夫婦仲がうまくいってないと聞いたのですが」

そういったのは、刑事の一人だ。内藤は半ばあんぐりと口を開けた。

「浮気なんてしていませんよ。飲食店のバイトに女性が多いからって、無責任に垂れ流された噂にすぎません。たしかに妻とは多少の感情の行き違いがありましたが、それは娘が学校に慣れないことと、わたしが忙しくて構ってやれないからですよ。だから妻を殺したなんて、あんたたちはなにを考えているんですか」

内藤は気まずそうに、飯を口のなかに押し込んだ。給仕で控えている米子が、どこか不審そうな顔で聞こえてくる声に耳を澄ましている。

「そのような噂があるのですか」

那智の静かな問いに、米子はためらいながら、はいと答えた。

「御注進とばかりに亜矢さまにいいつけにくる人までいて、それでよく喧嘩《けんか》をしていました。けど、辰彦さんにそこまでの度胸があるかどうかは……」

言葉を濁した。来年、敷地内に辰彦一家の家を建てる話があることは聞いていた。どうみても磯野《いその》家のマスオさん状態の暮らしをしながら、浮気するほどの馬鹿な男なのかとの意味が言葉には含まれている。浮気が妻に知られれば、離婚されてこの村に居場所がなくなるだけでなく、職も失い、目のなかに入れても痛くない愛娘《まなむすめ》も失うのだ。そこまでの愚か者ではなかろう。

客間から響いてくる辰彦の剣幕は衰えず、確たる証拠があるわけでもないのか、刑事たちはあっさりと帰っていった。

翌朝、亜矢の物いわぬ遺体が榊原家に帰ってきた。夫の辰彦が、佐希子と桃果と共に出迎えた。病床にある母親からは、犯人がまだ捕まっていないことに鑑《かんが》みて、世間を騒がせることなく、ひっそりと親類だけが参列する自宅にての密葬で送り出すようにとの指示があった。辰彦は世間並みの規模でと食い下がったが母親が許さず、桃果のためにも、これ以上人々の興味を引かないほうがとの佐希子の言葉に納得した結果、静かで寂しい葬儀となった。那智と内藤は線香を手向けた以外は、昼間は調査、夕方からは離れにこもり、この悲しい葬送を傍観した。

葬儀の翌日は雨だった。まるですべてが終わるまで待っていたかのような暗い色彩の雲間からまっすぐに落ちる雨は、どこか悲しくも慈しむように草木を濡《ぬ》らしていった。離れの一室で内藤が調査結果をパソコンにまとめている横では、那智が窓外の雨を見つめていた。

「謎は解けたかね」

「先生はわかったんですか」

顔を上げると、那智が笑みを浮かべている。そこに佐希子がやってきた。

「ご配慮をいただきまして」

敷居際で頭《こうべ》を垂れた。香典のことをさしているのだろう。

「いろいろご迷惑をおかけ致しましたが、調査のほうはいかがですか」

那智が視線を送ってきたのに、内藤が応《こた》えた。

「大体のことは。あとは研究室で書面にして、ご報告ができると思います」

「それはよかったです」

笑みを浮かべたが、その顔には疲労が濃い。無理もないことだ。突然、姉を失ったのだ。しかも自然死ではなく、警察は義兄に疑いをかけている。

「じつは、謎が解けたかという、那智先生の声が廊下で聞こえたものですから」

今度は内藤が那智を見た。この謎は調査のほうではない。

「それは……、一連の殺人事件についての謎のことです」

内藤がためらいつつ答えたのに、佐希子の表情が変わった。

「権藤さんと姉の事件は、やはり関係があったのですか……。まさか、この家のなかに犯人がいるわけではないですよね」

「犯人は榊原家に出入りして、客間の人形の前に、被害者の持ち物を置くことができた人物です」

那智の言葉に、佐希子が青ざめた。人形の前に物を置いているのは、姪《めい》の桃果だ。

「六歳の子供に物は置けても、犯行に関与するのは無理だよ」

先回りした那智の言葉に、佐希子の顔が、ほっとしたものになったが、

「ではだれが……。那智先生、もし犯人が分かっているなら、おっしゃっていただけませんか」

嘆願するような声に、那智が口を開きかけた時、

「お嬢さま」

廊下を駈《か》けてきた米子が、敷居際に膝を突いた。

「警察がきて、辰彦さんにまた……」

言葉を濁したのに、佐希子が立ち上がった。内藤と那智が後を追う。母屋に着くと、辰彦の声が聞こえてきた。

「また、そんなくだらないことをいいにきたんですか」

客間からである。佐希子が割って入った。

「根拠もないことを、いい加減やめていただけますか」

「亜矢さんにかけている保険金が、かなり高額だという話を聞きましてね」

「彼女を会社の役員にしたので、付き合いで加入させたんですよ。いい加減にしてください」

吐き捨てるように辰彦がいう。刑事も執拗《しつよう》である。それだけ犯人が絞り込めていないということなのか。

那智が部屋に入っていった。内藤は慌てながらもひとまず静観しようと、廊下から部屋のなかを覗《のぞ》き込んだ。那智が刑事に向かっていった。

「伊藤氏が犯人じゃないという話を、わたしがいたしましょうか」

「それはぜひ、お聞きしたいものですね」

皮肉じみた物言いに動じない那智に、逆に刑事がたじろいだが、「では皆を集めてください」の声に、関係者を招集することになった。十分後、さすがに桃果を呼びはしないが、榊原家の人々、佐希子と辰彦に米子と紺野、折から用事できていた元執事の斎藤が客間に集められた。

「お集まりいただき恐縮です。結論から申し上げます。権藤氏と亜矢さんを殺した犯人は同一人物です。そのことは、人形の前に被害者二人の持ち物が置かれていたことからもはっきりしています。すなわち犯人は、この座敷に出入りしても疑われない人物。そして、人形の由来、伝承を知っている人物となります」

「人形の由来？」

刑事が不思議そうな顔で聞くのに、那智が床の間の人形をさし示した。

「供え物をすると願い事をかなえてくれる、ひんな神という伝承のことです。願い事は金持ちになりたいでもなんでも構わないのだが、今回の場合は、死ね、だろうか」

佐希子は怯《おび》えた顔を見せ、米子が眉《まゆ》をひそめた。

「つまり、その伝承を知っていた犯人がこのなかにいて、ひんな神に願い事をしたとおっしゃるのですか？」

低い声で、斎藤が聞いた。感情をあらわにしない顔からは、ひんな神の伝承を知る自分の身を危惧《きぐ》しているのかどうかは読み取れない。

那智は、ざわついた空気に頓着《とんちゃく》もせず、言葉をつづけた。

「桃果ちゃんがこの人形の前に色々な物を置いていることは、皆さんがご存じでしょう。犯人は、それを利用したのです。犯行後に人形の由来を思いだし、被害者の持ち物を置くことで、ひんな神に願い事をしたと思わせようとした。それが万年筆と名刺入れです。それは、ひんな神の伝承を知らなければ思いつかないことです」

当たり前だが人形は物言わずに鎮座しており、周囲には桃果が置いたカラフルで雑多な品々がチープ感を漂わせているのが、逆に不気味さを感じさせる。

「見つかったら見つかったでよし。他のものに紛れて見つからなければなおよい。切羽つまってやったこととはいえ、捜査の攪乱《かくらん》、いえ榊原家の人に疑いを向ける意味もあったかもしれません」

「まってください。見つからなければとは、どのような意味ですか。確か願い事をかなえるには、ひんな神への供え物が必要なんですよね。しかも、切羽つまってとは？」

刑事が眉根《まゆね》を寄せて聞いた。那智は落ち着いた表情で返す。

「そう見せかけられれば、ということでしょうか。犯人は、犯行の際に手にした、権藤さんの万年筆を持ってきてしまったのです。そして権藤さんの死の知らせを聞いたものの、その万年筆を処分する機会も時間もなかったため、人形の前に置いた。それが見つかってしまったので、次の犯行では、伝承どおりに亜矢さんの持ち物を置こうと、わざわざ名刺入れを持ってきた。そうですよね、紺野昌夫さん」

皆の視線が昌夫に集まった。顔が紅潮している。昌夫は大声でまくしたてた。

「なんだと」

「失礼にもほどがあるぞ。そんな証拠はないだろうが」

「あの日の夜、近所の人が知らせにきた時にあなたは榊原家にいました。予想外の早い時期の遺体発見に、あなたは焦っていた。あの日は夜中と翌朝の仏事のために泊りで、外出することができなかったからです。となると、権藤さんの万年筆を捨てる場所がない。そこで人形の前に置かざるを得なかったのです」

「根拠はなんだ。なぜわたしがそんなことをしなければならないんだ」

「榊原家の蔵から物を盗んでいたからです」

那智の言葉に、皆が一様に驚いた。佐希子がまさかと呟《つぶや》いた。

「榊原家の人々はあなたを信頼しているから、蔵の鍵《かぎ》の管理には注意をはらっていなかったし、だれも蔵のなかの物に興味がない。あなたは山と積まれている骨董《こっとう》品や蒐集《しゅう》物に、目を付けたのだよ。だがそれらを売却したら代替品を蔵に納めなければならない。贋作《がんさく》など素人が用意できるわけもないし、だれかに頼むのも危険。人の手を経るほど秘密はばれやすくなる。そこで目をつけたのが中国の古い紙幣。一枚数万円になるような古い紙幣の束が数多くありました。古すぎてコピー防止機能などもないから、容易《たやす》く複製できる。コピーを納めておけば問題ないと考えた。最近のコピー機は性能がとてもよいのも、やる気にさせた一因だろうか。紙幣は薄いので、持ち出すには好都合だった。なにかのきっかけで、中国の紙幣がよい小遣い稼ぎになることを知ったのだね」

昌夫は黙って、那智をにらんでいる。榊原家において、昌夫がさまざまな仕事をし、蔵にも出入り自由なのを皆が知っている。

「紙は東京で似たものを購入すれば、本物と遜色《そんしょく》なく作れる。あなたは蔵から紙幣を持ち出して家に戻り、複写したものを蔵に持っていくことを繰り返した。だが徐々に欲が出てくる。蔵には中国の切手もあった。榊原家の人はだれも、蔵のなかの物を気にかけない。ばれる恐れは少ない。そう思うと、犯行は大胆になるものだ」

「中国切手は、投機対象にもなっていて、かなりの高値になるそうですね。主に文化大革命の頃のものだそうですけど、それこそ一枚で車一台の値段になる物もあるとか」

内藤の話に、皆が顔を見合わせた。

「あなたは悪魔のささやきに勝てなかった。調べると、案の定、切手の多くが高値になる。裏のノリやミシン目がなくとも、知らない人が見ればそのようなものだと思い込むと判断した」

実際、紙幣や切手は国によって紙の質が異なるため、手触りも異なる。日本のものとは比べようがなかった。

「なにより、簡単に大金を手に出来るのが魅力的だった。一時期に比べて価格が下がったとはいえ、高値には違いない。通称赤猿《あかざる》と呼ばれる切手は一枚十五万円とも二十万円ともいわれるそうですね。京劇役者の切手など、指紋も汚れもないものなら三百万の値がついたこともあったとか。それも一枚の値段だ。蔵には一シート単位の切手も多数あったから、それこそいくらになるのか」

　昌夫がこわばった目で那智を見た。

「権藤氏を殺害したのは、おそらく東京で切手や紙幣を売る時にでも見られて強請《ゆす》られたからでしょう。権藤氏の家業は、フランスや東京への販路ができたといっても、以前からの業績悪化で内実は火の車。順調に資金が回るまでは今しばらく時間がかかる。東京への販路もあるから、上京した時に出くわしたのかもしれない。それであなたを脅して当座の金を得ようとした。ただ、単なる恐喝にならないように、万年筆を売るから代金として金を払えとでも要求したのかもしれません。まあ、売る物はなんでも構わなかったのでしょうが」

　那智の冷徹な言葉に、内藤はうなずいていった。

「権藤さんと会う前から殺意はあったから、首を絞める紐《ひも》も用意していたんでしょうが、うっかりしたことに万年筆を持って帰ってきてしまった。処分に困っていたところに事件が発覚。外出もできない状況で、人形の伝承を思い出して万年筆を置いたのですが、それを亜矢さんに見られてしまったのではありませんか。呼び出され問い詰められて、やはり殺さざるを得なくなった。そこで捜査を攪乱するために、ひんな神の伝承通りにと、彼女のバッグから名刺入れを抜き取り、人形の前に置いた。権藤さんの万年筆と同じにね。それによって、他の人に疑いが向くと思った」

「そんなことをいっても、証拠などないだろうが」

昌夫のどこか揶揄《やゆ》するような口調に、那智の唇の口角が悪魔的な角度をつけて上がった。

「蔵のなかの紙幣や切手は、警察が調べれば、コピーであることが判明するでしょう。蔵に入っても不審に思われないのは、佐希子さんとあなただけ。だが佐希子さんは当主ゆえ、紙幣や切手を売るのも自由。コピーを取る必要はない。それに被害者二人は強盗に襲われたと思わせるために、財布の紙幣を抜き取られていた。あなたの持っている紙幣に、殺された二人の指紋があったら、どう言い訳をしますか？　東京で、中国の紙幣や切手を扱う業者を当たれば、あなたが売却したことも証明できるだろう」

違うかね、という那智の視線に昌夫は唇を震わせ、刑事二人がうなずきあって立ち上がった。唇をかんだ佐希子の憔悴《しょうすい》した顔が、内藤には痛々しく見えた。

6

研究室に戻ってから三日目の昼下がり。退院した佐江由美子もすっかり回復して、通常業務を始めていた。内藤は「そういえば」と、那智に声をかけた。

「紺野はかなり前から紙幣や切手を売りさばいていたようですね。しかも三年前に、親戚《しんせき》から東京の土地を相続したといって、住民票を東京に移したそうです」

「いつでも村を出ていけるようにとの布石か。まあ田舎では、個人情報はすべて筒抜けになるものだからね」

税金を納める居住地では所得がばれる恐れがある。しかも来年には東京に移住するということで、榊原家から暇《いとま》を取る予定だった。だが内実は、紙幣や切手を売った金を元手に、東京で事業を始めるつもりだったのだ。東京の都市銀行には、かなりの額の預金があったという。

「先生の語ったとおり、権藤を殺したのは、切手を売っているのを知られたからだそうですよ。東京で紺野の姿を見かけて跡《あと》をつけた権藤は、黙っていてやるからこれを買えと、万年筆を差し出してかなりの金額を要求したそうです」

「形を変えても、お定まりの強請《ゆすり》には変わりありませんね。なんかどっちもどっちですね」

「でもそれで殺されてしまったから、なんともいえないけどね」

「ま、因果応報といえるだろうね」

「それはそうかもしれないのでしょうが……」

由美子の声は、どこか納得がいかないといっているようだ。

「では亜矢さんが殺されたのは？」

「紺野が人形の前に置く姿を見られたから。翌日呼び出されて、万年筆を置いたのはあなただろうと詰問され、用意していたナイフで殺したと」

「むごいこと」

由美子が信じられないという風に、首を横に振った。

「中国切手があんな高値になっているなんて、ぼくは知りませんでしたよ」

「同じような紙幣でも、表記がアラビア数字か漢数字かで、かなり値段が異なる物もあるそうだ」

那智は、湯気が立ち上るコーヒーカップを持ちながら、平然といった。

「でも、奉公先から、ひんな神を奪い去った者の末裔《まつえい》が二人も殺されたなんて……。もしかしたら、ひんな神の持ち主が、なにか願ったのかもしれませんね」

何気なくいった内藤は、那智の冷ややかな視線に突き当たり、背筋が凍る気がした。

「いやもしかしたらと思って……」と、口のなかでもにょもにょと呟いた内藤だが、頭のどこかでなにかが閃《ひらめ》いた。

「先生、もしかして桃果ちゃんにひんな神のことを教えたのは紺野じゃありませんか」

「ほう、聞こうか」

「紺野は、自分の祖父か父親から、ひんな神の伝承を聞いていてもおかしくないですよね。それを田舎になじめない桃果ちゃんにこっそり教えて、彼女が人形の前に色々と置いて祈る姿を見て楽しんでいたのかも」

　由美子が戸惑いの表情を見せた。

「なんか気色悪いですね。子供がなにを願ったというんですか」

「桃果ちゃんは田舎になじめなかった上に、多分いじめられていたんだ。都会からきた女の子は、やっかみを受けやすい。それがいじめへと変わるのは、昨今では珍しいことじゃない。だから自分をいじめる級友の持ち物をひそかに持ってきて、願ったんだ。転んでひざをすりむけばいいとか、宿題を忘れて怒られればいいとか、そんなあたりじゃないかな。人形の前に、男の子用と思《おぼ》しきパッケージの消しゴムとか、見慣れない髪留めなんかがあったのは、そのせいだよ」

　人形に供えられた雑貨類は、悲しい生贄《いけにえ》であろうか。だが恐ろしくもある。いくら大人から吹き込まれたとはいえ、子供が相手の不幸を願い、人形に祈るとは。

「多分、偶然ながらもひとつ成功したから、次々に置いたのだよ」

「たしかに、大人には些細《ささい》であっても、子供にはすごく嫌ってありますものね」

「でも桃果ちゃんは、それがいけないことだと分かっていたんじゃないかな。だからぼくたちに会っても、どこかおどおどして打ち解けなかったんだよ。していることがばれるかもという思いもあったのかもしれない」

「子供とはね、純真無垢《むく》で生まれても、大人と同じなのさ。天使の心の片隅には、修羅もいれば鬼もいる。それはごく自然であり、相反するベクトルの感情の起伏が大きくなるほど、大人顔負けのことをやってのけるものなのさ」

那智の言葉に、由美子が眉《まゆ》をひそめた。

「怖い伝承ですね、ひんな神って」

「人間の怨念《おんねん》を具象化したのかもしれないね」

那智がメンソールの煙草に火をつけた。

「紺野は、いったそうだよ。元をただせば、一緒にこの村にやってきた自分の祖父が、あの家に婿入りしてもよかった。だから榊原家の財産は、すべて自分の物になっても、おかしくないんだとね。紺野の祖父は、興した事業が失敗した時に榊原家に援助を願い出たのだが、お前は才がないからやめろと諭され、仕えることになったそうだ」

「そんな無茶な理論……、なんか哀れですね」

「やはり先生の読みどおり、盗んだ金を分けたが、紺野は駄目だったということなんですね」

「のようだな」

那智のデスクには、佐希子からの手紙が置いてあった。佐希子は紺野の供述を聞いて、どんな気持ちになっただろうか。正統の継承者は欲も興味もなく、よこしまで得手勝手な理屈を振りかざす者は、のどから手が出るほど、すべてを欲しがった。富める者と富まざる者との差といい切れるのだろうか。

「お金は人の心を狂わせますね」

「人にもよりけりだろうけどね」

「ですが先生、あの村には蘇民将来伝説がありながら、なんで榊原家が御守《おもり》をする神社には、その痕跡《こんせき》がなかったんでしょうか」

もともと、その社《やしろ》の調査が目的で尾方村に呼ばれたのだ。

「なんだ、まだわからないのかい？」

冷たい那智の声に、内藤は自分の体が凍るのではと思った。ワカラナイカラキイテイルノデス……。言葉を飲み込みながらも、思考を働かせようとした。いよいよもって、那智の視線が冷たくなる。研究室の空気までもが冷え込みはじめた時、

「祖父……」

由美子が呟《つぶや》いた。内藤は突然閃いた。

「自分がマレビトだった祖父が、過去をなかったことにするために、関連する文書全てを書き替え、祭祀《さいし》から蘇民将来色を消してしまったんですね。しかもそれを当時の榊原家の主《あるじ》も肯《がえ》んじた。なぜなら、マレビトを迎えたことを隠すため。他県の由緒正しい家からと出自をごまかすため。榊原家にとって、祖父は異人であってはならなかったんですね。由緒ある旧家として存続するために」

「Aマイナスだ」

　那智の声に、特別な感情はなかった。内藤はほっとしながらも、それを冷たいとは思わなかった。しかし作成中の榊原家への報告書に、その事実を書くのはためらわれる。だがそもそもの疑問は、佐希子がなぜ依頼をしてきたのかだ。それは、あの時ふともらしたように、祖父が素性を偽っていたことを、薄々知っていたからではないのか。それでも家を守り立て、次世代につなげた祖父の誠実さを自分の誇りにするために、検証を人の手に委《ゆだ》ねたのか。

　内藤は、報告書をタイピングする手を止めた。

「佐希子さん、幸せになれるでしょうか」

　思わずつぶやいた。那智は答えずにパソコンに向かい、由美子はコーヒーを淹《い》れなおすために席を立っていた。

「なんて書こうかなあ……」

　心のなかの声を口に出してみても、どこからか答えが返ってくるわけでもなく、内藤はただ途方に暮れるしかなかった。

補《ふ》堕《だ》落《らく》

1

古い日本家屋が点在し、現代的な建築物を見出《みいだ》すことができない、ひなびた山村そのものの光景に郷愁を感じるのは、日本人というアイデンティティーをもつ身ゆえなのか。そんな光景のなかを走り抜けてきたのだが、車が止まったのは、海沿いの瀟洒《しょうしゃ》なホテルの前だった。

「なんか、民俗学と真逆みたいな建物ですね」

そう耳打ちする佐江由美子の声に、内藤三國はいたく賛同した。去年オープンしたというホテルは、南仏にでもありそうなしゃれた白煉瓦《しろれんが》のかわいらしい外観で、およそ、男が予約をする類《たぐい》のものではない。そんな建物を見上げている蓮丈那智や由美子にはお似合いだろうが、内藤にはどこかこそばゆい気がする宿である。

思わず伸びをすると、肺いっぱいに満ちる潮の香りが心地よい。十月ではあるがホテルの前の海岸通り沿いにはヤシの木がしげり、南国情緒が漂っている。関東近郊ではまずお目にかかれない景色のこの町は、宮崎県K郡原佐町《はらさちょう》。三人は、物見遊山ではなくれっきとした調査のために、ここを訪れたのである。

そもそもの事の起こりは、東敬大学の蓮丈那智研究室で学ぶ学生の進言だった。いとこの住んでいる町の民間行事を調べていただけませんか、珍しい行事ですから。そこから話がとんとん拍子に進み、町から正式に調査依頼がきたのである。役所ゆえに報酬は少ないが、これで研究室の予算を使い果たして身動きのできぬ状態で、いかに教務部主任の高杉に交渉するかの心配がなくなったのが、内藤にはなによりも嬉《うれ》しいことだった。

東京から交通機関を乗り継いで到着したのは、村と呼んでも差し支えない雰囲気の隣町の駅であったが、迎えにきてくれたのは、その学生のいとこにあたる、原佐町《はらさちょう》役場観光課勤務の門山緋月《かどやまひづき》という女性だった。大学生でも通じる風貌《ふうぼう》の持ち主で、今回案内役を買って出たのは、二年前から観光課に配属されているゆえではなく、個人的に民俗学に興味がある彼女のまったくの善意なのだが、現実は民間行事を町おこしの材料にと町長以下、町議全員の総意なのが、迎えの車が役場所有という事実からもうかがえた。

「町の活性化のためにも、なんらかの方策が必要なんです。美しい海と豊富な海産資源の利用だけでは差別化は不可能です。景観は素晴らしいので、自然に手をつけるのではなく、歴史的な行事として補陀落渡海《ふだらくとかい》を前面に押し出すのがいいのではと、俎上《そじょう》に載せられたんです」

　町で一番誇れる由緒正しい行事ですからと、緋月は力説した。

　事前に送られた資料によると、原佐町は昔から漁業が盛んだった土地で、他にはこれといった産業も人目を引く観光地もない。そこで昔より行なわれている補陀落渡海を観光の目玉にしたい。ついては、そちらの調査をお願いしたいということだった。

　補陀落渡海とは、極楽浄土を目指して行者《ぎょうじゃ》が船に乗り込み出航する、生きて帰れぬ船出のことである。和歌山県の熊野《くまの》で行なわれたものが有名で、常世《とこよ》信仰と観音《かんのん》信仰が結びついたものといわれている。熊野では平安《へいあん》時代初期の渡海が最初の記録として残っているが、今も補陀洛山寺《ふだらくさんじ》が現存するものの、行事そのものは行なわれていない。昔渡海に使われたという、小屋を載せたような独特な形状の復元された渡海船を見ることができるだけである。原佐町での補陀落渡海は平和と民の健康を祈る行事と変化し、行者が死ぬことはない。選出された行者が船に乗り込む、厳かな仏事として、伝わっているという。

「戦時中など、さすがに十年ほどは行なわれなかったとのことですが、それでも江戸時代から二百年以上続いてきた行事です。他県から見に訪れる方も多いんですよ」

　喋《しゃべ》りながらも緋月のハンドルさばきは安定していた。ゆきから車も見当たらない。貴重な補陀落渡海を知らしめるべく、あちこちに働きかけたのだが、先生たちの力を借りられるとは感慨深いことですと笑顔を見せた。

「この町には、自然と補陀落渡海しかないんですよ」

熱のこもった緋月の声に、内藤は相槌《あいづち》を返すだけだった。彼女が知っているかは不明だが、実は自然が非常に脆《もろ》いものだと理解している人は少ない。作り上げるには長い年月を要するが、壊すとなると一瞬で事足りる。最近は各地で保護活動も盛んになっていたりするが、実際には自然は壊されつづけ、急速に失われているものなのだ。地方にいくことの多い内藤は、あっさりと自然が壊されていくむごさを目にする機会が多かった。

「美しいな」

那智の唇からこぼれた言葉に珍しいことだと思いながら、内藤は海を見た。眼前に開《ひら》けた海が、日差しを浴びて眩《まぶ》しい反射光を振りまいていた。なにより関東の海とは色が異なっている。気候的にも南国の趣がある土地のせいか、海の色が澄んで、明るい青色のグラデーションとなっていた。遠浅で砂の粒が白く細かいからだろうか。

「あちらは港になっています。岩場を挟んで、この前が海水浴場。右手にはシュノーケリングを楽しむ人も多い岩場が続きます。海もですが、このあたりから山までの陸地も開発予定地となっています」

すぐ目の前が砂浜で、左手奥には長い堤防、その反対側には荒々しい岩がつらなっていた。その光景は風光明媚《ふうこうめいび》という言葉が陳腐《ちんぷ》に思えるほどだった。

「それがSSリゾートとかいう会社が手掛ける事業かね」

緋月が驚いたように目を丸くした。

「母体企業は、どんな会社なんだい？」

「母体企業？」

由美子が問うのに、那智は表情も変えずにいった。

「開発事業なんて、そうそう地元の会社ひとつでできるものではないさ。特にリゾートなどの大規模開発は利権が絡む。土地の取得にせよ企業の誘致にせよ、そこには巨額の金が動くし、交渉だけでも数年がかりの大変な労力となる」

「つまりはよっぽどの金がないと、動かせない事業ということですね」

内藤が合点したように答えると、緋月が困ったような顔になった。

「観光で人出を当て込んでも、それを迎える施設がないといけません。そこで、町が中心となっての開発が決まったのです。業者選定は入札で、この町の出身者の会社になりました。それが関西《かんさい》圏までビジネスを広げている敷島《しきしま》産業で、本社はこの原佐町にあります。経営者は敷島勝《まさる》氏といって、まだ若いのですが、関連会社をあげて開発事業にあたっています」

「結果、うわっ面だけがいい場所が出来上がり、他のことはなおざりになる。あとで泣きを見るパターンだな」

容赦ない那智の言葉に、緋月の眉《まゆ》がさらに困ったように下向きになる。役場の人間としては開発賛成の立場だろうが、どうやら心のなかは違うようだ。小さい町ならば、その開発会社の社長も知り合いではないのか。相当のやり手実業家なんだろうなと思いながら、内藤は海に目をやった。すでに太陽が夕方の角度に傾きはじめていた。

食事は外でご用意しましたといわれて、三人はホテルの部屋に荷物を置いて、再度車に乗り込んだ。おいしい魚が堪能《たんのう》できるかと喜んでいた内藤だったが、たどり着いた先の「お部屋は奥の宴会場です」という仲居の言葉に、いやな予感が脳裏をよぎった。緋月を入れても四人という人数に、宴会場とはいかなることか。案内された会場のふすまを開けて、内藤はすべてを悟った。

中央に設《しつら》えられた席にはずらりと、背広を着こんだ中高年、白髪まじりの男たちばかりが居並んでいる。

「お越しいただき、ありがとうございます」と口火を切ったのは、役場の助役を名乗る貧相な印象の男だった。

「東京の大学の先生がわざわざお見えになってくださるとは……」

いくらか押し出しの利く風貌の男が那智に焦点を合わせていう。緋月はと見ると、ばつが悪そうな表情だ。

「どういうことですか？」

内藤がささやくような声で聞くと、

「大学の先生が調査にお見えになると聞いて、町長以下、是が非でもご挨拶《あいさつ》をと申しまして……」

緋月が、心底すまなそうに、頭を下げた。

学者が調査に訪れるとなれば、今までのパターンからいって、放っておかれるわけもない。行事に関わる人間、とどのつまりは、それを町おこしの材料にとさまざまな人間が関わっているのだから、関係各所のお偉いさんが勢ぞろいしての歓待となるのは当然なのかもしれない。出迎えから宿まで至れりつくせりの果てが、この宴会といえよう。

那智はどう思っているかと見やれば、鉄のような硬質な視線を放ついつもの表情だ。が、次の瞬間、あるかなきかの酷薄そうな笑みを浮かべたのには、思わず背中がぞくりとした。

「さ、先生、どうぞこちらへ」

町長と思《おぼ》しき男の促す声に、那智が無言のまま従った。ゆえに、由美子も内藤もその行動に倣《なら》う。最後に緋月が隅の席に座ると、その町長らしき男が立ち上がった。次いで演説じみた歓待の言葉をひとしきり並べ、それが終わるや否や、今度は町の観光協会の会長と名乗る男が、那智たちの調査への期待と補陀落渡海《ふだらくとかい》のすばらしさを簡潔に語り、乾杯の発声をした。那智はグラスに注がれたビールを一気に飲み干す。それに驚きを見せながらも、助役は那智のグラスを満たす。また那智が飲む。注がれて、グラスを空ける。そんなことを繰り返している間に、町議だの観光課の課長だの、地元の名士のような者から漁協のお偉いさんまでもが、次から次へと挨拶にくる。その間、那智はただ酒を飲む。それを眺めながら、由美子が内藤に顔を寄せてきた。

「ＳＳリゾートの人はいないようですね」

「遠慮してこないのかなあ」

「もしかしたら、派閥でも違うんですかね。開発会社と役所関連とでは、微妙に展望がちがいそうですし」

「それはいえるかもしれないね」

開発の最中ながら、今もって裏の権力争いは綱引き状態ということなのか。

那智は隣にやってくる男たちの話に相槌を打つこともなく、単に酒を水のように飲む機械と化している。控えめながらも、同様に顔色も変えずに飲みつづける由美子。まあいつものことかと、内藤はそんな光景をぼんやり眺めながら適当に飲んでいた。

あちこちで開発の進め方やこれからの展望が議論されるなか、「どうしてあんな奴が行者役《ぎようじや》に」という声が耳に入った。

「しかたないじゃろうが。決まったことだ」

隣に座っているのが、あんな奴といった男を慰めるように、しきりに肩をたたいていた。どうやら、今年の補陀落渡海の行者役はいわくつきらしい。

「自然マニアの松尾《まつお》が、工事反対ののろしをあげまくっとるが、どうなることやら」

そんな声も聞こえたが、周囲の声にまぎれてしまった。色々な話が聞こえては、かき消される。そんなことが幾度となく繰り返されたが、幸いなことに宴《うたげ》は心配したほど長引かず、賑《にぎ》やかなままお開きとなった。

ホテルの部屋に引き上げた内藤は、明日からの調査がうまくいくのだろうかと思いながら窓辺のカーテンを開いて、思わず息をのんだ。月が照らす水面《みなも》のきらめきと小波《さざなみ》の造形が、神々しいまでに美しい。自然しかないんですという緋月の言葉が脳裏によみがえったが、それで十分じゃないかと思える風景に、しばし見とれるのだった。

2

翌朝、朝食を終えて後、三人は緋月の迎えの車に乗りこんだ。最初に図書館に向かい、補陀落渡海に関連する風土記《ふどき》などの資料や古文書《こもんじよ》を閲覧、撮影させてもらい、それから補陀落渡海の行事を取り仕切っている西恩寺《さいおんじ》へと向かった。寺は、車で十五分ほど山間《やまあい》に入った所にあるという。

「あら、松尾君」

駐車場を出て、寺の敷地に入ったところだった。頭に白いタオルを巻き、竹箒《たけぼうき》を持った男が歯を見せて笑っていた。緋月が、幼馴染《おさななじ》みの松尾智也《ともや》君ですと紹介するのに、これが昨晩の話にでてきた自然マニアかと思いながら、内藤は挨拶を返した。

「明後日《あさって》までボランティアですよ。なにせ由緒正しい祭りですからね」

毎年やっているんですすと、さわやかな笑みを見せた。家の漁業を継いでいるというだけあって、日に焼けてたくましい体つきをしている。

「補陀落渡海のような行事は、町の未来のためにも存続させなくてはなりません」

保存会のメンバーでもあり、日ごろさまざまな活動にも参加しているという。

「リゾート開発は、海も対象になっているようですね」

由美子の問いかけに、松尾の目が細まった。

「海産資源への影響や汚染の心配。あんな開発は百害あって一利なしですよ。だいたいが観光の目玉は、この祭りのみ。なのに、バカみたいに海も山も開発したって、年がら年中観光客がくるわけもない。計画倒れなのは、小学生でもわかる道理ですよ」

「松尾君は、反対運動の旗手なんです」

緋月が視線を落としながらいった。幼馴染みでありながら、松尾は、開発を進めている役場とは正反対の立場に属する。住民を二分《にぶん》する、これが小さな町での開発の実態なのだなと、内藤は思った。

「強硬なことは控えるようにと仲間にいってますけど、とかく過激に走ってしまいがちなのがちょっとね。でもぼくら反対派は結構いるんですよ。敷島にしたって、工事で金は稼げるだろうけど、結局閑古鳥が鳴くようになれば、故郷を踏みにじった張本人って叩《たた》かれる。壊した上に木立をどう作ろうと、自然にはなりゃしない。そのあたりをいい加減に分かってもいい頃なんですけどね、あのバカ。しかも、よりにもよって行者役なんて」

話からすると、今年の行者役は、開発工事を担っている敷島産業社長の敷島勝であるらしい。しかも松尾の苦々しい口調からは、同級生か後輩か、近しい間柄のように感じられる。しかし、開発する側の人間が、古来の伝統行事の重要な役に就くとは、いったいどのような経緯で決まったのか。由美子も多少の驚きを顔に表わしたが、那智は平然としていた。

「やみくもに利益に走るだけじゃ、まともな企業とはいえない。人間は自然を壊しすぎた。これ以上の暴挙を許してはいけないんですよ。世間に知れたら大変なことだってある。あんなことばかりしてたら、敷島は工事をやめる決断をするしかなくなるんですよ」

熱のこもった声同様、その瞳《ひとみ》は真摯《しんし》な輝きを放っているようだった。が、我に返ったように、

「ああ、すみません。調査ですよね。どうぞお通りください」

足を止めさせてしまって申し訳なかったと、松尾は一転にこやかな笑みを見せ、手振りで本堂のほうをさし示した。

「皆さん、どうぞこちらへ」

緋月がいくらかほっとした表情になると、那智たちを促した。松尾は見送るように会釈をすると、また掃き掃除を再開した。

「穏健派《おんけんは》ですね」

由美子が感心顔で、そっといった。たしかに強硬に自説を主張する運動家とはかなり違う穏やかさが、誠実さの表れのように感じられる。ただそれでは、なかなか反対運動が成功しないだろうとは、その類《たぐい》とは無縁の内藤にもおぼろげながらも分かる道理だ。

本堂までの道のりで緋月が語ったところによると、松尾は他府県からの自然保護活動家をも束ねて、地道に自然保護の重要性を説き、工事の見直しを求めているという。独身で、山の中腹にある反対派の事務所に居候《いそうろう》する形で一人暮らしをしているのだが、

「毎晩のように会合があるようですよ」と緋月はいった。

「松尾さんと敷島さんも、面識があるようですね」

内藤がいうのに、緋月が笑った。

「わたしの一学年上の、同級生同士です。二人は遊びも勉強もいつも一緒だったほど仲がよかったんですけど、わたしが関西の大学から戻ってきた時には、犬猿の仲になっていました。理由は分かりませんが、多分開発のことが原因でしょう。敷島君は大学生の時に会社を立ち上げて、事業を軌道にのせていましたから。今や町一番の長者と呼ばれるほどです」

そのころには松尾君のほうも、海産資源の減少から漁業の危機を感じて、自然保護の重要性を説いて団体を作ろうとしていたんですよと、付け加えた。

緋月の口調からすると、職務上の見解のようにも聞こえるが、どこか複雑な表情を浮かべていた。おそらくは、表立っておのれの道を進もうとしたことが、決定的に二人の仲を分かつことになったのだろう。彼らが緋月のひとつ上ということは、まだ三十歳にもなっていない。それで町一番の長者とは、内藤は久しぶりに羨望《せんぼう》と嫉妬《しっと》を同時に覚えた。

開発と保護は両極端に位置することだ。自然を土台としてリゾート開発をしても、いずれ自然との共存は難しくなる。山での屎尿《しにょう》処理やゴミ投棄という行為がいかに自然にダメージを与えるかを、一般の人々は認識していないのが常だと、緋月はいった。

「詳しいですね」

「開発事業に携わる者としては、そのあたりを分かっていないといけないので」

控えめな笑みが、どこか寂しそうだった。小さい町だ。子供たちの仲が濃密であったとは、想像できる。一学年上の二人を君付けなのも、幼馴染みゆえなのであろう。それが今や相反する勢力の中心人物としていがみ合っているのだ。開発と環境保護の問題は、日本全国、いや世界中どこでも起こっていることだ。難しい問題だなと、内藤は他人事《ひとごと》とはいい切れない複雑な気分で、意志の強そうな松尾の横顔を思い返していた。

3

補陀落渡海《ふだらくとかい》は、観音の浄土を目指して船出する仏教の捨身《しやしん》の行《ぎよう》のひとつである。「捨身の行」とは、仏語で身も命も捨てて仏道を求める修行。行者を乗せた渡海船を、別の船で曳航《えいこう》し沖で綱を切る、片道切符の帰ることのない旅である。『熊野年代記《くまのねんだいき》』によると、彼《か》の地では八六八年から一七二二年の間に、実に二十回も行なわれたという。熊野のほかに、足摺岬《あしずりみさき》や室戸《むろと》岬、那珂湊《なかみなと》などでも行なわれた記録がある。

今回訪れたこの地方の風土記によれば、江戸時代においてこの地から何度か船を出したという。もちろん補陀落を目指す旅から生きて帰ってくる者はいなかった。後には、三日の間沖に船を係留しての行事へと形を変えて毎年行なうようになり、連綿と続きながらも昭和も後半に入った年代には、停泊を一晩と改めたという。その経緯は、ここ西恩寺に残る、代々の住職が書き記した日記にも残されていた。

「補陀落渡海そのものの目的が、形骸《けいがい》化したんでしょうかねえ」

昭和期の日記を手にした内藤が何気なくいった。那智は黙ってその後の年代の日記を読んでいる。内藤が読んでいた日記には、行者が乗り込んだ船は回収することとし、観音信仰の行事として毎年行なうようにしたとの記述ののちに、昭和二十八年のページには、久しぶりに復活を果たし町民みな寿《ことほ》ぎ祭りを楽しむ、と書いてあった。明治や昭和の戦争でしばらく中断した時期は、町民の反応などが代々の住職の手により細かく書かれていた。補陀落渡海はそれだけ人々の信仰を集めた行事なのだろう。

熊野などでの補陀落渡海は、多くは旧暦十一月、北風が吹く日の夕刻に出航したようである。行者である渡海僧は、当日、補陀洛山寺の本尊である十一面千手観音《じゅういちめんせんじゅかんのん》の前で読経《どきょう》などの修法《ずほう》を行ない、続いて隣の熊野三所権現《くまのさんしょごんげん》を拝し、それから船に乗り込んだと推測されている。

だがこの地では、補陀落を目指さなくなった頃から、本物の行者や僧ではなく、町の者が〝行者役〟となって執り行なっていた。とはいえ、それなりの手順は踏ませたようで、渡海前の二十日間——現在は短縮されて一週間——は精進潔斎《しょうじんけっさい》し、経を唱えて過ごすという。渡海の当日は、成就祈願の祈禱《きとう》や仏の物語が目で見てわかるようにとの練り供養が行なわれているという。

「補陀落渡海でこの地に流れ着いた僧のために、天台宗《てんだいしゅう》のこの西恩寺を建立《こんりゅう》したが、以前からあった日蓮宗《にちれんしゅう》の寺は、程《ほど》なく廃寺となったそうだよ」

那智が日記を閉じながらいった。補陀落は観音信仰だが、熊野の補陀洛山寺は天台宗であり、この地の宗派とは異なるので、新しく建てたわけだ。

「でも漂着した行者を、以前からの寺に入れればよかったんじゃないんですか。なにも新しく作らなくともいいような。寺の宗旨替えは、昔でも結構あったそうですし。それともその日蓮宗の寺が力をもっていたから、変えられなかったんでしょうか」

由美子が首をひねった。寺の宗派変更は昔もあったが、廃寺とされたほうはたまらないだろうし、檀家《だんか》も困る。とはいえ、寺を新たに作るのは金額面からも容易ではなかったとは推測される。

「その行者が相当の人格者か高徳の僧として尊ばれたのかもしれないよ。結果、その行者のために寺を作ってやることになったのだろう」

結局は後年、新参者の宗派が残ったのだから、この地の人々が行者を敬っていた証《あかし》となろうか。あるいは補陀落渡海が信奉された結果、寺が続いたのかもしれない。

「土地の有力者が、漂流してきた行者のために莫大《ばくだい》な金を寄進して寺を建ててやったとは、すごいものだね」

との那智の呟《つぶや》きに、内藤もうなずくしかなかった。寺の記録では、委細にわたって寄進額が記入されていた。江戸時代、有名な産物のある村や宿場町などはにぎわっていたとしても、そのようなもののない地では、寺を建てることは大事業ではなかったのか。今でも立派な本堂に広い庭を備える寺となれば、当時の威容も想像がつく。

「そういえば、明日の出航を待つ行者には会えるのですか？」

何気なく聞いた内藤の言葉に、緋月は一瞬ためらいを見せて若い僧侶《そうりょ》と顔を見合わせた。

「行者役は、身の回りのことを行なう世話役や、行事に関わる者以外の外部の方とは、話すことができない決まりですので」

申し訳なさそうに僧侶がいうのに、緋月も頭を下げた。決まりならば仕方ない。那智もそれを破ってまで会わせろとはいわなかった。

行者役の者は、かつて行者が住んでいたという敷地内の庵《いおり》をおこもり場所として、寝泊りに使用しているという。風呂《ふろ》も廁《かわや》も備えられていて、もちろん別室も付随し、そこに男女の世話役が同様に泊まり込みをして世話にあたるのだと、僧侶がいった。

「行者役は敷島勝さん。世話役は北条瑠利子《ほうじょうるりこ》さんと、その弟の悟史《さとし》さんです」

内藤の脳裏に、松尾が「あのバカ」といったのがよみがえった。

「敷島さんって、このあたりの開発を進めているSSリゾートの親会社の社長ですよね」

「行者役は、古《いにしえ》より成人の年男から選ばれると風土記には書いてありましたが」

由美子の問いに、僧侶がちょっと戸惑いを見せた。

「ちょうどよい年回りの人がいないときは、近い年齢から選ぶのですが、敷島氏は御志願なさって選出されたと、係りの方から聞いております」

補陀落渡海の行事に寺は重要だが、祭りの実行委員会が別にあると聞いていた。そちらでなんらかの力関係が働いたのかもしれない。

僧侶は、なおも補陀落渡海について話してくれた。この地では補陀落渡海は仏事として執り行なわれており、行者役の者は、渡海のひと月前から寺に通って補陀落渡海についての勉強を始める。一週間前からは庵に寝泊りし、潔斎をし肉食《にくじき》を禁じられるなど、いくつかの決まり事を厳格に守るのが条件となる。庵にはテレビやラジオ、パソコンや携帯電話も持ち込み禁止。また航行安全を願い、行者役が身に着ける服は寺の檀家と世話役の女人が手作りし、身の回りの世話は、男女の世話役が分担して行なうとのことだ。

「明日が出航ですから」

若い僧侶がそう話を締めるのに、もろもろ忙しいとの言外の意味を汲《く》み取り、那智たちは寺を辞去することにした。帰途、裏庭を歩いていると庵が見えた。障子を開け放った部屋のなかに、若い男が座っていた。髪を短く刈り込み、白い着物に身をつつんでいる。細身であまり背は高くなさそうで、遠目にもどこか鋭さが感じられる。あれが行者役の敷島勝であろうか。と、その部屋から、髪を後ろで束ねた巫女《みこ》姿の女が出てきた。こちらは背が高く、すらりとした美女だ。彼女が世話役だとすると、北条瑠利子ということになる。その女性が敷島に一礼して、部屋の外から障子を閉めた。体の向きを変えたところで、内藤と目が合った。

「こんにちは」

思わず声をかけると、彼女は驚いたような顔になり、頭を下げるや足早に去っていった。那智はそれを一瞥《いちべつ》して、また歩きだし、内藤も後を追った。

次に北条家をたずねた。地域には昔からの有力家がいくつかあるが、そのなかでも代々、長《おさ》としてこの地を治めてきた庄屋《しょうや》が北条家で、歴代の主《あるじ》が書き記した文書が残っていると聞いていたからだ。

長年庄屋をしていたというだけあって、時代がかった門は立派なものだった。母屋もがっちりとした古い造りで、往時の繁栄が偲《しの》ばれるものだった。昔は見える範囲すべての土地が北条家のものだったというのもうなずけるほどの、重厚さがただよう建物だ。

出迎えたのは当主の北条峰雄《みねお》で、物腰の柔らかな細身の紳士だった。会社経営者だが、補陀落渡海のこの時期は行事に関わることで忙しく、昼食もおちおち食べていられないんですと苦笑した。挨拶《あいさつ》をかわすと、内藤の問いに峰雄が答えてくれた。

「娘の瑠利子と息子の悟史が世話役をしております。古《いにしえ》より、世話役は行者の身の回りのお世話をする重大な役目ですので、この期間は家族といえども口をきいてはいけないのですよ。現在も行者役の起居する寺の庵に付随する部屋に泊まり込んで、世話をします。昔は二十日、今は一週間前から潔斎して寺に詰めております」

「世話役は、どのように選出されるのですか」

「わが北条家と、昔の庄屋に次ぐ家格だった二つの家、原田《はらだ》家と池内《いけうち》家とで、持ち回りで務めています。我が家は現在三年目。十年務めて次の家に役目を渡すよう決まっております」

「さきほど、世話役は口をきかないとおっしゃいましたが、渡海当日も含め、長期間、だれとも話せないということなのでしょうか」

「ここにも書かれておりまして」

と峰雄が書物を開いて、指さした。

「出航した晩から戻る日まで、時告渡御《ときつげのとぎょ》と衣解渡御《きぬときのとぎょ》が行なわれます。これは当時の夜四ッ時、亥《い》の刻ともいいますが、今でいう夜の十時頃に、世話役の女を乗せた小舟を世話役の男が漕《こ》いで渡海船にいきます。寝間着を渡して、『亥の刻でございます。御衣《おんころも》を御渡《おわた》しに参りました』と告げるのを時告渡御《ときつげのとぎょ》。明け方の四時頃、暁《あかつき》七ッともいう寅《とら》の刻に、再び渡海船にいき、『寅の刻でございます。御衣《おんころも》をいただきに参りました』といって寝間着を受け取るのを衣解渡御《きぬときのとぎょ》といいます。両方とも声は女がかけるものと決まっておりまして、海の上では声を出していいし、船頭を務める男の世話役との会話も許可されています。陸《おか》においては一切禁止されております。これは昔からの決まりごとでございます」

「海の上は危険だから、万が一を考えて声を出していいということなのでしょうか」

由美子が首をひねった。かがり火を焚《た》いたとしても、照明器具の乏しい時代の夜の海である。もっともな理由に思えた。

「そのいわれについては、書き記されたものなどが残っておりませんので、わかりません。また昔は三日間沖に停泊したので、受け取った衣は陸に戻って焼き捨て、また新しい衣を届けておりました。どうやら穢《けが》れを移した形代《かたしろ》のような役目が、その衣にはあったようですね。寺にしつらえた御清浄場《ごせいじょうば》と呼ばれる焼却場で焼きますが、衣を見れば、恐ろしい速さで、その文書を読んでいる。

峰雄は、さらに補陀落渡海について語ってくれた。

現在は十月の満月の申《さる》の刻、午後四時に船を出す。船は沖に係留され、翌朝巳《み》の刻《こく》の十時に船を陸に戻す。その間、行者役は一晩中読経《どきょう》を続けるのが習いである。

熊野の補陀落渡海では、船には一ヶ月分の食糧が積み込まれていたらしい。この地では昔は二晩、今では一晩のみ海の上で過ごすが、万が一を考慮して、五日分の非常用食糧を積んでいるのだという。防寒のための毛布や懐中電灯、非常時に連絡を取るための無線機の類《たぐい》は、あらかじめ世話役が整え、船内に用意されるそうだ。

「世の平和と民の健康を祈る行事として、執り行なわれてきたそうです。本来の意味は違うのでしょうが、少なくともこの町では未来までの平和と皆の健康を祈るものとなりました。観音様の慈愛に満ちた行事として、連綿と続くことを願っていますよ」

峰雄氏が柔らかな声でいうのに、内藤もそうあってほしいと思った。もうひとつ資料がありますが、蔵から出しておきますのでまたお越しくださいとの言葉に甘えることにして、北条家を辞した。

「実は、瑠利子は松尾君と付き合っているみたいなんです。はっきりいわないんですけどね」

運転していた緋月が、いたずらっ子のような笑みを浮かべながらいった。瑠利子とは幼稚園から一緒の同級生だと聞いていた。

「気恥ずかしいからではないのですか」

「北条家には昔の勢いがないって噂もあるし、松尾君の収入も安定しないから難しいのかなって、友人とも話していたんですよ」

金銭的に問題があるゆえ、恋愛が進まない。このような話は地方にいくほど多いものだ。ここでも御多分に漏れず、そんな悲劇があるのだなと、内藤は自分がいまだ相手のいない独身でよかったとしみじみ思った。

4

内藤は起き抜けにカーテンを全開にしてみた。目に飛び込んできた朝日に煌《きら》めく海が今日も美しかった。バルコニーに出てみると、そよぐ風が心地よい。十月だというのに日差しが強く、目の前の海は渡海を寿《ことほ》ぐように凪《な》いでいた。

補陀落渡海の行なわれる今日と明日は、小舟やモーターボートの類でも周囲の海には出せないので、漁も休みと聞いていた。釣り人も締め出すということだ。右手の沖のほうに、渡海船が係留されるという杭《くい》が見えた。何度か台風で折れては新調したというその杭は、岩の途切れた向こう側にある小さな防波堤の外側にあった。杭は遠目ながらも頑丈そうだが、圧倒的な自然で構成された風景のなかではどこか奇妙なものに感じられた。

渡海船はその日は沖の杭につないでおき、一晩明けた翌日の朝に陸に戻す。それまでは海上に、ただ一艘《そう》漂うのだ。おそらく今晩は、揺れる海面の上で光を躍らせる満月が神々しく輝き、渡海船一艘がそんな月光にぽつねんと照らされるのだろう。

行者役の者は、出航の日は、朝から西恩寺の本尊である千手観音の前で祈りを捧《ささ》げ、昼餉《ひるげ》を挟んだあとは奉納舞などが行なわれ、その後船に乗り込むために下山するのが習いだという。その様を見るために、那智たちは朝食後に寺に向かった。

境内に入りきれない人が、駐車場や寺の前の道路にまでもあふれていた。僧侶《そうりょ》が居並ぶ厳かな雰囲気のなか、定時に行事が始まった。行者役が本尊の前で祈りを捧げる間、香の煙がたなびき読経の声が境内にこだました。午後は観音を模した面を被《かぶ》った者が踊る舞などが奉納されたが、その後に、観音の頭部やなかをくりぬいた木造の像そのものを被った観音役が歩く「練り供養」も披露された。練り供養とは、阿弥陀如来《あみだにょらい》の菩薩《ぼさつ》を模した面などを着けた者たちが列をなして歩き、極楽浄土へ導く様子を、分かりやすく民衆に伝えた行事である。

それらが終わると、行者役の敷島が乗船のために僧に囲まれて下山し、群衆も共に移動する。出発地となる海岸では、渡海船を夜通し見守るための詰所である御守《おもり》小屋が建てられ、その前でまた読経が始まった。敷島は神妙な顔で合掌し、僧から香水《こうずい》を掛けられると作法にのっとって答礼を返し、浜から渡海船に乗り込んだ。伴走船には、昨日見かけた巫女《みこ》姿の瑠利子が乗る。そしてもうひとり、若い男が乗り込んだ。

「伴走船は瑠利子の弟の悟史《さとし》君が船頭を務めるんです」

緋月の説明で船を見やれば、若い男が櫓《ろ》を握っている。がっしりとした体つきで背も高い。よく観光地の池などでも見かけるボートくらいの大きさなので、沖まで漕ぐのには充分な体格に思えた。

渡海船は、大型の一艘の船につながれていた。本来は伴走船が曳《ひ》くのだが、漕ぎ手の体力の問題もあり、御引《おひ》き船《ぶね》と呼ばれる船がその任を負うことになっているという。そろいの法被《はっぴ》を着た船頭たちがその船の櫓を握り、経典《きょうてん》を捧《ささ》げた僧を先頭に檀家《だんか》数人を乗せ、手漕ぎで渡海船を沖に曳航《えいこう》するという。

「申《さる》の刻《こく》、ご出《しゅつ》たぁつ」

ふしを付けた声があがった。時計を見ると午後四時ちょうど。ゆるゆると御引き船が動き出した。渡海船が引かれて動き、その後ろを、世話役の伴走船がついていく。一段と大きくなった声明《しょうみょう》の響きが浜を埋め、人々が合掌で送るなか、船団が徐々に小さくなっていった。

渡海船は十分ほどで沖まで牽引《けんいん》されたようだ。杭に船を固定するのが遠目に見え、御引き船が戻ると、浜で祓《はら》いの儀式をして、海での行事は終わった。さらに見ていると、沖にとどまっていた伴走船が動きだした。

「隣の浜に御世話小屋を設けてあるので、世話役はそちらに滞在して、渡御《とぎょ》の儀式に船を出すんです」

緋月が船を目で追いながら説明した。こちらからは見えないが、伴走船は岩を隔てた向こう側の堤防に着いたようだ。御世話小屋はこちらと異なり、無人だという。

本来の補陀落渡海では送り出して終わりだが、ここでは、翌朝、行者役を寺に迎え入れるのも行事となる。行者役は帰ってきた日も寺に泊まり、翌日、行者役の任を解く儀式を行なって、ようやくお役御免《やくごめん》になるということだ。

渡海船を陸から見守る、浜の御守小屋がにぎやかになってきた。補陀落渡海の成功を願うという名目で、一席設けられるようだ。御世話小屋を離れた場所に設けた弊害か、それとも酒宴を開くのが目的で別にしたのか、どちらもありそうだと内藤は思ったが、そんなことはおくびにも出さず、那智に話しかけた。

「思ったよりも規模が大きくて、荘厳《そうごん》な儀式ですね」

「うん、小さな町とはいえ、古来の儀礼にのっとった形が保たれているのは、人々の信仰のたまものかもしれないね」

　満足げな声が返ってきた。内藤も今日は色々と写真を撮れたので、満足していた。印刷は研究室に戻ってからになるが、忘れないうちにとカメラのＳＤカードを交換した。

「あの、成功祈願の御精進の振舞いがあるので、ぜひご一緒にいかがかと」

　緋月の声に振り向けば、そこには一昨日《おととい》の夜の助役がぜひお越しをとでもいうふうに腰をかがめて笑みを浮かべている。てっきり断るものと思っていたのだが、那智が振り返っていった。

「せっかく声をかけていただいたのだ。参加させてもらおう」

　一瞬ながら、口角を上げた悪魔のような笑みが確認できた。那智が助役の後に続いて歩きだした。

「どういうことですか？」

　由美子が声を潜めて聞いてくる。

「まあ、これも調査の一環ってことかな」

　内藤自身にも意味不明の弁明に、由美子は怪訝《けげん》な表情を向けるだけだが、あっさりと誘いに乗るなど、なにか企《たくら》んでいるとしか思えない。ともかくもと、二人は那智の行動に従った。

席に落ち着き、酒が酌み交わされる。まるで水のように飲みつづける那智と由美子を見て、いつもながらすごいものだと感心しながら、内藤は茶碗酒《ちゃわんざけ》を片手に海を見た。日が落ちかけのまだ橙色《だいだいいろ》の光が残る海のなか、浮かび上がった船のシルエットが緩やかな波の動きと共に上下に揺れている。はるか二百年前もこの光景があったのかと思うと、感慨深いものがこみ上げてくる。

結局まだ宵の内から酔いつぶれる者が続出するなか、那智は涼しい顔で、いまだ正常に機能する酒飲み機として作動していた。ある意味予想通りの結果に、内藤は胸の奥深いところでため息をついて座っているしかなかった。

翌朝、迎えにきた緋月が、

「みんな蓮丈先生のペースにつられて飲みすぎたようで、あのあとは四苦八苦したそうです」

言葉とは裏腹に嬉《うれ》しそうな顔を見せた。上役へのうっぷん晴らしになったと思えば、それもいいかと内藤は苦笑いを浮かべるしかなかった。

「先生は、お強いですからね」

「あれしきの酒で潰《つぶ》れるのは、ミクニくらいかと思っていたよ」

人を人とも思わないような言葉は聞かなかったことにして、内藤は車を降りた。海岸に向かうと、渡海船が戻るのを見学しようと、人々が集まっていた。行者を迎えるための行事を行なうのか、御守小屋の前には祭壇などの設《しつら》えが出来上がっていた。人は時間を追って増えてくる。見送る時よりも多そうだ。御守小屋をのぞいてみると、二日酔いの顔が神妙そうな表情で並んでいたのがおかしくもあった。

ほどなく出迎えのための御引き船が出航していった。少し離れた場所から、世話役の乗る伴走船も沖に向かっていくのが見える。しばらくすると、渡海船が牽引されて戻ってきた。歓待の声と拍手が浜を埋めたが、それもすぐに止み、読経《どきょう》が始まった。

人々が注視して、行者役が現われるのを待っている。僧の手によって、渡海船の扉が開かれた。だが行者役が出てこない。扉を開けた僧が戸惑ったように、なかを覗《のぞ》き込んで声をかけたようだ。と、一拍置いて悲鳴をあげた。何事かと伸び上がった内藤の耳に「死んでいる」との声が届き、僧たちの読経が止んだ。

まさか行者役の敷島が死んでいるというのか。浜が騒然となった。船頭や実行委員会の人間が、船に駆け寄った。ほどなく、横たわった姿の敷島が船から抱え下ろされ、すぐに頭から半纏《はんてん》をかぶせられて、御守小屋の奥へと運ばれた。控えていた医者が小屋に入る。

那智たちは人をかき分けて、小屋の近くまで移動していた。だが後ろに下がるようにと警備の人間にいわれ、後退するしかなかった。もう補陀落《ふだらく》渡海《とかい》どころではない。

観衆は何事かと大騒ぎになっていた。当然行事は中断されたまま。しばらくして、敷島は到着した救急車に乗せられて運ばれていった。

急病かなにかの発作でも起こしたのだろうか。本日の行事はすべて中止になりましたというアナウンスが、スピーカーから流れた。

「先生、戻りますか」

内藤が訊《たず》ねた。行事がなくなれば、自分たちのすべきこともない。那智もあっさり了承した。そこで緋月にホテルまで送ってもらったのだが、那智はホテルのエントランスに入ったものの、ロビーのソファーに座り込むなり、煙草を手に動こうとしない。仕方なく内藤と由美子も、その向かいに黙って座った。

一時間もそうしていただろうか。いったん出ていった緋月が戻ってきた。

「ともかく、現時点で分かったことをお知らせしようかと」

顔が青白い。無理もない。敷島は幼馴染《おさななじ》みだ。このなかで最も動揺しているのは緋月のはずだ。だが那智に説明をと、その感情を抑えてきてくれたのだ。

「すまないが、車を出してもらえるかな。海岸に行ってもらいたいんだが。話は向かいながらでもいいだろうか」

「あ、もちろんです」

ちょっと面食らった緋月だったが、すぐにエントランスに向かった。那智にはなにか思うところがあると感じとったのだろう。

「では、話を聞かせてもらおうか」

車に乗り込んでからの那智の催促に、緋月が心得たように答える。

「敷島君は、刃物で腹部を刺されて死んでいたそうです」

内藤も由美子も言葉がなかった。寺と実行委員会は、なんとか穏便にの一点張りだが、北条家の当主が警察に委《ゆだ》ねるしかないといい、警察が捜査を開始したという。

「結局、司法解剖を受けることとなりました」

「まあ、そうなるだろうね」

那智のその言葉に、内藤はおやと思った。依頼された調査が不本意な形で中断されたのに、口調からして那智は不機嫌ではないのだ。

「世話役の女性に、話は聞けるかな」

「瑠利子も警察から家にいるようにいわれているそうなので、お宅に伺えば大丈夫かと」

「みなさん、お辛《つら》いでしょうね」

由美子がいうのに、緋月が小さく息を吐きながら車を止めた。

「今後の行事は、すべて中止となりました」

「仕方ないか」

呟《つぶや》くようにいうと、那智は車を降りた。海岸にはすでに見物客はいない。浜に引き上げられた渡海船の周囲にはロープが張られ、近寄ることができなくなっていた。内藤たちは御守小屋を撤去すべく集まっていた関係者に、フィールドワークよろしく聞き込みを始めた。そのなかには、昨夜、酔いつぶれて寝てしまった者もいたが、何人かは夜明かしをして船を監視していたという。

「昨晩、渡海船に近づいた船はあるんですか」

皆が顔を見合わせて、手を横に振った。

「あるわけないさ」

そのうちの一人がいった。

「時折雲が出て暗いことはあったが、船が近づけば分かるさ。十人もの人間が見てたんだ。いくら離れているからって、見逃すことはないよ」

行事の日は港からの出航も禁じられているし、近郊の海岸における船出も禁止されている。そのなかで渡海船に近づく船があれば、気がつかないはずはない。その場にいた何人もが、そう証言した。

「渡御《とぎょ》のための伴走船が夜中と明け方に近づいた以外は、ネズミすら近寄ってないさ」

「明け方の衣解渡御《きぬときのとぎょ》の時には、少しもたついていたようだったが。じゃが無事やり取りも終えたようだし……。他の船なんぞは、近づいてはおらんて」

そろいもそろってそこまで節穴じゃないさと、二日酔いが抜けた顔で笑っている。昨晩、内藤もホテルの部屋から渡海船を見たが、距離があるようでも、思いのほか月光に照らされているし、近づく船があれば見逃すことはないくらいに海は凪《な》いでいた。まして多人数の目を欺《あざむ》くことは難しいだろう。他の者に聞いても答えは似たようなもので、近づいた船はないという。

「そろそろ……」

那智にホテルに戻るのを促そうとした内藤は、なんとはなしに振り返って口を閉じた。石段を下りてくる男の姿が目に入った。深く帽子を被《かぶ》っている松尾だった。昼の光のなかで整って見える顔には、どこかしら緊張感が漂っていた。ブルゾンのポケットに両手を突っ込んで歩いていたが、方向を変えた拍子に那智たちに気づいたようで、軽く会釈をして近づいてきた。

「敷島が死んだって聞いて」

それでやってきたのだが、というのに、那智が硬質な目を向けた。

「渡海船のなかで、腹部を刺されて死んでいたそうだ」

松尾が目を見開いた。唇がなにかいいたげに動いて止まった。それから静かに息を飲み込んで、「瑠利子がどうしているか知っていますか」とたずねてきた。

「警察に自宅待機をいわれているそうですよ」

内藤が答えると、曖昧《あいまい》にうなずき返して、礼のように頭を下げて歩き去った。

「知らなかったようですね」

由美子がいうのに、内藤は「うん」といった。松尾と瑠利子は付き合っているらしいと緋月がいっていたが、このような状況では、電話をすることもままならないのだろう。北条家の台所事情が芳しくなく松尾の収入も不安定。結婚が難しいことは当の二人がよくわかっているから、交際を秘密にしているのではないのか。大変だなと思いながら、内藤は那智に声を掛けた。

「先生、ホテルに戻りましょうか」

那智が煙草を携帯灰皿でもみ消したのをきっかけに、浜を後にした。

「これって不可能犯罪じゃないんですか」

由美子が歩きながらいった。内藤も歩きながら考える。

「渡海船に近づいたのは伴走船だけだと、皆の証言が一致しているね。それも夜十時の時告渡御《ときつげのとぎょ》と、早朝四時の衣解渡御《きぬときのとぎょ》だけ。明け方のほうは少し手間取っていたというのが気になるけど、その時に世話役が殺すというのもどうかと思うし、時間的に可能かどうか。そこで刺したら返り血を浴びて、処理に困るだろうしね」

「第一、自分たちの船しか近づけない状況で犯行に及んだら、犯人だと認めているようなものですよ。まあ死亡時刻が分からないと、なんともいえないでしょうが」

「スキューバダイビングで渡海船まで泳いでいけば、犯行は可能かもしれない。雲が出て、多少暗くなった時間帯があったようだし」

「可能ですけど、そこまでして渡海船のなかで殺す意味があるんでしょうか」

「監視されているのを承知のうえでの犯行だから、アリバイと共に完全犯罪を確立するためとか」

「となると、やはりこの町に住む人の犯行でしょうか。あえて日常での殺害を避けたとしたら」

「たしかに、なぜ渡海船で殺さなければならなかったのかが重要だね」

そういったものの、どこかもやもやした思考はまとまらない。由美子との推理に那智は口を差しはさまなかった。が、

「北条家にいってもらえないだろうか」

突然の申し出に、緋月は心得たようにうなずいてくれた。資料を見せてもらう約束になっていたし、敷島の死によって行事が中止になったとしても、調査は最後までやりたい。

北条家には、当主の峰雄と娘の瑠利子、彼女の弟の悟史がいた。大役を終えたのもあるのか、姉弟《きょうだい》はひどく疲れているように見えた。

「夜と朝の二回、渡海船を訪れたのだよね」

挨拶《あいさつ》ののちに、那智が瑠利子と悟史に問いを発した。

「夜中の十時頃に時告渡御、明け方の四時頃に衣解渡御の儀式があり、両方共ぼくが船頭で、姉を乗せて渡海船までいって、戻ってきました」

悟史が答えた。敷島が救急車で運ばれたあと、寺の荷物を整理して、瑠利子と共に実家に帰ってきたという。

「渡御の時には、どんな言葉を交わすのだろう」

那智の問いに、今度は瑠利子が答えた。

「時告渡御では、わたしが『亥《い》の刻《こく》でございます。御衣《おんころも》を御渡《おわた》しに参りました』と声をかけると、船の小屋の扉ごしに、行者役から『わざわざの来訪《らいほう》、礼を申す。時告げの御儀式《おんぎしき》、かたじけなくありがたく存ずる』との返答があり、着替えの衣を船縁《ふなべり》に置いて帰ってきました。明け方も渡海船にいき、『寅《とら》の刻でございます。御衣をいただきに参りました』というと、『来訪、重ね重ね礼を申す。御衣お渡しの御儀式、かたじけなくありがたく存ずる』との答礼があるはずだったのですが……」

「なかったのか？」

瑠利子が悟史と顔を見合わせてうなずいた。

「何度たずねても返事がなくて……。読経《どきょう》の声はしていたのに答礼が返ってこないので、しかたなく甲板に出してあった寝間着を持って戻ってきました」

それが、明け方の儀式は少し手間取っていたようだという証言につながるのか。

「そのことは御守小屋のだれかにいわなかったのかい」

「読経が聞こえていたものですから。それに余計な話をすることは禁じられていますし」

「そうか。どちらの渡御《とぎょ》にしても、顔を見てはいないのだね」

「古来の慣《なら》わしで、両方の儀式ともに、行者役は船の小屋のなかに入ったままの対応で、声のやりとりだけです。ただ応答の文言も決まっていて、敷島さんがよく練習をしていたのはぼくも覚えています」

悟史が答えた。那智が了承のしるしのようにうなずくと、瑠利子のほうを向いた。

「帰ってきてから、どうしていたのかね」

「渡海船から戻るたびに、寺にいらっしゃるご住職に報告をして、御世話小屋に戻ります。衣解渡御の後には寺内の御清浄場《ごせいじょうば》で衣を焼き、いったん休んだものの、七時には起きて支度を整え、浜での迎えの儀に列席しました」

休んだとはいうものの、寺と御世話小屋の行き来で、ほとんど寝ていないのだろう。しかも今朝方の事件だ。気力だけでなんとか応対してくれているようだ。

「あの……敷島さんは殺されたのでしょうか」

おずおずと瑠利子が聞いてきた。どこか怯《おび》えすら見える。午前中、浜から運ばれる際にちらりと見えた敷島の体は、腰のあたりが血で赤く染まっていた。

「刺されていたのは間違いないようだ。その事情いかんによって、色々な人の許《もと》に警察が事情聴取に訪れるのではなかろうか」

那智の言葉は、もっともだった。まだ詳しい事情が分からないが、自殺という線はほとんどないと思われた。敷島の会社は今、一大プロジェクトを抱えている。事業は上り坂だ。だいいち、わざわざ渡海船のなかで死ぬ必要があるとは思えない。念のためと内藤はたずねた。

「敷島さんの会社が経営的に問題を抱えているとか、そんな話は？」

「反対の声が上がっていますが、開発計画は頓挫《とんざ》しているわけではありません。工事も進んでいますし、まとまった額の資金がすでに支払われているはずです」

緋月が答えた。もし資金調達にいき詰まっていたのなら、のんきに補陀落渡海の行者役などをしている場合ではない。まさか保険金を充当するつもりだったにしても、こんな手の込んだ自殺方法をとるのは理解に苦しむ。

「そういえば、敷島さんはなぜ行者役をやっていたんですか」

由美子の問いに、緋月と瑠利子が顔を見合わせた。

「実は、どうしてもやりたいと三ヶ月ほど前からいいだして、多額の寄付までしたので……。すでに決まっていた人を押しのけて、行者役になったんです」

「ごり押しとはな」

なんらかの目的があったと思えるのだが、今となっては確かめる術《すべ》がない。

「お約束していたこの資料の撮影が終わったら、どうぞお引き取り下さい。二人も警察に呼ばれていますので」

峰雄が和綴《わと》じ本を那智たちに見せた。かすれた草書体でタイトルが書いてある。これが先日いっていた資料なのだろう。行者役が死亡するという予期せぬ事態で補陀落渡海の行事が中止となった今、北条家が那智に協力する理由はなくなったのだ。招かれざる客かもしれない。内藤は心得たように一礼すると、カメラを取り出して撮影を始めた。

5

緋月に車で送ってもらい、ホテルのロビーに入ると、フロントの前にいたスーツ姿の二人の男が那智たちの許《もと》に歩み寄ってきた。

「東敬大学の蓮丈那智先生ですか」

風貌佇《ふうぼうたたず》まいから予想した通り、二人は刑事だった。窓際のソファーへと誘《いざな》い、那智たちを座らせた。背が高くて若い刑事と、小柄で白髪交じりの二人組だった。敷島の死亡により、彼に接触した人間たちに話を聞いて回っているという。ひとしきり調査の目的や、寺で敷島を見かけたことなどを話したのち、

「彼の死因は、刃物による刺殺だそうだね」

那智の言葉に、刑事たちの表情が渋いものになった。

「どちらでそれを」

「この町では、もう知れ渡っていることじゃないのかな」

白髪のほうがますます渋い顔になった。

「殺害現場は？」

「ただいま検証中です」

喋《しゃべ》れないということかと、内藤は刑事の顔を見つめた。

「凶器は発見されているのかね。犯人の目星は？」

那智の問いに二人の刑事が目を吊《つ》り上げたが、「凶器については申し上げられません。容疑者は捜索中です。ご協力ありがとうございました」と白髪のほうの刑事がいって、席を立った。

「あっさり切り上げたところを見ると、ぼくたちに疑いはかかっていないようですね」

「当然だ。動機がないからな」

そう答えたものの、那智もどこか消化不良のような顔だが、「そのうちだれかが教

えてくれるだろう」とくるりと背を向けて、部屋に引き上げていった。

その言葉通り、夕方のまだ早いうちにまた緋月がたずねてきた。那智からの連絡で、内藤と由美子は、ロビーフロアにある喫茶コーナーに集まった。緋月は、事件についてご報告しなければと、思いつめたような顔で切り出した。

「詳しい死因がわかったということだね」

うなずいた緋月が、手帳を取り出して広げた。

「まず、死亡推定時刻は深夜零時から二時の間。凶器は細身のナイフで、刺さったままだったそうです。それ以上は今のところは……」

「無理もない」

「先生、その時間帯に渡海船に接舷《せつげん》した船はないんですよ。やっぱり不可能犯罪じゃないですか」

「それ以外には？」

那智は、内藤の声を無視して促した。緋月が申し訳なさそうに内藤を見てから答えた。

「被害者の血液から、睡眠薬の成分が検出されたそうです。胃からはコーヒーの成分が出たそうです」

「コーヒー？　渡海船には嗜好《しこう》品の持ち込みが認められているのかい」

「禁止されているはずです。緑茶もダメ、飲み物は体のことを考慮して、ポットに入れた湯ざましか白湯《さゆ》だけと聞いています」

「ひそかに持ち込んでいたのか……」

那智が考える風に腕を組んだ。

「死亡時刻については、さらに検証するとのことでした」

「検証、ですか？」

怪訝《けげん》そうな由美子に、那智が内藤の顔を見た。それは答えてあげなさいという意味だ。内藤が答える。

「それは、海の上で発見されたという状況が通常とは異なるので、さらに詳細に調べる必要があるということだよ。死後硬直などは、気温や置かれていた状況によってかなり異なるようだから」

なるほどと、由美子が納得したようにうなずいた。

たしかに、簡素とはいえ船室という特殊な環境下では、通常の知見どおりにはいかない。慎重だなと、内藤は思った。それというのも、町の活性化の目玉となるべき伝統的な行事のさなかに起きた事件ゆえだろう。歴史ある補陀落渡海にはたくさんの町の有力者が絡んでもいる。しかも殺されたのは主役というべき行者役である上に、この町の開発事業を請け負っている会社の社長である。速やかな犯人確保が重要だが、県警にとってもデリケートな事件になっているのかもしれない。

「それにしても、緋月さんの報告は、随分内容が詳細ですね」

今まで出会った警察関係者たちを思い浮かべてみても、ここまで第三者に教えるのは珍しい。

「県から派遣された刑事のなかに、高校時代の先輩がいたんです。それに被害者が敷島君だから、お願いして教えてもらったんです」

「それでも特殊なケースだろう。ここまで教えてくれるとはな」

那智がビールを飲みながらいった。まだ明るいからではなく、由緒正しいバーという物が皆無という町で、修業を積んだバーテンダーもいない状況においてのマティーニは危険だと判断したのだろう。ビールは、どんな土地であろうと、冷えてさえいれば味覚を裏切らないアルコール飲料である。

「瑠利子さんたちが、夜の十時に、敷島さんと会話を交わしていましたよね」

「声だけだが」

那智の言葉はにべもない。朝四時に返事がなかったのは、死亡していたからであろうか。緋月が、そういえばと言葉をつづけた。

「今朝、浜に戻ってきた渡海船には再生モードのままのＩＣレコーダーがあったそうです。それからお経が流れていたとか」

「まさか、ICレコーダーにお経を吹き込んでいたとでも?」

由美子が怪訝な顔で問うのに、緋月が説明した。

「行者役は、渡海船のなかでは、ずっと経を唱える慣わしなんです。寝てはいけないんですよ」

敷島は、一晩中経を唱えるのが嫌で、ICレコーダーを持ち込んでいたのだろうか。

「なんにせよ死亡時刻は夜十時の時告渡御《ときつげのとぎょ》以降で、明け方四時の衣解渡御《きぬときのとぎょ》までの間ということにはなろうな。死亡推定時刻に幅があったとしても、そのあたりだろう」

「寝泊りしていた寺の庵《いおり》も調べているようですが、正式に行事すべてが中止となりました。来年以降のことも、今はなんとも」

「まあ、そうなるだろうね」

那智が煙草をくゆらせながら、内藤を向いた。

「ミクニ、とりあえず二日ほど延長してくれ。調査は続けるから」

緋月の顔がぱっと明るくなった。内藤は黙ってフロントに向かった。

6

翌日、事件は急転した。警察が瑠利子を任意で呼んで、取り調べを始めたというのだ。北条家の当主、峰雄も警察で話を聞かれているという。朝食後、ホテルを訪れた緋月が那智たちに語ったのだ。

「容疑の根拠はなんだ」

「北条家が敷島産業から多額の金を借りているから、らしいです。実際、一週間前に第一回の返済期限がきているのに、所定の金額を振り込めず、敷島産業からは満額返済を迫られていたそうです」

これには、北条家の全員が青くなった。聞けば、江戸時代からつづく旧家の北条家だが、事業の傾き具合がかなりのもので、逆に、普通の会社勤めの家であった敷島家が、勝の起業により、ここ数年で成功と呼ぶには余りある飛躍を遂げ、町内のみならず県下でももっとも羽振りのよい家となっていた。

「ですが、敷島家はあまり評判がよくないので」

どうせ商売であこぎなことをして稼いだ金だ、殺されたのも罰《ばち》が当たったからだと噂する者までいるとのことだ。敷島家の繁栄を町の者が苦々しく思っている面が顕著に表れているようで、家々に聞き取り調査をしていた時にも、話の流れで聞いたところでは、たしかに評判は芳しくなかった。

「どのような伝手《つて》で、北条家は敷島産業からお金を借りたのですか」

由美子の問いは、内藤にも疑問だった。北条家の当主は落ち着いた紳士だったが、あのどこか鋭さのある敷島と、どうして接点があったのだろうか。

「北条家は元庄屋《しょうや》の家系というだけあって、不動産が多いとは町の人から聞きましたけど。開発予定の山もホテル用地も、北条家の持ち物だと」

「それならば、開発すれば金が入るはずですよね」

「ええ、でも開発にはあまり乗り気ではないと、瑠利子から聞いていて……」

緋月の困惑したような声に、内藤は由美子と顔を見合わせた。

「もしかして、敷島産業との仲を取りもったのが、お嬢さんの瑠利子さんということかね」

「わたしには分かりかねますが、でも敷島君が瑠利子に連絡を取ってもちかけたのではないかと思います。北条家が土地を手放すのではないかと、噂にはなっていましたから……」

となると、敷島にとっては、渡りに船だったのかもしれない。北条家の窮地を救うよりも、合法的にその土地を手に入れるのが狙いだったことは、不動産に疎い内藤たちにもわかる話だ。

北条家の土地目当てで金を貸す。借金の形《かた》に土地が手に入るもよし、利息付きで金が返ってくるのならそれでもいいだろうと、期待半分で貸し付けたのではなかろうか。

「北条家のもつ山間部の土地には、貴重な植物が群生し鳥類が生息していると、以前に調査にきた自然保護団体の人がいっていました。北条家が開発を拒否していたからです。今回の開発工事でも、保護区の絶対保全がなければ土地を提供しないといっているほどで」

「貴重な自然を保護してくれる……、今どき奇特な人と思われているのかもしれないね」

どこか冷めた那智の発言だが、利益を追求する昨今において、利益に走らず自然を守ってくれる人は、奉仕の心をもつ善の人でしかない。

開発は自然破壊ともなりうる。貴重な動植物は、失うのはたやすくとも、保護や数を増やすことは非常に難しいのだ。絶対保全を条件にすると、そこに建物は建てられないし、植物を刈れず植栽《しょくさい》もできない。土地を提供されても、開発とは真逆の、なんの足しにもならない用地になるかもしれないのだ。

「海上も開発する予定でしたよね」

「海の上に歩道を作り、沖合一キロの場所に水中観察ができる施設を建設する予定です。一部にジェットスキーなどもできる場所を作るとか、ともかく、美しい海を売り出すのに町は積極的です」

海上施設の建築も、やはり自然破壊であり漁場環境にも影響すると、漁業関係者からも反対の声が上がっているのを、那智たちは耳にしていた。

「自然と人工、保存と開発は元来対極に位置するものだ。共存は難しいからね」

那智が腕を組みながらいう。

「それら反対派を束ねているのが、松尾さんですね」

開発を巡って、反対運動の旗手が緋月の幼馴染《おさななじ》みの松尾。緋月が彼と話しながらも晴れない顔をしていたのは、役所にいる身で推進派となるしかない自分とは、相対する立場ゆえだろう。

「ですが、瑠利子さんが殺人なんてそもそも無理でしょう。敷島さんは渡海船のなかで死んでいた。伴走船からの殺害が可能だったとしても、犯行時刻は渡海船に近づいた夜十時と明け方四時に限られるから、死亡推定時刻の深夜零時から二時の間とはかけ離れているし、そもそも唯一の接点となる者が、わざわざ多くの人に見守られている渡海船のなかで殺す理由がないでしょう」

内藤の言葉にも反応せず、那智は取り出したメンソール煙草に火をつけた。

「死亡推定時刻の検証はどうなったんだね」

「誤差があったとしても、三十分とのことでした」

「なるほど。明け方四時の衣解渡御《きぬときのとぎょ》の一時間半前には死んでいたかもしれないんだな」

那智は薄い笑みを見せると、内藤と由美子を見た。

「補陀落渡海が、なぜ行なわれてきたのかわかるかい」

二人は顔を見合わせ、内藤がおそるおそる答えた。

「それは観音信仰の高まりで……」

「熊野では、そうだったのかもしれない。しかし、観音信仰の下地がなかったこの地で、どうしてここまで補陀落渡海が連綿と続けられたのか」

那智がいったん言葉を切って、続けた。

「この地での補陀落渡海は、貴人の血筋を尊ぶことから始まったのではなかろうか」

その昔、渡海船に乗って漂着したのは行者である。小さな村では考えられないほどの知識をもつ貴人であったはずだ。だが江戸時代において、僧の妻帯は許されていない。漂着した僧を一人の男性として迎え入れることは難しかったのではないか。

「だがその貴種の血は欲しい。それが発端だったのだろう」

おそらくその行者はまだ若かった。それで、わざわざ補陀落渡海を模した行事を行なうことにしたと、那智はつづけた。

「貴種の血と補陀落渡海が、どう結びつくんですか」

「夫問婚《つまどいこん》の変形だよ」

内藤は一瞬とまどったあと、あっと声をあげた。

「渡御《とぎょ》ですね」

内藤の言葉に、那智がにやっと笑った。

「そうか、この地の風土記《ふどき》には、当初は本来の片道切符の補陀落渡海を行なって、後年船を沖に係留するとしたのは、外聞をはばかって記したからで、船は最初から沖に係留されていた。後年沖に船を係留するようになったのではなく、行者を人々から隔絶した場所に置くための方法だったんだ」

「わかったようだね」

那智がうなずいた。

「時告渡御《ときつげのとぎょ》で女性が船に乗り込み、早朝衣解渡御で陸に戻ってくるんですね。どちらも密《ひそ》かに行なわれる。それは、人目を欺いて子宝を得るための儀式だったんだ」

「子宝を望むあまりに、補陀落渡海を世の平和と民の健康を祈る行事という名目にしたのさ」

夜になると時刻を知らせると共に新しい夜着を届けるために訪れ、明け方には着用した夜着を引き取り時刻を告げに再度訪れる。

「それがわざわざ作られた、時告渡御と衣解渡御の儀式なのだよ」

「衣を焼却するのは、契《ちぎ》りを交わした痕跡《こんせき》を隠滅《いんめつ》するためですね」

由美子の声にうなずいて、那智が紫煙をくゆらせた。

「どこかにいかれては困る。それゆえ寺を与えて引き留めたんだ。おそらく行者の望むままに、寄進もしただろうね」

「庄屋だった北条家の祖先が考え、行なったということでしょうか」

「今も世話役は三つの家で持ち回りだから、その家々で話し合った結果だろう」

「新しい血は、このような狭い集落では、近親婚を避けるためにも望ましかったということでしょうか」

緋月の問いに、「それもあるだろう」と那智が答えた。

「そもそも庄屋の家と釣り合う家格の家は、そう多くはなかろう。補陀落渡海の世話役を十年ごとの持ち回りにしたのも、同じ父の子が近い時期に複数の家で生まれることを阻止し、将来の近親婚を避けるため。子宝に恵まれないなどの事情もあっただろうね。とはいってもこの変形の夫問婚《つまどいこん》は、実際には行者がある程度若い年齢の時だけに限って行なわれた行事だろう」

男女ともに子を儲《もう》けられる年齢は限られる。すべてが合致するときは、さほど多くはなかろうさ、と那智はいった。

「僧とて、煩悩《ぼんのう》はある。秘め事は時には淫靡《いんび》な感情を生むからね。漂流してきた行者が亡くなり、後継者として本山から送られてきた修行僧はまずいい含められて、この儀式に参加させられたのだろう。その見返りが、寺への多額の寄進。手厚く庇護《ひご》されるとなると、否といい切れなかったのかもしれない。行者も生身の男だしな」

「本山の御覚《おんおぼ》えめでたきことを望む、ですか……。それに、小さな村で生涯を終える身となれば、戒律に背こうとも、己の血を分けた子が誕生することは密かな充足感となりえた。だが時代を経て、状況が移り変わっていったということですね、先生」

明治時代はともかく、昭和ともなれば時代が変わって、密かな夫問婚の必要性はなくなった。行者役となる僧も納得はしないだろうし、モラルの問題も考慮されるようになったのではないか。

「貴種を授かる行為がなくなったため、娘を届ける必要もなくなり、船の係留も一晩かぎりとなったが、行事だけは保たれた。時告と衣解の渡御を残したのは、真の目的を隠蔽《いんぺい》するためにも、形式として行事を残す必要があったからさ。儀式とは様式を保つことだからね」

世話役の女性を乗せる船の船頭は、親戚《しんせき》の男が務めたというが、かつてそれは父親ではなかったのか。娘を渡海船まで送り、明け方迎えにいく。その間の、だれも盗み見ることとさえあってはならぬ行事。娘と父親と行者のみが知る、秘匿の行事。

「貴種の種をはらむための儀式。それが補陀落渡海ですか……」

「そうでなくば、補陀落を目指さぬ船を出す意味がなかろう」

補陀落渡海と名乗るなら、補陀落までの片道航行でなくばおかしい。海を渡ることのない船。隔絶された場所で係留される船。無意味な形式のみを備えてわざわざ執り行なわれた行事は、密《ひそ》めいた、だが切実な願いの産物だったのだ。連綿と続いてきた行者の血。それは聡明《そうめい》なる判断によって選ばれた、英邁《えいまい》な血脈なのか。

「先生、そのことを瑠利子さんにいうんですか」

内藤の脳裏に、北条家の当主峰雄と瑠利子の顔が浮かんで消えた。内藤の口からもいえるはずなどなかった。

那智は内藤の問いには答えず、時計を見た。

「そろそろ向かえばいいかね」

「連絡は入れてあります。参りましょう」

やや青ざめた顔の緋月がうなずいて、席を立った。


三十分後、那智たちは北条家にいた。通された客間で待つことしばし、瑠利子が松尾に支えられるようにして入ってきた。その後ろには弟の悟史がいる。

「まだ痛むかい？」

那智の問いに、介添えを受けて座った瑠利子が口を開こうとしたとき、

「君じゃない。彼だ」

松尾を見つめながら、那智がいった。

「帽子で隠しているが、けがをしているんじゃないかね。ポケットに突っ込んだ手も出してごらん」

「足を滑らせて頭をぶつけただけです。大したことはありませんよ」

「ちがうだろう。敷島氏ともみ合った時に、けがをしたんじゃないか。頭も、その手も」

松尾が慌てて包帯を巻いた手を隠した。顔色が変わっている。

「先生、いったいなにを……」

内藤が那智と瑠利子たちを相互に見た。悟史も目を見開いている。那智が内藤と由美子を見た。

「いったいどうやって敷島勝氏が殺されたのか、君たちもわかっただろう？」

「えっ」

思わず内藤は声をあげた。

「まさか、わかったんですか」

由美子の声にも、那智はどこか冷たい薄い笑いを浮かべた。緋月が驚いた顔になり、松尾は無言で那智を見つめていた。

「どういうことですか」

悟史が聞いた。那智が口を開いた。

「SSリゾートが請け負った開発計画は、順調に進んでいるようだが、開発反対の声は収まっていない。反対勢力は、自然保護団体などのグループだが、その中心となっている松尾氏が、敷島社長には目障りだった。緋月さん、最近、反対運動はどんな様子だろうか」

那智の問いに、緋月はためらいながらも口をひらいた。

「デモや座り込みといった過激な行動はしませんが、熱心に反対運動を展開していました。敷島産業にとっては、頭の痛い問題だったでしょう」

「敷島産業は、表向きは自然に配慮した工事を謳《うた》っているが、内実は産廃の不法投棄、それに絡む暴力団とのつながりがあるそうだね。それ程のことをするなら、埋め立てに産廃を使うくらいのことはやりかねない。手抜き工事や有害物質を垂れ流す土壌汚染などもね。松尾さん、あなたは敷島産業のだれかを抱き込んだか、さまざまなことを調べたり、情報提供を受けるなどして、このようなことを知ったのではないかね。その結果、敷島氏にとって致命的な情報を入手するに至った。そこで、その情報を秘匿する条件として、敷島氏にこの町の開発事業から手を引くことを要求していた。違うかね」

松尾が口を引き結んで那智を見返していた。相変わらずなにもいおうとしない。寺で会った時の快活な青年と同一人物とは思えないほどだった。

そんな松尾を一瞥《いちべつ》して、那智が瑠利子に顔を近づけて、いった。

「ばれないように俺を運べ。俺を陸まで運ぶんだ」

瑠利子が体を震わせながら、那智を見つめて何度もうなずいた。

「瑠利子！」

緋月が瑠利子の腕をゆすった。下を向いた瑠利子の顔は、硬い。

「なぜそんな要求をする敷島氏に従ったのかね」

「北条家は、彼の会社からお金を借りているんです。いうことを聞かないなら、すぐに全額を返せといわれて、従わざるを得ませんでした。お金を引き上げられたら、父の会社は潰《つぶ》れてしまいます」

「敷島氏は、すでに決まっている人を押しのけてまで、絶対的なアリバイ作りのために、行者役をやりたいと申し出た。そこまでゴリ押ししたのは、口封じのために、松尾氏を殺すしかないからだよ。渡海船に乗れば、翌日までは海の上だからね。陸から隔絶されていること、そして世話役の船のみが二度だけ行き来することを利用したんだ。犯行を完全にするために、もっとも有効で単純な方法を用いた。すなわち伴走船を利用することだ。夜十時の時告渡御で陸に上がり松尾氏を殺し、明け方四時の衣解渡御で船に戻る。だれも行者役が陸に戻ってきたとは思わない。どんなに動機が疑われても、殺害不可能な状況。その立場が欲しかったんだよ、彼は」

那智の言葉に、瑠利子が小さく「そんな」とつぶやいた。

「でも先生、渡海船も伴走船も、海に出たところからずっと監視されています」

「あの月光の許《もと》で揺れる船を、現代人の視力で細大もらさず監視などできるだろうか」

「それは……」

あの距離で絶えず動く波の揺り返し。決まりきった儀式という思い込みがあり、多少イレギュラーに動くものが見えたとしても、目の錯覚とやり過ごすのではなかろうか。

「時告渡御《ときつげのとぎょ》でやってきた伴走船に密《ひそ》かに乗り移り、船底に身を潜めた敷島氏は、陸に戻ると、用意しておいた車を運転して、反対運動の事務所に向かう。情報提供者を装い、その夜に訪れる約束を取りつけておいたのだろう。松尾氏一人で待つよう約束させていたに違いない。だがそこに現われたのは情報提供者ではなく、海の上にいるはずの敷島氏。松尾氏がどこまで知っているか聞き出すつもりもあっただろうが、結局はナイフで襲いかかった」

「ナイフって、船に隠し持っていたってことですか」

「簡単だよ。車に置いておけばいいのだから。コーヒーも車に用意してあったのではないのかい」

敷島の胃からコーヒーが検出されたと、緋月がいっていた。血液中からは、睡眠薬の成分が見つかったとも。内藤はそのことに思いを巡らしつつ、那智の視線を追って、瑠利子を見た。怯《おび》えたような顔でいる。松尾は怖いほど緊張した表情だ。

「襲われた松尾氏は当然反撃する。ナイフを持った敷島氏が有利なはずだが、おそらく睡眠薬の作用で、体が思うように動かなかったんじゃないかな。結果、松尾氏を殺すはずが、もみ合いとなって、逆に自分が刺されてしまう」

松尾は顔面蒼白《そうはく》になっていた。

「だがそこには偶然もあった。もみ合った時のはずみで、松尾氏は頭でも打ったんだろう、気を失ってしまう。意識が戻ったときには、敷島氏はいない」

「それで気になって海岸にきたんだ」

内藤の脳裏に、ポケットに手を突っ込んで緊張した面持ちの松尾が思い出された。

「敷島氏は刺されてもすぐには死ななかった。ただパニックに陥ったのか、頭を打った松尾氏が死んだと思ったのか、彼をそのままにして堤防まで戻る。まあ伴走船に戻るしか方法はなかったのだが、そこで瑠利子さんに手当させようとでも思っていたのだろう。本当なら一刻も早く病院にいくべきだが、なにしろ薬のせいで、体のみならず思考にも多少の不都合が出たのだろうからね」

「もしかしたら、その睡眠薬って……」

「わかったかい、ミクニ?」

那智が視線を動かした。見据えられた瑠利子が唇を震わせた。

「彼がなにをしようとしているのかは、わからなかった。でも、なにかとんでもないことをしそうで、それは止めさせたいと思って、だからコーヒーに睡眠薬を混ぜて……」

「姉さんじゃなくてもするよ。あいつは最低な奴だ。伴走船で陸に戻る時も、行者役の不満ばかりを並べ立てて……。車にコーヒーがあるといったら、嬉《うれ》しそうな顔をしていたよ」

吐き捨てるように悟史がいった。

「敷島氏は、腹に刺さったナイフを抜く愚は犯さなかった。刃物は抜かなければそれほど出血しないことを知っていたのだろう。彼は堤防までは戻った。そこで伴走船に乗りこんだものの、出血性ショックで絶命してしまったのだろう。そして渡御の時間が迫り、やってきた姉弟《きょうだい》が彼を見つける。瑠利子さん、あなたはそれが松尾氏に刺されたものだと思ったのではないのかい」

瑠利子が顔面蒼白になった。

「松尾氏に電話をしても、気を失っているので出ない。あなたには詳しい事情は分からなかっただろうが、なにかが起こったことは確信したはずだ。そうしている間にも、衣解渡御の時間が刻々と迫る。あなたは弟を説き伏せて船を出した。松尾氏を守るためには、死体が陸で見つかってはならない。だから弟に手伝わせて注意深く伴走船から渡海船へと死体を移したのだ。距離があるとはいえ、御守小屋では人々が儀式を注視している。岸から見えないように、渡海船の小屋に死体を入れるのには時間を要した。それが衣解渡御では手間取っていたようだという目撃証言になったんだ」

「ICレコーダーは、敷島氏が用意していたのですね」

由美子の言葉に、那智は同意するように顎《あご》を揺らした。

「自分が渡海船を抜け出している間、無音なのも、どこか不安に感じられたのではないかね。だから、ICレコーダーの読経《どきよう》の声は流しっぱなしにしていた。あるいは、なりたくてなった行者役ではないから、沖に停泊した最初のころから、流していたのかもしれないがね」

那智がすべてを語った時、

「だから俺はあんな奴のいうことをきくのは嫌だったんだ。伴走船で陸に運べといわれた時、きっぱり断っていたら、こんなことにはならなかったんだよ。松尾さんだって……」

悟史の言葉に、瑠利子が顔を伏せた。

「そうだ、俺が悪いんだ。俺のせいで、瑠利子と悟史君に、あいつの死体を運ばせることに……。すまなかった」

松尾が絞り出すような声で頭をさげた。

「だれの心のなかにも、毒の芽はあるものだよ。しかし、その毒が二人の生死を分けることになったのかもしれないね」

「わたし……」

呟《つぶや》いた瑠利子の目からは、涙があふれつづけていた。

7

夕暮れの太陽が、空を橙色《だいだいいろ》がかった空間に染め上げていた。

「先生、ここの開発計画って、どうなるんでしょうか」

内藤の言葉に、那智がマラッカジンの入ったスキットルをグラスに傾けた。警察に出頭するという瑠利子の言葉を聞いて北条家を辞し、ホテルに戻って、那智の部屋のバルコニーに三人はいた。

「おそらく頓挫《とんざ》して、今までどおりの町に戻るんだろうな」

「補陀落渡海《ふだらくとかい》は……」

「存続は無理だろう」

那智の返答はにべもなかった。いくら古来の行事といっても、崇拝の対象となる行者役が、祭祀《さいし》を犯罪に利用したのだ。ダメージは大きいだろう。

「敷島が松尾氏を殺そうとしたのは、開発計画を守るためだけだったのでしょうか」

内藤の問いに、那智と由美子が驚いたような目を向けた。

「ミクニにも分かったのか。たしかに敷島の動機のなかには、瑠利子さんへの恋慕《れんぼ》があったのかもしれないね。案外小さい時からの思いだったのかも。瑠利子さんは名家の娘で、美しい高嶺《たかね》の花だった。平凡な家に生まれた敷島は、瑠利子さんの目を自分に向けさせるために、必死で成り上がろうとした。だが成功したというのに、瑠利子さんがよりによって松尾の恋人だなんて、とうてい許せることではなかったのかもしれないね」

「それが殺したいほどの感情になるものなのでしょうか」

「恋は女のみならず男をも狂わせるからね。昔の補陀落渡海でもあったにちがいないさ」

いくら貴種の血を宿すためといっても、生身の人間なのだから情がわく。

「まさか、昔も補陀落渡海を巡って殺人があったということですか」

由美子の問いに、那智が紫煙を吐き出しながらうなずいた。

「秘密の契りのはずが、自分を抑えきれなくなる行者もいたことだろう。女のほうにしても、尊ぶべき行者に感情が傾くのも自然だろうしね。逆にそんな状態では、夫が不要の存在になっても不思議はない。無事子供に恵まれたとなれば、夫はある意味用なしともなろう。夫を亡き者にするくらいは、やってのけたのかもしれないね」

「昔も今も、補陀落渡海をアリバイ工作に利用したのですか……。なんか家を存続させるというのは、けっこう怖いことでもあるのですね」

由美子がため息交じりにいった。

「ああ。だが松尾氏がなぜ敷島氏を脅迫してまで、自然を守ろうとしたか分かるかい」

「もしかして、瑠利子さんのため、ですか」

那智の満足そうな笑みに促されて、由美子がつづけた。

「借金のことを知っていたのもあるのでしょうね。ともかく敷島氏にこの町の事業から手を引かせれば、なんとかなると考えたのではありませんか」

「うん、もしかしたら保全林として基金を募集するとか、自然をうまく活用していける手もあったのかもしれない。ところで、ふたりとも北条家の御当主がいっていた言葉を覚えているかい」

内藤は北条峰雄の柔和な顔を思い出した。補陀落渡海は世の平和と民の健康を祈るための行事として続いてほしいと、それは本心からそう願う顔だった。

「あらゆる衆生《しゅじょう》の願いを聞き届け、救いの手を差し伸べてくれる観音菩薩《かんのんぼさつ》。本来の補陀落渡海は、その観音菩薩の浄土、補陀落にたどり着くための行《ぎょう》と称していたが、その実は観音菩薩におのれの身を捧《ささ》げる、生きながらの水葬だ。相当の覚悟と信仰心がなければできぬことだよ」

その昔、百八個の石を体に巻き付けて渡海船に乗り込んだ者もいるという。死ぬことを覚悟して臨んだ渡海は、やはり平和を望んだがゆえの行為だったのではなかろうか。

「なんか、欲の塊のような渡海になってしまいましたね」

切ないですね、と由美子がいった。ヤシの木が風になびいている。秋の気配が漂う風が、三人の頬を撫《な》でていった。

「人々が再度、この土地に住む者たちの幸せを考えれば、町の行く末も決まるだろうな」

精密な加工品のような那智の指が、南のほうをさし示した。補陀落があるとされる方角だ。

ミ・ク・ニ、美しい夕焼けのように、この地の自然もこの先残るのだろうかねえ。聞きなれたミラクルボイスが、人類は愚かさゆえに愛《いと》しいのだよと囁《ささや》いているように聞こえた。

天鬼越
あまぎごえ

1

照明を極端に絞った薄暗い空間のなかに、内藤三國と佐江由美子は立っていた。話し声はおろか、咳《せき》一つ聞こえない空間には、だが相当数の人間が存在している。ある者はカメラを操作しながら鋭い目を走らせ、ある者はヘッドホンを装着して紙の束を抱えている。

三國と由美子はふたり並んで前方を見つめていた。視線の先には、意図的に照明が当てられた光に満ちあふれた場所があり、「超古代史文書の真贋《しんがん》」と書かれたボードが掲げられていた。

ここはテレビ局のスタジオで、特番収録のパネルディスカッションが行なわれているのである。ボードの下には、半円形にテーブルが置かれており、中心には男性司会者と女性アシスタント、左右に五人の人物が配されていた。その五人は学者であり、テーマに沿って賛否を論じるのだが、男が四人、残りの一人が蓮丈那智だった。

男四人の風貌《ふうぼう》は異なるが、皆一様に自信ありげな笑みを浮かべている。それと対照的に蓮丈那智の彫りの深い顔は、眉《まゆ》の薄さと鳶色《とびいろ》がかった瞳《ひとみ》がライトで強調され、大理石の彫刻かと思うほど、硬質で表情がなかった。

収録は中盤を迎えていた。各種の史書が次々に俎上《そじょう》に載せられている。宇宙の創生から神々の降臨、人類の創生までを伝え、神世《かみよ》の創世記の異名を取る『竹内文書《たけのうちもんじょ》』。スサノオ出雲《いずも》王朝の真実を伝えるとされる『九鬼文書《くかみもんじょ》』、徐福《じょふく》の来日と富士《ふじ》山麓《さんろく》にあったとされる高天原《たかまがはら》伝説で知られる『宮下文書《みやしたもんじょ》』。朝廷にまつろわぬ者たちの歴史を伝える『東日流外三郡誌《つがるそとさんぐんし》』などなど。

「しかしですなあ、このような文書はやはり真実味に欠ける」

超古代史文書を否定する側の学者の弁である。

「あなた方は、所詮《しょせん》、万世一系の正統性のみを訴える記紀《きき》の呪縛《じゅばく》にとらわれているんですよ」

力強い声で、そういったのは、肯定派の学者である。

「神代《じんだい》日本において、我々の祖先は小さな国土に閉じこもることなく、世界に出たのです。ですから世界諸国において、日本の痕跡《こんせき》が見られるのですよ」

出雲王朝が世界を支配していたとする九鬼文書を、特に押しているのがわかる論である。

一方、否定派は各文書の矛盾を指摘し、これらは後世、なんらかの思想を正当化したり広めたりする目的で作られた偽書であり、史書としての価値はないと反論した。

「たとえば義経《よしつね》＝ジンギスカン説は、大陸進出を狙う明治政府のプロパガンダを背景に歴史の表に引っ張り出されたものであるし、多くの国家主義者たちが、そのイデオロギー故にこうした偽書をもち出してきたことは、歴史を見れば明らかじゃないですか」

唾《つば》を飛ばす勢いでいうのに、うなずく者は一人だけだった。

「宮下文書なども、中国の徐福《じょふく》が日本にきて、文化や技術を伝えたというが、どこにも痕跡がない。しかも、古代文字を漢文に直したというが、蓬萊山《ほうらいさん》が日本であるとか、高天原《たかまがはら》が富士にあったなどと、これとて立証できる欠片《かけら》すらない」

「根拠のないものを、長い年月、延べ七十代以上にわたって神社が秘蔵するはずがないでしょう」

「徐福渡来伝説と霊峰富士の信仰を重ね合わせ、宮司《ぐうじ》が考えただけの話じゃありませんか」

「なにをおっしゃる」

「竹内文書はもっとひどい。宇宙の始まりは三千百六十七億年前、二千億年前には、日本で生まれた神の子が世界に散らばったなんて、子供でも地球の誕生が四十五億年前のことだと知ってますよ。これだって、昭和初期において高級軍人に信奉者が多かったのは、政治的意図によるもので、正しいからじゃない」

「観念にとらわれているから、そんな間違った論を吐くんですよ」

大の男が口角泡を飛ばしての論議に、司会者もなかなか口を挟《はさ》めないでいる。そんな光景を、カメラは淡々と追っていた。

論争しているのは主に男四人で、那智はそれを冷ややかに見つめていた。

「蓮丈先生、民俗学者としてのご意見はいかがですか」

にこやかな笑みをたたえた男性司会者が、ようやく那智に話を振った。

那智はその笑みに迎合する気配を見せず、薄い唇を開いた。

「真贋《しんがん》などどうでもいいことだ」

周囲の温度がすっと冷え込んだかのように、静まった。司会者がそっと息をのんだのを三國は見逃さなかった。

「たしかに過去を見れば、記紀の記述が為政者《いせいしゃ》の手によってねじ曲げられた事実はある。しかし、だからといってそれが超古代史《ちょうこだいし》文書を肯定する理由にはならない。またこれを簡単に否定してよいものでもない。こうした文書が偽書《ぎしょ》であるなら、なぜ生まれたのか。あえて偽書の形を取ることでしか伝えられなかった真実はなんなのか。その来歴を探ることこそが重要だろう。それが民俗学の立場であり、真贋を探究するのは、古文書学者の仕事である」

鋭い舌鋒《ぜっぽう》に、だれの顔にも引きつったものが表れた。そして鉄槌《てっつい》が下される。

「真贋よりも、何故そのような文書が作られたのか。それが重要なだけだ」

あまりに断定的な意見が述べられるに至り、他の学者は色を失った。司会者のみならず、アシスタントの顔までもがこわばっている。一刀両断、刃《やいば》と化した那智の言葉が、今までの論争をぶった切っただけでなく、スタジオの空気までをも切り裂いたのである。

三國は恐る恐る周囲を見回した。由美子はいたたまれないような表情で、下を向いている。画面に映らないスタッフたちは驚きを隠せずに、息を呑《の》んでいるのがわかる。進行の都合など一瞬も考えない、異端と呼ばれる学者。世間に迎合する思考など一切なく、社会のなかで明らかに異質なるもの。それが蓮丈那智である。

慌てたように、アシスタント・ディレクターがカンペを司会者に向けて掲げた。いくら事前の収録で、あとで編集が出来るとはいえ、いきなりカメラを止めてしまえば、何事もなく収録再開が出来るほどの柔軟性をもち合わせていないのが学者である。司会者が動揺を押し隠して、進行を再開すると、学者たちも立場を思い出したのか、苦虫をかみつぶしたような表情を改めて意見を述べはじめた。結果、番組が「放送事故」と呼ばれる事態に陥《おちい》ることは免れたが、議論は再度過熱することはなかった。

ともかくは丸く納まった番組終了後、「お疲れさまでしたー」と声のかかるスタジオで、どこか暗然とした表情で立ち上がった那智に、ディレクターが歩み寄った。

「お疲れ様でした、蓮丈先生。このあと……」

「まだなにかあるのなら、助手あてに電話なりメールなりをくれればいい」

「あ、あの……」

まだ言葉を続けようとするディレクターの横をすり抜け、那智はスタジオを出ていった。

「こちらにご連絡いただければ対処いたします。今日はありがとうございました。それでは失礼いたします」

三國は、慌ててディレクターに名刺を押し付けるようにして、スタジオを後にした。

由美子は先に那智を追いかけて出ていた。

三國が小走りで廊下を曲がると、由美子の姿が見えた。その前方の那智の後ろ姿は、すでにテレビ局の玄関に近づいていた。

「みごとでした、先生。どちらの意見も肯定せず、否定もせず、民俗学者としての立場を主張していました」

追いついた由美子が、声を掛けた。

「茶番だ。出るんじゃなかった」

那智の声には、不快そうな響きがあった。無理もないと三國は思ったが、あえて言葉を口にした。

「しかし先生、研究費のほとんど残っていない今のわたしたちには、出演料が……」

「ミクニ、研究費のない研究者は、首がないのと同じだな」

那智の言葉に答える術《すべ》もなく、三國と由美子はため息をついた。今年も例年どおりというべきか、すでに研究予算を使い果たしていたので、これ幸いと、打診のあったテレビ出演を決めたのだ。それが無謀ともいえる行為だとは、三國も由美子も承知のことではあった。異端の研究者蓮丈那智が、およそ俗世の象徴であるようなテレビに迎合《げいごう》するわけがない。その結果がこれである。研究者たちが喧嘩腰《けんかごし》にならなかっただけでも、幸いというべきか。そんな思いを胸にしまって、三國は那智の背を見つめながら歩いていた。


気を揉《も》んでいたものの、番組は予定どおり放送されて、月末に無事、出演料が振り込まれた。その知らせを受けて、三國は安堵《あんど》の息をついた。これでなんとかフィールドワークが続けられるのだ。贅沢《ぜいたく》はいわないが、こんなときに妙な依頼などが舞い込まなければいいのだがと思った矢先に、研究室に一通の手紙が届いた。

内容は古文書の調査依頼。在野《ざいや》の民俗学研究者を名乗る、賀川乙松《かがわおつまつ》氏からのものであった。某県天鬼《あまぎ》村に伝わる『天鬼年代記《あまぎねんだいき》』について調べてほしいというものだった。

テレビを見ての依頼だろう。またありがたいことに、調査の実費以外に十分な謝礼をお支払いすると記してあった。

手紙によると、天鬼年代記とは、数千年前の神代《じんだい》から続く天鬼村の伝承記だという。もちろん、記紀のような公式なものとは異なる史書であろう。ただ、その年代記に関する資料はなにも添えられてはおらず、手紙だけでは判断のしようがない。

「そんな怪しげな文書なんて」

現地で年代記を実際に見てほしいという要望に、由美子が眉《まゆ》をひそめた。手紙には、研究室をたずね、詳しい話をしたいと書いてある。

「受けるのですか」

「話を聞いてみなければ、なんともいえないだろう」

こんな手紙だけで分かりはしないという那智の言葉に、三國は同意せざるを得なかった。

それから数回のやり取りを経てのち、賀川なる人物が研究室にやってきた。四十代後半と思《おぼ》しき年齢だが、黒々とした長めの頭髪に口ひげ、黒のポロシャツにジーンズを穿《は》きウインドブレーカーを羽織った姿には、どこか研究者にはそぐわない崩れた雰囲気が漂う。三國の胸を一抹の不安がよぎった。

在野の民俗学研究者という触れ込みだが、差し出された名刺には、東京都江東区《こうとう》の有限会社東都興産《とうとこうさん》、代表取締役という肩書が刷られていた。会社名は立派だが、不動産ブローカーとかなんでも屋の類《たぐい》ではないかと思えてしまう。

「噂どおりの美貌《びぼう》の先生ですな」

笑みをたたえながらさらりというのに、由美子が嫌悪感をにじませた表情になったが、那智はなんの反応も見せなかった。

賀川はそんなことを気にする風もなく、しきりにひとりで喋《しゃべ》っていた。押し出しの利きそうながっしりとした体格ながら強面《こわもて》ではないので、対峙《たいじ》する相手に恐怖心は与えないのだが、口を開けば胡散臭《うさんくさ》いことこの上ない人物だった。

「学界に迎合していないのも、独自な視点をもっておられるのも、頼もしい限りですよ、蓮丈先生」

だがそういいながらも賀川は、どこか目の奥が笑っていないようで、三國は寒々しいものを感じた。

ふと、賀川がテーブルを拭《ぬぐ》っているのが目についた。そこには由美子が持ってきたコーヒーが置いてある。どうやらスプーンを使った際に落ちたしずくが気になるようで、ハンカチで丁寧に拭っているのだ。その神経質そうなしぐさを三國は意外に感じたが、依頼状の定規を当てて書いたような文字を思い出し、さもありなんと思い直した。悪どい人間というのとも違う、言葉やしぐさに軽妙さをみせながらも、なにかを心の奥底に隠しているような、そんな雰囲気をもった男なのかもしれない。

「わたしもこれまで天鬼年代記を見る機会には恵まれませんで、全文は分からないのですが……」

これが一節ですと、賀川は一枚の紙をテーブルに置いた。

三國と由美子が覗《のぞ》き込むと、そこには短い文章が印字されていた。


光満つる中、天より遣《つか》はされし神、地に降臨《こうりん》たまひし。その天鬼天主《あまぎてんしゅ》この地にありてさまざまな神を生み奉《たてまつ》り。神あまたおはしまし、天鬼王朝大いに繁栄《はんえい》す。

また天主《てんしゅ》、天を仰ぎて地に向かひ、祈り、声をあげたまひき。すぐさま身の丈《たけ》、参《さん》丈《じょう》あまりの大蛇《おろち》が現はれいでたり。天主、何事か命ずると、大蛇身をくねらせ地を進みたり。天鬼天主は蛇の化身なり。大蛇《おろち》首をもたげて後ゆるゆると進み地を這《は》ひずりまはりしが、そのあとに水溢《あふ》れ出し、水路のごとく水流起きて大地を潤《うるお》したり。天鬼川と名づけられしその清らかなる水、滔々《とうとう》たる流れとなり、地の隅々まで行き渡り、地は緑あふれ、そこかしこに豊穣《ほうじょう》を与へたまひき。また天鬼村にては、水豊かにて地を潤し、大きな恩恵を与へたり。


「村の成り立ちを記したものでしょうか」

呟《つぶや》くようにいった由美子をちらりと見て、那智は賀川に聞いた。

「調べて欲しいとのことですが、天鬼村とはなにかご関係があるのですか」

「そんなものはありませんよ」

賀川は即座に答えた。そして那智の顔を見つめた。

「興味があるんですよ。それだけじゃいけませんか。天鬼年代記の真贋《しんがん》はいかなるものか、いつだれがなんのために書いたものか、是が非でも謎を解き明かして欲しいんです。それに、調査にあたって、そちらは費用の心配をしなくていいのですよ。相応の謝礼の用意もある」

これのどこに問題がありますかと人を食ったような言葉には、さすがに嫌悪感が顔に出そうになった三國だが、那智はと見やれば、いつもどおりの表情である。

「天鬼年代記とは、どのような古文書なのですか」

由美子の質問に、賀川が顔を向けた。

「天鬼年代記は、数千年前の神代《かみよ》から続く天鬼村の伝承の記録です。高天原《たかまがはら》に始まる日本の正統史とは明らかに異なる、もう一つの正史。連綿と続く天鬼王朝の歴史が書かれているのです。写本が出回ったこともないものです。実はこの一節も、人を介してようやく手に入れたものなのですよ」

苦労しましたよと、テーブルの紙を指差して、にやりと笑った。賀川の語るとおりであるならば、なるほど魅力的な内容であり、調べてほしいとの依頼は、至極まっとうである。

「では、数日中に取りかかることにします」

即断だった。冷静な那智の声に、賀川はよろしくお願いいたしますと、そこだけは律儀に頭を下げて、帰っていった。

「いかれるのですか」

答えを聞くまでもないと思いながらも、三國はたずねた。

「断わる理由がなかろう」

当然というニュアンスの声。だが疑問は尽きない。破綻《はたん》しかかっている研究室の予算状況とはいえ、調査費用を払ってくれるということだけで、那智がなぜこうもあっさりと調査に赴くことを決めたのか。しかもあれだけ胡散臭い男の依頼である。

「ぼくは不思議です。いくら金を払うといっても、あんな得体の知れない男の……」

「桜井和音《さくらいかずね》先生の教え子だからね」

那智の返答に、三國は驚きながらも納得した。那智は、胡散臭さを感じながらも、それでも調べると決めたのだ。面白い謎が秘められているとは思わないかと、口角をあげた笑みを見て、内心ため息をついた。那智がこの笑みを見せる時は、ついていく他に道はない。

桜井和音といえば、かつては民俗学界の長老であり、巨人とまでよばれた学者である。しかもその衣鉢《いはつ》を継ぐと目されていたのが、那智の同級生で、今は東敬大学教務部に勤める高杉康文《やすふみ》であった。高杉は、大胆な論説を発表したがために、師をも巻き込んで非難の対象とされたことがきっかけで、民俗学と決別することになったのだ。対する賀川のほうも、高杉ほどの逸材ではないにしても、かなり将来を期待された人物だったようで、大学から去る時には少なからず惜しむ声があったという。辞めたのがどのような理由によるものかは不明だが、一説には学閥に左右される学界の風潮を嫌ったとか、自由な立場での研究に身を置くことを望んだとか、パトロンがついて研究所を立ち上げるらしいとか、当時さまざまに噂されたらしい。

結局は別に本業をもちながら研究を続けたわけで、なんにせよ学界からは距離を置き、在野の研究者たらんとしたようだ。

三國が調べた限りでもこれだけのことが分かったのだから、那智はそれ以上のことを知っているのかもしれない。那智の興味の対象は、天鬼年代記の内容なのか、それともその背後にあるなにかなのか、三國は追及もできず、素直に調査にいく支度を始めるしかなかった。

2

二日後、留守にする間に学生に出す課題と要項を作成した三國たちは、「破産寸前で一攫千金《いっかくせんきん》を狙うゴールドハンターみたいだな」という高杉の皮肉交じりの声に送られて、天鬼村へと出発した。

先日、賀川の依頼であることを高杉に告げなくていいのかと那智に聞いたのだが、必要あるまいといわれ、教務部に出張申請を出す際にも、三國は黙っていた。内心ももやもやするものがあったが、那智の言に反するわけにもいかず、中途半端な気分のまま調査に向かったのである。

飛行機で隣接する県までいき、そこからは在来線を乗り継いで、ようやく天鬼村の最寄り駅に到着すると、そこは若葉香る、緑深き日本の原風景が広がる場所であった。駅前にあるビジネスホテルとは名ばかりの民宿でチェックインを済ませると、手配しておいたレンタカーに乗り込み、三國の運転で天鬼村へと走りだした。

最寄り駅とはいっても、そこから車で一時間半。二つの村と一つの山を抜けると、天鬼村はあった。山間部を除けば、多少の起伏がありながらもそれなりの規模の集落が川沿いに広がり、背後には緑深い山並みを従えている。地図で確認すると、そこも天鬼村内であった。

昔は養蚕業《ようさんぎょう》や養鶏《ようけい》、牛馬の放牧でたいそう賑《にぎ》わったというが、今はひっそりとした印象しか伝えてこない。林業と小規模の牧畜《ぼくちく》、傾斜地での田畑の耕作に従事する、典型的な山間《やまあい》の村であった。

どこか郷愁《きょうしゅう》を誘う風景に、三國はしばし視線を遊ばせた。東側の山肌には棚田が広がり、そこから緩やかな坂を下ってきた所々に、木々のこんもりと生い茂った林が点在していた。

一行は、まずは天鬼年代記を保有するという天鬼神社をおとずれることにした。道路から延びる参道は徐々に勾配《こうばい》が増し、緩やかな坂となって神社に至り、背後にもうひとつ社が見えるが、その奥には緑豊かな山が広がっている。大きな鳥居が威容を誇っているのが印象的である。

境内へと足を踏み入れたが、人影はなかった。まず社務所にいって声をかけてみたが、返答がない。どうしたものかと拝殿に回ってみるが、こちらも人らしき姿がない。だが、耳を澄ますとかすかに人声らしきものが聞こえてくる。奥にだれかいるようだ。

三國が「すみません」と声をかけたが、返答はなかった。

「どうした」

一足遅れてやってきた那智が問うのに、

「返事はないんですが、奥のほうに人はいるみたいで」

三國がいい終わる前に、那智が靴を脱いであがった。つられて、三國と由美子も靴を脱ぐ。

拝殿の内部は外気に晒《さら》されているので、足の裏からもひんやりと冷たい感触が伝わってくる。奥にいくにつれて、人の声がややはっきりしてきた。

「古来のしきたりや。神のご宣託やから、どうぞお引きなされ。これで順番が決まりますので」

くぐもった、どこか威圧感のある男声が命じているように聞こえた。

「じゃが、本当にやらんといかんのですか」

会話から察すると、なにかの当番でも決めているようだ。これは聞いてもいいことなのだろうかとためらう三國を置き去りにして、那智はどんどん進んでいく。声がさらにはっきりと聞こえてきた。

「それで決まるということですか」

まだ若いらしい男の声には、非難めいた響きがあった。

「代々続いてきたこと。そういう立場にあるってことですよ。じゃあ、わたしから」

仕方がないといった感の、低いが張りのある女性の声がいった。

やはり部外者は遠慮したほうがいいのではと、那智に声を掛けようと思った瞬間、

「納得できない！」

大声とともに、目の前の襖《ふすま》が開いて、男が一人飛び出してきた。その男が三國たちの姿を認めて、ぎょっとした顔で立ち止まった。

三國が目を転じてみれば、その男が飛び出してきた室内には、三人の年配の男女がいて、部屋の中央で車座に座っていた。

「なんじゃ、君らは」

中央にいたメガネの男が、声を荒らげた。その声から察すると、お引きなされと命じていた主であろう。白い着物に水色の袴《はかま》という姿から、神社の宮司《ぐうじ》と思われた。立ち上がると、かなり上背があった。でっぷりという表現が似合う体格で、実に威厳ある立ち姿に三國は圧倒されて、思わず体を引いた。

「拝殿に入る前に声をおかけしたんですが、お返事がなかったもので……」

ついここまできてしまいましたという言葉を飲み込んで、三國は頭を掻《か》いた。

「声が聞こえぬほど、熱心にお話をされていたようですね」

那智がちらと、座ったままの男女を見た。こちらを見ていた二人が、慌てて顔を背けた。彼らの座っている前には、端に墨で漢数字が書かれた細長い紙縒《こよ》りのようなものが、二、三本落ちている。女性がそれをさっと隠した。

「村祭りの相談ですよ」

吐き捨てるような宮司の言葉に、三國は違和感を覚えた。祭りというには、どこか剣呑《けんのん》な雰囲気が室内に満ちている。それに、納得できないと叫んでいたのは、なんだったのか。それ程やりたくない役目が、ここの祭りにはあるのだろうか。

「で、なんの御用ですかな」

三國が、まず自分たちが何者かを語りはじめたが、男の終始不機嫌な顔つきは変わらず、鼈甲《べっこう》色のフレームの奥の瞳《ひとみ》が、鋭く那智たちを見すえていた。

男は天鬼神社宮司の天鬼丈麻呂《たけまろ》と名乗った。代々神社の宮司職を継いでいる家系で、彼で二十五代目だという。表情のみならず体全体から負のオーラをかもし出していることからも、那智たちの来訪を歓迎していないのが、ひしひしと伝わってくる。

はっきりいえば迷惑だと思われているのに、那智の様子からは、そんな空気を微塵《みじん》も気にしていないのがわかる。さっき部屋から飛び出した男は、いき場がないのか、観念したように部屋に戻り、車座に加わった。

三國は気を取り直して、口を開いた。

「村の民俗学調査が目的ですが、ぜひこちらにご所蔵の天鬼年代記を拝見させていただきたいと思いまして」

丈麻呂の形相が変わった。だがそれも一瞬、指でメガネを押し上げて平静な顔にもどり、

「さようですか」

と答えた。いいとも駄目だともいわない。他にも、神社に伝わる品物があれば見たいといっても、返答は同じだった。確たる言葉を返してこないのである。果ては、

「では、本日のところは、社《やしろ》の周辺をご覧になるということで、よろしいかな」

確認というより強要する響きに、三國は、この調査が前途多難であることを思い知った。

「あの方たちは、村の方ですか」

那智が、視線で座っている男女を示した。丈麻呂が渋々といった表情で答えた。

「村内の主だった家の当主たちですよ」

雪代《ゆきしろ》家、月形《つきがた》家、華菱《はなびし》家の当主で、各地域をまとめる立場だという。三人は時々盗み見るようにこちらをうかがっていたが、名前が出てからは一様に向こうを向いて、振り返りもしなかった。

女性は七十代だろうか。当主と呼ばれるのにふさわしい貫禄《かんろく》があり、若々しい印象があった。高齢の男性は総白髪ながら、矍鑠《かくしゃく》という表現が似合う血色のよい人。部屋から飛び出してきた男は、若いといっても中年に差し掛かっているだろうか。どこか頼りなさの残る細面で、体も細いのだが、凜《りん》としたものを漂わせている。地域の長《おさ》といわれれば納得できる雰囲気を、皆それぞれにもっていた。旧家として別格に認めら

れている家ばかりなのだろう。

ひなびた風情の漂う、開発から取り残された村。そのなかで昔から村民たちをまとめてきた役割を果たしてきた家なら、調査に力を貸して欲しいものだが、どの背中にも友好的な感情は見出《みいだ》せなかった。

「ひとまずは、村の様子などを拝見させていただきましょう」

険悪な空気のなか、那智はそう答えると、丈麻呂たちに背を向けた。これからの調査がスムーズにいかないことくらい、那智にも分かっているはずだ。すでに社の周囲には、傾きはじめた日差しが差し込んでいて、今日の活動できる時間があまり残されていないことが分かる。初日は、村の主だった面々に挨拶《あいさつ》ができただけでも、よしとすべきかもしれない。

「地図」

表に出たとたんの発声に、三國はすぐさま天鬼村の地図を差し出した。民俗学の調査は、地理を把握することも重要である。那智はそれを一瞥《いちべつ》し、歩きだそうとして動きを止めた。

「随分離れているな」

「石灯籠《いしどうろう》ですか」

由美子が答えたのに、三國は那智の視線の先を追った。

境内で、樹木以外に目に付くのは石灯籠だけだった。本来は参道をゆきかう人のために設置された照明道具であり、現在は灯《あか》りをつけることはなくとも、参道のすぐ脇などに左右一対や等間隔で置かれているものだ。ところが、この天鬼神社では、参道からだいぶ離れた位置に左右非対称の配置で一基ずつ置かれている。参道からの距離も、石灯籠それぞれの相対的な位置からしても統一性がない。

「内藤君」

三國は那智の指が示す方向に向かった。拝殿の後方に、表側にあった石灯籠と同じ大きさと形のものが、一基あった。コンパスで方角や位置関係を確認してから、那智に報告した。

「どうしてそんな場所にあるんでしょうか」

由美子が首を傾げた。以前は社の後方にもなんらかの建物があって、設置されたのだろうか。

「社殿を取り囲んでいるとはな」

那智が呟《つぶや》くようにいった。拝殿の後方にある灯籠は西北の方向に設置され、前方にある二基にしても左右対称の位置ではなく、それぞれ南南西と東南に微妙にずれている。三基を線で結んでもいびつな三角形となり、どうにも奇妙な配置なのである。それとも、かつては数多くの灯籠が存在していたのが、なんらかの理由でこの三基だけが残ったのであろうか。

那智が石灯籠に近づいた。三國も後に続いたが、よく見ると、灯籠には奇妙な文様が刻まれていた。

三匹の蛇がそれぞれ別の蛇の尻尾《しっぽ》をくわえる形でつながって、車輪の形状をなしている。まるで蛇が互いを食いあっているかに思える構図だ。

「たしか社殿の飾り金具も、こんな文様でしたね」

「ちゃんと見ていたのだね」

「紋として使うには、不思議な模様だと思ったので」

由美子の答えに、那智がにやりと笑った。三國は拝殿後方の石灯籠を再度見にいった。そこにも同じく三匹の蛇の文様が刻まれている。その文様をデジカメに収めると、表側にある二基の石灯籠も順に撮影してゆく。

「天鬼神社に伝わる文様でしょうか」

「そうだろうな」

文様に目を凝らしながら撮影した三國は、那智を振り返った。

「どれも同じ模様ですね」

「ウロボロスに似ているな」

「己の尻尾をくわえて、環状になった蛇のことですね」

「終わりなき始まり、永劫《えいごう》回帰のシンボルであり、無限大を表わす記号の元となった図案だ」

ウロボロスとは、古代の象徴のひとつで、己の尾を嚙《か》んで環状となった蛇、もしくは龍《りゅう》を図案化したものである。語源は「尾を飲み込む蛇」を意味する古代ギリシャ語だという。完全、永遠、不変などの象徴とされるようだが、世界各地の古代文化に散見されるものだ。

「なぜ三匹の蛇なのだろうか」

問いかけるような那智の呟きに、三國たちは答える術《すべ》がなかった。天鬼年代記には、天鬼天主は蛇の化身との記述があったが、それと関係しているのか。それにしても、たしかになぜ三匹なのか。だが那智は答えを求めるつもりがないのか、黙ったまま灯籠を見ている。その時、

「他にはなにをご覧になるご予定ですかな」

声が掛かった。振り返ると、天鬼丈麻呂《たけまろ》が立っていた。その顔には、先ほどの険しさがなくなっていた。三國はダメ元と思いながら、再度天鬼年代記の閲覧を申し出た。やはり断わられるかと思ったが、案に相違して丈麻呂は薄い笑みさえ浮かべた。

「是非にとおっしゃるなら、今からでもお見せしましょう」

あっさりと見せてくれることになったのである。どういう風の吹き回しかといぶか

しんだが、ともかくは天鬼年代記が見られないことには調査にきた意味がない。相手が軟化したのならばこれ幸い、調査がやりやすくなるのに越したことはないのだ。

丈麻呂は、社の裏手に独立して建っている蔵に案内してくれた。途中、社務所に寄って持ってきた鍵《かぎ》で扉を開錠し、蔵のなかに皆を導きいれた。ひんやりとした冷気のなかに微《かす》かにかび臭さがまじっている。周囲を見回すと風格のある黒ずんだ桐箱がたくさん積まれており、歴史の重さを漂わせていた。

丈麻呂は奥に進むと、大きな長持《ながもち》のような箱に鍵を差し込んだ。きしむような音がして蓋《ふた》が開けられると、なかにはさらに幾つもの箱が入っていた。箱の蓋には、嘉永《かえい》や文政《ぶんせい》、天保などの年代が書かれているが、文字のかすれ具合が時代を感じさせる。

「お出ししましょうか」

丈麻呂が箱をひとつ取り、蓋を開けて差し出したのを、那智が受け取った。一冊の和綴《わと》じ本が入っており、その表紙には『天鬼年代記』と墨書されていた。

賀川いわく、天鬼年代記は、数千年前の神代から続く天鬼村の伝承の記録であり、高天原に始まる日本の正統史とは明らかに異なる、もうひとつの歴史。天鬼王朝の正史ということだった。

「故事によれば天明《てんめい》年間、宮司であった天鬼庄三朗《しょうざぶろう》が、封印を施された古文書を発見したことから始まります」

丈麻呂がいった天明とは一七八一年から一七八九年まで続いた年号である。

那智は和綴じ本を子細に眺めてから、本文を読みはじめた。いつもながら、恐るべき速さで読み進めるのを横で眺めながら、三國は違和感を抱いていた。天明期以前の本との話だったが、明らかに新しい紙質だと見てとれるのだ。

那智はページをめくりつづけたが、読み終わったのか、本を閉じると三國に差し出した。受け取った三國は、その手触りからやはり新しいものだと感じながらも、開いてみた。


天地混沌《あめつちこんとん》とせり。天と地の境もわからぬ闇《やみ》の中に、一条の光差《ひかりさ》せり。その光のもとより、布一条《いちじょう》たなびきたり。ゆるりとその布が翻《ひるがえ》りて後《のち》、光さらに輝きて周囲に満ち溢《あふ》れ、天と地とが分かれたり。その天より遣《つか》はされし神あり。その神、暗き水に覆《おお》はれたる所に足をつきたれば、たちまち乾きたる陸《くが》となれり。陸《くが》は次第に広がり、緩《ゆる》やかなる波をたたへる水とに分かれたり。五色の雲現はれ出《い》で天に浮かびたり。降臨《こうりん》たまひし神、次々に獨神《ひとりがみ》と成《な》りて、身を隠したまひき。


「これは紛《まぎ》れもなく偽書だよ」

その言葉に顔を上げると、那智は、乱暴だがと断って、バッグから取り出したペットボトルの水を、三國が持っている天鬼年代記のページの一部に垂らした。

三國は息が止まるかと思った。乱暴どころではない。所有者の前である。由美子も蒼白《そうはく》な顔で那智を見つめている。だが丈麻呂の眉《まゆ》はぴくりと動いたものの、なにも言葉を発しなかった。年代記を取り上げようともしないのに、三國は胸を撫《な》で下ろした。

水を垂らされた天鬼年代記は、墨が滲《にじ》んで、和紙の白い部分に赤や黄色などの色が浮かんでいた。和紙が濾過紙《ろかし》のかわりとなってみせる、クロマトグラフィー効果である。

「合成インクだ」

三國は思わずつぶやいた。本物の墨なら、色が分離することはありえない。つまりこの文書に使われた墨は古いものではなく、ごく最近の合成インクであることを示している。

すなわち偽書である。だがと、天鬼丈麻呂が口を開いた。

「それは問題ないのです。天鬼年代記は宮司が替わるたびに、代々の宮司自ら新たに書き写すことになっているのですよ。それはわたしが書写したもっとも新しいものです」

平静を装ったような顔でいった。それならば合成インクであることもうなずける。

「代々の宮司が書き写した年代記は、すべてそのまま保管しております」

時代に応じて読みやすい文章に変えてありますが、内容は同じです。ご覧になりますかと問われ、明日にでも見せていただくと那智が答えた。長持のなかをみると、木箱の蓋には年代と共に宮司の名と在職期間が書かれている。その代の宮司が書き写した年代記を収めているということなのだろう。丈麻呂は自分が二十五代目だといっていたが、二百年以上前に書かれたものから保管されているとしたら、それなりの量になるから、腰をすえて読むことになる。また内容が同じであっても時代により文言の変化があるなら、なおさら確認しなければならない。しかもそれらすべてを撮影するかと思うと、頭がくらくらした。だが調査のため、やらねばならぬことだ。

気付けばすでに陽が落ちかけている。

「もう少し見たら、宿に戻りましょうか」

宿までは遠い上に夕食も出るから、あまり遅くなると宿の人に嫌な顔をされかねない。それに撮影は昼間のほうが都合がいいから、今日は切り上げましょう。と言葉をかけると、

「なんでしたら、社務所にお泊り頂いても構いません。食事も用意させましょう」

最初の態度からすると別人かと思うほどにこやかな顔で、丈麻呂がいった。

駅前の宿から天鬼村までは、車で一時間半ほどかかった。昼間とは違い、暗くなってからだと帰途はさらに時間を要するだろう。チェックインの手続きは済ませたが、

幸いなことに荷物は車に積みっぱなしだった。戻らなくとも宿泊費を払えば、宿とて文句はいわないはずだ。

「それはありがたい。慣れない山道を夜間走るのは、大変なものですから」

那智があっさりと申し出を受け入れた。

「では、早速支度をさせましょう。どうぞお続けになっていてください」

丈麻呂は、そそくさと蔵を出ていった。それはまるで、那智たちが泊まるのを喜んでいるかのような姿だった。三國はどこか違和感を覚えながらも、携帯電話を取り出して宿へ電話をかけた。


急だったにもかかわらず、宿泊の準備は速やかにおこなわれたようだ。社務所は、氏子《うじこ》の集まりや、村外からの来客時の宿泊施設としても使われているらしく、寝具なども一通り揃えられているようだ。シーツの類《たぐい》は洗濯された清潔なものが用意されており、茶道具やポットも部屋に置いてあった。広間に案内されてほどなく運ばれてきた食事は、山の幸や川魚などのひなびた料理だったが、味はよかった。食事が終わった頃を見計らったかのように、丈麻呂が一升瓶を持って現われた。後ろから、老人と高齢の女性が続いて入ってきた。

「社務所の面倒を見てくれている村越《むらこし》と、村の世話役の月形です」

そういって丈麻呂が二人を紹介した。頭を下げた老人が、神社の入り口の脇に住んでいる、社務所を預かる村越。その背後の女性は、昼間、拝殿内で見かけたこの地域の長《おさ》のような立場だという月形家の当主、月形保子《やすこ》だった。保子も昼間とは打って変わってにこやかな笑顔で、昼間のとっつきにくさが想像できない程だった。食事を運んできた女たちが膳《ぜん》を片づけ、酒のつまみを並べはじめた。そのなかに、ひとりの若い女性が交じっているのが目についた。

「巫女《みこ》の宮永佳織《みやながかおり》です」

しとやかな挙措で頭を下げた。昼間は祭りの準備で他の神社にいっていたため不在だったが、天鬼神社の巫女だという。天鬼家が代々宮司のように、宮永家も巫女として奉仕している。長い黒髪に白い肌、清楚《せいそ》な美しさをたたえており、巫女という職業がぴったりの女性だと三國は思った。

「布団は、次の間に敷かせていただきました。奥が女性二人、手前の部屋を男性としました。なにぶん田舎で、引き戸に鍵はかかりませんが、玄関は施錠できますのでご安心ください」

「雑作《ぞうさ》をかけました」

村越の説明に、那智が答えた。もとより、社務所にホテル並みの設備を期待してはいないが、トイレはともかく、浴場までも男女別に設置されていたのには驚かされた。

逆にいえば、村内には宿泊施設がないから必須なのであろう。なんにせよ、村を訪れた者にとっては、充分な設備である。

ともかくどうぞと酒を勧められ、三人は茶碗《ちゃわん》に注がれた日本酒を口にした。丈麻呂や保子たちも酒を飲みはじめ、しばらくすると、那智は一向に変わらないのだが、相手方の緊張がほぐれたのか、にわかに場が和んできた。その筆頭が丈麻呂で、こちらが問わなくとも、村のことを喋《しゃべ》りだした。

村は中心に天鬼神社があり、それを囲むような配置で、村内に三つの社《やしろ》がある。それぞれ雪蛇《せつじゃ》、月蛇《がんじゃ》、華蛇《かじゃ》と呼ばれており、各集落が大切に世話をしているという。

「昼間拝殿にいらした三人の方は、どのようなことをなさるんですか」

三國が問いかけたのに、丈麻呂は芝居がかった動作でゆっくりとうなずいた。

「雪蛇、月蛇、華蛇の社をそれぞれ世話する筆頭が、雪代家、月形家、華菱家なのです」

丈麻呂は柔和な笑みを見せている。

「そもそも天鬼神社は、村が出来た当時から存続する古い神社で、その三家もその頃からある旧家です。みな手を携《たずさ》えて村を守ってきた存在です」

灯籠《とうろう》に刻まれている文様はその象徴。天鬼神社は古来から皆の心のよりどころとして現在に至っておるのです。そんなふうに饒舌《じょうぜつ》をふるい、丈麻呂は酒を飲みつづけていた。酔いで顔が赤くなってはいるが、飲んでいる量を考えれば、ある意味、那智に通ずる酒豪かもしれない。

　酒が途切れないようにと注いで回っているのは、巫女の佳織だった。細面の美女が笑みをたたえながら酒を注いでくれるのに、三國はどぎまぎしながらも笑みを返し、丈麻呂の話に耳を傾けていた。

　丈麻呂の語ったことは、天鬼年代記に詳しく書かれているという。昔は栄えた養蚕も、時代の波に押されてすっかり廃れたなどという話を聞きながらも、那智の酒を飲むスピードは変わらない。由美子と共に水のように飲み干す姿に、佳織が驚きを見せながらも新しい一升瓶を開けるのを、三國は横目に見て気づかないふりをしていた。

「随分お強いんですね」

　女性ながら低く重厚な声に振り向くと、那智の横に月形家の当主、保子がいた。佳織の持つ一升瓶を手にすると、どうぞと那智の茶碗を満たし、次いで「そちらさんも」と由美子と三國にも注いだ。

「大学の先生とは存じませんで」

　昼間は失礼しました。どうぞゆっくりお勤めをしてくださいましと頭を下げて、丈麻呂のほうに移っていった。わずかな時間だが、その存在感たるや、小さいとはいえ村の長の雰囲気を十分に感じさせるものだった。

「わたしたちを毛嫌いしているわけではなさそうですね」

由美子のささやきに、「そうだね」と那智が返した。月形保子がやさしい語り口でも、濃い化粧の下に、どんなしたたかさを隠しているのかまではわからない。

そうこうして、夜が大分更けていっても、那智や由美子は酔いの欠片《かけら》すら見せなかった。丈麻呂の話が声高に響いているが、三國は那智が小さな声で何事かを呟《つぶや》いているのに気づいた。耳を澄ますと、

「天鬼村にて、言ひ伝へられしことありき。古来、村に三つの社ありき。雪蛇《せつじゃ》、月蛇《がんじゃ》、華蛇《かじゃ》と名づけられたる社なり」

どこか覚えのあるフレーズに、それが昼間読んだ天鬼年代記の一部だと思い出した。那智の声は続く。

「神への思ひ強くし、頼りたるならば、皆ともに天鬼の掟《おきて》に従ふものなり。社《やしろ》の氏子《うじこ》となりしものは、みだりに他の社の地に足を踏み入れること相成《あいな》らず。またみだりに他の社の民と交はることも相罷《あいまか》りならず。そのことをきつくきつく申し渡し、守らぬ時は神よりの厳しき罰、与へられることとなれり。ただし、さんじやさんなるときのみ、他の社の地におもむくこと、またほかの地の民とまみゆること、天鬼の神のお慈悲によりて許されたり。村の民はみなみなそのこと心に留め置き、神への感謝わすれまじきこと、子子孫孫まで相伝へ守ること誓ひしものなり。また社への願ひ事は、深く憂

ひ叶《かな》へたきこと、神お聞き届けくださるよし。またこの誓ひ、めつたなことで背きたるは禁じられたることゆゑ、しかと守らざれば災ひ起こりしと伝へられたまひき」

いつものことながらその記憶力に感嘆しつつ、三國は天鬼村の来歴に思いを馳《は》せた。昔からひっそりと暮らしてきた村民が、この地にのみ伝わる天鬼天主を崇《あが》める神事を守り、連綿と歴史を守ってきたのだろうか。日本特有の土着信仰を目の当たりにした気がしながらも、明日の朝を憂う気持ちをちょっぴり頭の隅において、三國は勧められるままに酒を飲みつづけた。


翌朝、三國は起きあがった途端に頭を押さえた。鈍痛《どんつう》は、明らかに適量をはるかに超えた酒が引き起こした二日酔いのせいである。だが襖《ふすま》を隔てた向こうからは、爽《さわ》やかな由美子の声が聞こえてくる。となると那智も起きているはずである。

三國は慌てて布団を抜け出した。冷たい水で顔を洗うと少しはましな気分になり、そのまま広間に向かった。那智と由美子は先にきており、二日酔いとは無縁の晴れやかな二人の顔に、三國は忸怩《じくじ》たる思いにとらわれた。

「相変わらず、あれしきの酒でふがいないな」

とどめのような那智の言葉に、たしかに情けないと思いながらも言葉を返せぬまま、三國は朝食の席についた。

昨晩食事の給仕をしてくれた女性が、朝食を運んできたのだが、昨日のにこやかな顔とは打って変わって沈んだ様子に、思わず声をかけた。

「どうかしたんですか」

「いえ、ちょっとあったものですから」

夫婦喧嘩《げんか》の類《たぐい》かと思っていると、

「月蛇《がんじゃ》の社《やしろ》のそばで、人が殺されちょったんですわ」

とんでもない言葉が返ってきた。

那智はと見ると、眉間《みけん》にしわを寄せている。由美子も心配げな表情を浮かべていた。

三人は食事もそこそこに済ませて社殿に向かったが、丈麻呂はすでに出かけたと佳織が答えた。昨日のジーンズ姿とは打って変わって巫女の装いとなった彼女は、清楚というより厳かな雰囲気に包まれていた。三人は佳織の「いってらっしゃい」の言葉に送り出されて、神社を出た。

ちょうど通りかかった村越に事件のことを聞いてみたところ、村人が殺害されたとの答えだった。小さな村は大変な騒ぎになっているようだ。

「わしもびっくりしておりますよ」

村越が、眉《まゆ》をひそめて薄気味悪そうにいった。

「先生」

三國が那智の顔を見ると、そこにはなんら感慨は読み取れない。

「まさか、この先もなにかあるわけではないですよね」

「少なくとも、調査を続行したいとわたしは願うね」

三國は胸の裡《うち》で、同感ですと呟いた。

3

那智たちは殺害現場に向かった。神社の参道から分かれた道を三十分ほど歩いた場所で、道路脇の雑木林に入ってすぐの所だった。周囲は立ち入り禁止になっているため近づけないが、青いシートをかけられた状態で、今も死体があるという。まだ現場検証が終わっていないのか、死体を運びだすのに時間がかかるためなのかは、わからない。村人たちがそこかしこに固まって話をしている光景が目についた。

三國と由美子が聞き込んできたことを突き合わせてみると、殺されたのは村田幸造《むらたこうぞう》という、農業に従事している七十歳近い老人だった。妻と二人暮らしで、娘と息子は結婚して東京と埼玉で暮らしており、だれかに怨《うら》まれるような人ではないという。

後頭部を硬い物で殴られた跡があるが、直接の死因は絞殺。死亡推定時刻は前夜の午後十時頃だという。ちょうど三國が宴会の途中でトイレに立った頃だが、周囲はしんと静まり返っていた。街灯は等間隔で設置されているが、おそらくはこのあたりもその時刻にはほとんど人が歩いておらず、目撃者もいないのではないかと思われた。

奇妙なことに、死体は半透明のビニールシートで巻かれていたという。そのことから、人目を避けて発見を遅らせたい意図があったのではないかと、刑事たちがひそひそ話していたそうだ。死体を包《くる》んでいたビニールは、農業用のビニールハウスに使われるもので、このあたりの農家にとっては、ポピュラーな品物ということだ。

「これ以上、見聞きすることもなさそうだな」

那智の言に従うように、三國たちが現場を離れようとすると、後ろから呼び止められた。

「警察の者ですが」

声をかけてきたのは若い刑事で浜野《はまの》と名乗り、もうひとりの年嵩《としかさ》のほうが安藤《あんどう》で、大学町の警察署からきたという。どちらも那智の美貌《びぼう》に興味津々という顔つきだが、大学の准教授と聞くと、ほうといって目を見張った。三國たちにとってみればいつもの反応とはいえ、あまり愉快ではない。那智が、昨夜は社務所でほとんど一晩中飲み明かしてそのまま泊まったと答えると、今度は疑わしそうな目を向けられた。

「天鬼神社の古文書の調査で、天鬼宮司に社務所に泊まるように勧められたのです。世話役の方もいましたけど」

三國がそう説明していると、「何事ですかな」と声がして、振り返れば丈麻呂が立っていた。昨晩の酒はどこへやらという晴れやかな顔には、威厳すら漂っていた。

刑事たちは丈麻呂のことを知っているようで、挨拶《あいさつ》のあとに、「この方たちをご存じですか」とたずねた。丈麻呂は余裕ある表情で、笑みすら見せながら答えた。

「天鬼神社のことを調べていただいている、大学の先生方ですよ。昨日は夜の八時くらいから一晩中話をしておりまして、世話役さん共々明け方に社務所を失礼したほど話がはずみましてな」

とたんに刑事たちが納得顔になった。午後十時頃との死亡推定時刻には、社務所で酒盛りの真っ最中。そこにいただれもが長時間の中座をしていなかった。そのことが天鬼神社宮司である丈麻呂の口からも証明されたのだ。

安藤たちは、何故殺されたのか周囲の人に聞いても分からないと半ばぼやき口調で語りつつも、なにか気づいたことがあったら知らせてくれと締めて、「わたしも失礼する」といった丈麻呂とは別の方向に去っていった。

「完全なる他殺の上に、動機が見つからないか」

那智は現場のほうを見つめていた。ご丁寧にビニールシートに包まれている状態で自殺のはずがない。

「こんな小さな村で、殺人ですか」

三國と同じ疑問を、由美子が口にした。その裏には、こんな辺鄙《へんぴ》な田舎でもという意味がある。田舎とはのどかで平和なところだという思い込みが、都市部の人間にはあるものだ。だが現実には、殺伐とした事件がおこっている。

何者かが背後から頭を殴り、気絶したところで首を絞めた。その後、発見を遅らせるためにビニールシートで包んだということなのか。殴った鈍器も、絞殺の凶器も現場にはないらしい。

「怨恨《えんこん》の線も薄いとなると、突発的な理由で殺したのかなあ」

絞殺という手段からしても、そんな理由じゃないかと思うけど、どうしてビニールシートなんだろう、と三國がいうと、

「埋めるよりはラクだと思ったんでしょうかねえ」

由美子が答えるように呟《つぶや》いたが、それで死体が隠せるわけでもない。その声にも那智は、なんら反応を示しはしなかった。

刑事が村から出ないでくれといったのもあるが、那智たちは今夜も社務所泊まりとなった。丈麻呂が連泊を提案してくれたのである。丈麻呂は携帯電話で神社にその旨を告げ、今夜だけでなく何日でも泊まっていただいて結構ですからといってくれたのだ。これで当初の予定の宿へと遠い道のりを車で走らずともよくなったのだが、アリ

バイ成立で容疑が晴れても、事件が解明されていないので不快なことには変わりがない。

三人は調査のために村内を歩きはじめたが、昨日はほとんど見かけなかった人の姿が、今日はあちこちにある。殺人事件の噂話をするためというのでもなさそうだ。

「祭りだから、人が出歩いているんでしょうか」

由美子のその言葉で、三國は思いだした。昨日、丈麻呂は「村祭りの相談」といっていた。今日が祭りの初日なのだ。事件があっても予定どおりに行なわれるようだ。となると、丈麻呂の忙しいのも合点がいった。祭りは神事である。宮司は忙しいはずだ。

「そういえば、昨日天鬼氏が祭りについてなにかいっていたな」

「天鬼神社を中心として、三つの社で毎日神事を行なうとかですよね」

祭りは一日ずつ、三つの神社において営まれるのだという。今年は、月蛇《がんじゃ》、華蛇《かじゃ》、雪蛇《せつじゃ》の順番で祭りが執り行なわれるということで、今日は月蛇の神社となる。

歩いていると、華蛇神社が見えてきた。

三國が、鳥居越しに境内を見た。もともとが無人の神社ということだが、今日が祭りの日ではないからなのか、人影はなかった。正面に拝殿があり、その背後に本殿がある。それ以外にも、通常の神社形式の造りとは違う、唐破風《からはふ》屋根をいただく建物があった。無人とはいえ、寂れた感じは建物にも境内にもなく、きちんと手入れされているのがわかる。

「ここは明日祭りが行なわれる所ですね」

「きれいに掃き清められているな」

おそらく清掃も、当番制なりなんらかの係が決められているのだろう。神社を過ぎてしばらく歩くと、子供たちの遊んでいる姿が見られた。

「とおりゃんせ、とおりゃんせ。ここはどこの細道じゃ。妙見《みようけん》様の細道じゃ」

子供たちの歌声が、風に乗って聞こえてきた。

「妙だな」

那智の声には、三國のみならず由美子も自然とうなずいた。幼い頃から自分たちも口ずさんだ童謡の『通りゃんせ』だが、今歌われているのは、一般的な歌詞とは異なっていた。

「なぜ天神《てんじん》様ではなく、妙見様なのでしょうか」

由美子が、不思議ですよねと首をかしげた。三國にも理由が分からない。それが、多少なりとも判明したのは、その後の聞き取り調査のときであった。

今では手入れも大変そうな、茅葺《かやぶ》き屋根のかなり古い家でのことだ。家主も充分に歳経《としふ》る、古老と呼んで差し支えない男性の話であった。

「四十年ほど前に『三蛇参』が行なわれてな。そのときに天神様は忌み言葉となったんじゃよ」

「〝さんじゃさん〟、ですか？」

「そうじゃ」

天鬼年代記に三蛇参のことが載っていたが、内容については記されていなかった。老人が教えてくれたところによると、天鬼神社を別格の頂点とし、村は三つの社《やしろ》によって守られている。雪蛇様《せつじゃさま》の社、月蛇様《がんじゃさま》の社、華蛇様《かじゃさま》の社と呼ばれ、すべて無人の社なのだが、近隣の氏子《うじこ》たちが手入れを怠らないという。その三つの社を、御宣託《ごせんたく》で決められた順番に参拝することで願を掛けるのが、三蛇参だという。村あげての祈願の時に行なわれる、豊作祈願や雨乞《あまご》いのような行事らしい。

三國はタブレット端末を取り出した。昨日、撮影した、天鬼年代記の画像を見ようと思ったのだ。


地にありて君臨し大いに栄えるなり。また王朝の頂点に坐《まし》す神、天鬼《あまぎ》天主《てんしゅ》と呼ばれたり。地にて三匹の蛇見たり。蛇共、互ひに威《い》嚇《かく》しあひ首をもたげ、引くことを知らず。天鬼天主、何故《なにゆえ》に争《あらそ》ひしかとたづねたり。一匹が申すことうなづきて聞きたり。先の頃より雨降らず、水溜《た》まらず、日照りが続きて地はひび割れ、草々《くさぐさ》のもの生えず、小豆《あずき》、稗《ひえ》、麦、大豆などの食物《おしもの》ほとほと地から消えたり。水涸《か》れた地に住まひし蛇共、それぞれが持ちし食物《おしもの》わけよと迫りて争ひになりぬと言ひし。三匹の蛇、天鬼天主の御前にていがみ合ひ続けたり。天鬼天主、今一度草々《くさぐさ》が育ち食物豊かとなるやうに、昔の豊饒《ほうじょう》なる地に返したまふと、三匹の蛇と約定せり。三匹の蛇、そのこと叶《かな》へたまふたならば、必ずや天主にひれ伏し、後々《のちのち》までも敬《うやま》ひ奉《たてまつ》らんと答へし。

この三匹の蛇の話が、三蛇参の起源なのだろうかと考えていると、

「どうして、それが忌み言葉に繋《つな》がるんだ？」

那智は独り言のように口にすると、彫像のように固まってしまった。

「三蛇参については、わしもよう知らなんだがの。そういえば昔もなあ、新聞沙汰《ざた》になった事件が起こって大変だったんじゃよ」

「事件というと」

「あ、いや、それはなあ……」

老人が狼狽《ろうばい》した顔で、黙ってしまった。口が滑ったということなのか。それからは三國がいくらたずねても、言葉を濁してその事件とやらを語りはしなかった。三蛇参のときに忌み言葉となったというだけで、由来は知らないの一点張り。ただ、どうやら三蛇参と新聞沙汰になった事件は同時期だったらしい。

三國は老人の顔に真実半分嘘半分を感じ取りながらも、引き下がるしかないと悟った。口を閉じた老人を語らせるのは、容易なことではない。起こった事件の重さに比例して、貝のごとく口が堅くなるものだ。

礼をいって、三人は家を辞した。那智はずっと黙ったままで、道端で携帯灰皿を取り出して、煙草二本をすっかり灰にしてから、三國に昔あったという新聞沙汰を調べるように命じた。

「先生はどうするんですか」

「佐江君と共に、この村と周辺の歴史をもう少し調べてみたい」

「それならわたしが新聞社にいってきます」

そう申し出たのは由美子だった。那智が三國にいかせることに固執しているわけではなさそうなのは、

「では佐江君に頼むよ」

あっさりと口にした言葉でわかった。

「もし車を使わなくとも構わないのであれば、わたしが乗っていってもいいですか」

由美子が那智を見ながら聞いた。

四十年前の新聞を調べるには、大きな図書館か新聞社の支局にいかなければならないだろう。いずれにしても、十五駅先にある市まで戻ることになる。そこまで車でい

的である。


くか、最寄り駅から電車だ。駅までの往復を考えても、由美子が車を使うほうが合理的である。

「構わないさ。どうせ近隣をたずね歩くんだ。自分たちの足で事足りるよ」

那智の言葉に、三國は調査に必要な荷物を下ろした。気をつけてと言葉をかけながら鍵《かぎ》を渡す際に、由美子が微笑み返してきたのにどきりとしながらも、三國は平静を装った。由美子は運転席のポジションを直すと、「それではいってきます」といい、車を発進させた。まだ昼には間がある時刻だが、帰りは暗くなっているだろう。

小さくなる車を見送りながら、那智が三國を振り返った。

「では、わたしたちは家を回ろうか」

「はい」

三國は、肩に食い込む重量感をぐっとこらえて、那智と自分のノートパソコンとタブレット端末が入ったずっしりと重いバッグを、そっと揺すり上げた。那智の常套句《じょうとうく》「フィールドワークは体力だ」という言葉が頭をよぎった。

天鬼村の歴史を見ると、古くから豊かな水源に恵まれ、質素ながら平和な村であったらしい。天鬼年代記によれば、今から数千年前、天鬼天主の神通力によって川の開《かい》削《さく》が為《な》されたのだが、それが現在も村を流れる天鬼川だという。以来この村に干魃《かんばつ》による飢饉《ききん》はなくなった、とあった。現在目に入る風景でも、畑は目にも鮮やかな緑色に彩られて、水が豊かなことがうかがわれる。

重いバッグを肩に、一軒一軒たずね歩くが、そのなかでもことに大きな家が華菱家《はなびしけ》だった。広い玄関で応対に出てきたのはお手伝いさんだったが、話を聞きたいというと奥に取り次いでくれた。程なく老女が現われた。当主の祖母、先代の母となる女性で、華菱八重乃《やえの》と名乗った。昨日、天鬼神社の拝殿で部屋から飛び出してきた男の祖母ということになるのだろう。

見るからに品のよい老女で、話し方も穏《おだ》やかで、質問には素直に答えてくれた。華菱家は代々薬種屋《やくしゅや》、昭和になって獣医の看板を掲げ、近隣の村のなかでただ一軒の動物病院だという。三國は、隣のまだ新しい建物に、動物病院の看板があったのを思い出した。村の由来を問う那智に、茶菓を勧めながら八重乃が語ってくれた。

古来、この地に存在した天鬼村は、華菱《はなびし》、雪代《ゆきしろ》、月形《つきがた》の三家が天鬼神社を囲むようにして成り立ったのが基《もとい》といわれる。山間部も村内ではあるが、多くの家が、川沿いに広がる細長い平地に住み、元来、三家の本家と分家はそれぞれ画然と分かれて居住することが決められ、無闇に他の集落へ出向かないのが掟《おきて》とされていた。そしてその三家の本家は、それぞれの社である華蛇様、雪蛇様、月蛇様の御守をつかさどる筆頭となり、祭りなどの際は世話役となるのだという。

村の大半はいずれかの家の分家に当たり、天鬼神社宮司家《ぐうじけ》と、三家の本家及び分家で村が構成されているといっていい。また今も、雪代家の系統は雪蛇の社のある地域、月形家の系統は月蛇の社のある地域、華菱家の系統は華蛇の社のある地域という具合に、分かれて住んでいるという。そして、めったに他の地域を訪れることはないが、三家の本家のみは交流をもち、村の自治を行なっているのだと八重乃はいった。

村民が他の地域の者に用事があるときには、どこにも属さない特権的な場所とされる神社を利用することと決まっている。神社の筆頭は天鬼神社だが、そこではなく各地域の社を利用しても構わないとされていた。例外が祭りと三蛇参で、この時ばかりは、他家の集落も自由に歩いてよいと定められている。ただ三蛇参は随分前に一度行なわれたくらいで、その時は物珍しさにあちこち出歩く村民がおったようだと、八重乃は遠くを見るような眼差《まなざ》しで笑った。

「三蛇参は、三つの社を順番に参拝して願掛けをするもんだそうです。宮司を筆頭に、社を御守する三家をはじめ、皆が打ち揃って社に赴くのですけどね。当時、この村には珍しく、降雨を願っての参拝だったと記憶しております」

「他の方に聞いた話では、四十年前に三蛇参が行なわれたそうですが、そのときに、『天神様』が忌み言葉になったそうですね」

那智の問いに、八重乃がうなずいた。

「ですが、なぜそれが忌み言葉になったのかは、わからんのですわ」

その表情からは、嘘をついているようには思えなかった。やはり内容までは知らないのだ。だが八重乃は、語りつづけた。天鬼村は明治の時代から放牧が盛んで、乳牛や農耕馬や荷役用《にえきよう》の馬を飼っていた家が多かった。現在では数が減ったが、それでも隣村などでの需要があるので、獣医の職も続けている。五年前に息子の正義《まさよし》が脳梗塞《のうこうそく》を発症してから体の自由が利かずに引退し、孫の正喜《まさき》が継いで頑張っているが、最近はもっぱらペットの犬猫の治療のほうが増え、忙しくしているのだという。その孫は当主としての役目もこなしているが、どうもこの頃悩んでいるように見えてならないと、気遣うような表情をした。いい年をした大人になっても、やはり孫はかわいいものなのだろう。

フィールドワークはどんな話でも耳を傾けるのが大切であると、那智は常々いっている。その後も続く、親子の確執から隣家の飼い犬の鳴き声への苦情まで、八重乃の話を那智と三國は聞きつづけた。

とっぷりと日が暮れた頃、由美子が戻ってきた。

「ある程度は分かりました」

事の真相は不明ですがというのに、ちょうど夕食が並べられはじめたので、食べながら話を聞こうと那智が提案した。

なんと天鬼村では四十年前に、立て続けに三件の変死事件が起きていたというのだ。

「三件も」

思わず大きな声を出してしまったところへ、ひょっこり丈麻呂が現われ、三國はあわてた。祭りの寄合いにいっていたとのことで、雪代、華菱両家の当主を連れていた。月形家当主の保子は、殺された村民が分家に当たるため、葬儀の相談に出かけたという。

三國は思わず華菱家の当主の顔を見た。最初に村にきた日に、部屋から飛び出してきた男だ。祖母が最近悩んでいるようだといったのが気になっていた。華菱正喜は四十代だろうか、若白髪がちらほらあるが全体の印象は若い。もともとが色白なのだろうが、蛍光灯の下では不自然に白い顔に見えた。それに牛馬も診る獣医というには体の線が細くて、頭脳職のサラリーマンのような風貌《ふうぼう》だった。

「祭りで使う物を取りに寄ってもらったんですわ」

聞きもしないことをいって、丈麻呂は二人を伴って出ていった。それを見計らったかのように、由美子が声を潜めた。

「あの、それと、わたしの見間違いかもしれないんですが、戻ってくる途中で賀川さんを見かけました」

横を走り抜けただけなので断言はできないんですがと、口を濁しつつ、

「わナンバーのレンタカーが道の端に寄せてあって。携帯電話を使いながらメモでもとっていたのか、車内灯をつけていたので顔が見えたんです」

聞いていた那智の目が光ったように三國には見えた。まさか村民殺しと賀川の関係を疑っているのだろうか。いや、そもそも賀川がなぜこの村にきているのか。天鬼年代記の調査が気になって追いかけてきたのだろうか。だがそれならば、三國に連絡があるはずだ。携帯の番号は教えてある。もしやと携帯電話を取り出してチェックをしてみたが、賀川からの着信履歴はなかった。

丈麻呂たちがまたやってくるかもしれないと思うと、四十年前の変死事件について、話をするのはためらわれる。そこでそういえばと前置きして、三國は那智と一緒に、ある家で耳にしたことを話しはじめた。

「なんでも、四十年前に村で事件があった後、ある亡くなった方の妻が息子と共に村を出て、市内の実家に戻ったという話ですけど、それが珍しいという表現でしたよね。この村に生まれた者にしても嫁いできた者にしても、村を離れることは滅多になかったという。今は多少あるそうですけど……」

気配を感じて口をつぐんだところに、再び丈麻呂がやってきた。社務所世話役の村越と雪代家、華菱家の両当主を従えて、昨夜と同じく一升瓶を抱えている。宮司らしからぬエネルギッシュな風貌の丈麻呂だが、祭りに加えて殺人事件まであったためか、さすがに疲れた顔をしている。

「先ほど紹介しませんでしたね。雪代俊彦《としひこ》と華菱正喜《まさき》です」

丈麻呂の声に、二人が頭を下げた。

雪代家当主は、月形保子と同じくかなりの高齢だが、壮健な老人という風だった。保子も年齢に似合わずきびきびした物言いだったことを思えば、当主という重き立場には、元気ながらも相応の年齢が求められるのかもしれない。逆に華菱家の正喜の若さに違和感がある。

今日は佳織がいないので、丈麻呂が自ら那智たちに酒を注いで回り、率先して酒を飲み干して話を始めたものの、やはり昨日ほどの饒舌《じょうぜつ》さはなかった。村越も笑みを浮かべているが、やはり事件のせいなのか顔色が優れない。両家の当主も酒を酌みかわしているが、どことなく疲労感が漂っている。

皆は祭りのことなどを話題にしているのだが、そのやり取りを見ていると、当主二人は互いに目を合わせず、どこか返答が投げやりであったりする。その様子から、華菱と雪代の仲は良好ではないように見受けられた。村の自治を巡っては、長《おさ》の家同士、対立することもあるだろうし、関係の悪化も当然起こりえることなのかもしれない。

皆それぞれ適量の酒が摂取され、場が和んできたころに、

「最近、ダムの建設が取りざたされていると聞いたのですが」

那智が放った言葉で、四人の顔色が変わった。特に丈麻呂の変化はすさまじく、

「そのようなことはありません！」

と、語気強く否定した。相手が近辺の住民だったら、胸倉でもつかみそうな勢いである。ダムの建設計画は複数の村民が語ったから、根も葉もない話とは思えない。

我に返ったのか。さすがに激昂《げきこう》ぶりを恥じてか、丈麻呂は「しょうもない村民の茶飲み話程度の噂ですよ」と、ぐっと柔らかく繕った笑みを浮かべて、那智の茶碗《ちゃわん》に酒を満たした。

「そうですか」

那智も特に追及せずに、その話を終わらせた。だがそれからは、昨夜ほど丈麻呂も喋《しゃべ》らないためもあってか酒宴は盛り上がらず、四人は深夜十二時くらいに引き上げていった。三國にしてみれば、二日酔いの上に寝不足なので、これ幸いである。那智も席を立ち、四十年前の事件の検討は明日にすることにして、すぐに就寝となった。

4

翌朝、刑事の浜野と安藤が那智たちをたずねてきた。賀川乙松の遺体が村内で発見されたのだという。

だ。

「賀川さんが？」

驚いた三國だが、那智は眉《まゆ》をひそめるだけだった。そもそもこの村を訪れたのは賀川の依頼であった。そのことは昨日警察にも告げていたので、事情を聞きにきたようだ。

賀川は、村外れに停めたワンボックスカーのなかで死んでいたという。車は市内で借りたレンタカーで、睡眠薬を飲んでおり、目張りはしていないが、練炭を焚《た》いたコンロが車内にあったという。まるで自殺を図った現場の様子である。

「ということは、一酸化炭素中毒死なのかな」

那智が問うと、即座に答えは返ってきた。

「死因はそうです」

「自殺か」

「そうではないかと、調べを進めています」

断定をしないということは、他の線も考えているということだ。

「このなにもない村で、二件目の事件ですわ」

安藤がこぼすようにいった。最初の事件の村田老人は天鬼村の住人だが、賀川は村人ではない。そこでの共通点はない。

「我々には、賀川氏を殺す動機がない」

「金銭に関して、揉《も》めてはいなかったんですか」

「揉めているならば、はなから調査になどきはしない」

那智の言葉に、刑事も半ば同意するようにうなずいた。トラブルでもあれば別だが、調査費を出す金蔓《かねづる》を殺す馬鹿はいない。

「賀川氏は、なぜこの村に？」

「今のところ、それも不明です」

遺体が賀川であることは、所持していた免許証などから判明したが、これから調べることは山ほどあるといった。そこで、昨晩、賀川らしき人物を見かけたとの由美子の言葉に、刑事が色めきたった。

「何時ごろ、どこでですか」

浜野の質問に、午後六時三十分ごろ、道路脇に停車していたが、走行中だったので、顔は見たがナンバーをしっかり見る余裕はなかったなどと、昨日那智たちに話したことを語った。

「ありがとうございます。他にも目撃情報を探してみます。またなにか思い出したら連絡を」

刑事二人は満足げな笑みを浮かべて、帰っていった。

なんとも予期せぬ出来事である。三國は那智の顔色をうかがった。

「調査はどうしますか?」

依頼主である賀川が死んだことで、ある意味、調査を続行する理由がなくなったともいえる。

「ともかく続けよう」

那智の言葉に、三國と由美子はうなずいた。そして、「出かけるよ」の声に支度をして、三人は社務所を出た。

賀川が調査に真剣だと思えたのは、研究室にきた次の日には調査費の半金が振り込まれたからだ。その遺志に応《こた》えたいという思いと、村内禁足を言い渡されているので、調査の継続が最良の選択という気がしていた。

しかし、なぜ賀川が殺されたのか。

まさか、天鬼年代記に関係しているのだろうか。三國は、年代記の閲覧を願い出たときに、丈麻呂の表情が一変したのを覚えていた。あれは外部の人間が天鬼年代記のことを口にした驚きではなかったのか。しかし、その後丈麻呂は年代記の調査を快諾、撮影まで許しているのだから、年代記になにか秘密が隠されているとは思えない。それに賀川が依頼主とは伝えていないから、知らない相手を殺せるわけもない。

刑事は、容疑者がいないといっていた。死亡推定時刻は遅くとも日付が変わる頃までだという。もし丈麻呂に動機があったとしても、絶対確実なアリバイがある。どちらの事件の時も、自分たちと社務所で飲み交わしていたから、殺人を行なえるはずがない。三家の当主いずれかの事件では同様だし、まず殺す理由が見当たらない。

ではだれが？

村では、表に出せない恨みのようなものでもあるのだろうか。賀川は否定していたが、実はこの村となんらかの関係があるのではないのか。なんにせよ、三國には、あの賀川が自殺をする人間には思えなかった。

那智に黙ってついてきた三國と由美子だったが、気づけば天鬼川が眺められる場所にたどり着いていた。川幅はせいぜい十メートルほどであろうか。古代、神通力で開《かい》削《さく》されたと、年代記なる仰々しいものに由来を残している川の割には小規模で、どこかたおやかな流れのように思えた。

形ばかりの土手が築かれているが、周囲の土地とさほど高さが変わらず、台風や大雨で決壊《けっかい》すれば、近隣を飲み込む暴れ川となる一面をもっているようだ。だが今は水音を響かせる、のどかな川としてそこにあった。

三國はバッグからタブレット端末を取り出し、一昨日《おととい》撮った画像を呼び出した。天鬼年代記の各ページを撮影したのだが、そのなかに、賀川が印刷して持ってきた部分、天鬼川の由来を書いた一節があった。そこにはまるでヤマタノオロチを連想させるかのような大蛇がでてくるのだが、その体のたどった跡が天鬼川になり、地を潤す流れ

になったという。そしてその文の最後は、
その御恩《ごおん》に報《むく》い奉《たてまつ》るため、三匹の蛇、天鬼天主のもとに集まりてあがめ奉るなり。子子《しし》孫孫《そんそん》、未来恒久《こうきゅう》お世話いたし奉ると蛇共《へびども》、約定《やくじょう》す。後々まで蛇共、いかなることあれども天主に寄り添ひて、御仕《おんつか》へ奉《まつ》るなり。

三匹の蛇は、天鬼天主に仕える者になるのだと締めくくっている。ここでは蛇になっているが、日本各地に伝承されている、神と民との契約の条文だ。

「四十年前の事件を詳しく聞かせてもらおうか」

那智の声に、三國は顔を上げた。昨夜、由美子から簡単な報告は聞いたが、その後丈麻呂たちがきたこともあって、詳しい検証はしていなかったのだ。

「事件当時に記事を書いた人からも話が聞けました」

由美子がノートを広げた。

「動機も犯人も不明のまま、時効を迎えたそうです」

「殺されたというのは、はっきりしているのだね」

「三件のなかには、他殺と断定されていない曖昧《あいまい》な事件もあります。連続性も確認されているわけではありませんが、便宜上《べんぎじょう》、天鬼村連続変死事件と呼ばれているようです。ただし手口もそれぞれ異なり、他殺だとしても犯人が同一とは思えないということでした」

被害者は、神社内で倒れていた若い女性、山中で発見された高齢男性、自宅からの出火によって焼死した若い男性。

「若い女性は、雪蛇の社内で発見。社《やしろ》は現在と同様に無人で、当時は施錠されておらず、だれでも侵入可能ということでした。ですが、まだ小さな子供がいる主婦で自殺の可能性は低く、なぜ社のなかで死んでいたのか、理由不明とのことでした」

「死因は？」

「窒息のような状態だったそうですが、現場にはなにも残されていなかったそうです。また、高齢男性は病気療養中だったのですが、山中にて死亡。通りかかった村人が発見して警察に通報しました。男性の胃からは青酸性の毒物が検出されましたが、毒殺とも自殺とも判断がつかなかったそうです。もう一人の三十代の男性は、自宅で焼死です」

「毒物と火か……」

「火事については、失火、放火ともに疑われたものの、男性の血液中から睡眠薬とアルコールが検出され、午後八時ごろの出火ということもあって、火の不始末も疑われていたとのことです」

「山中の毒物死の、自殺ではない根拠とは？」

「病気療養中といっても思い詰めるような病状ではなかったため、自殺と断定はされなかったということです。また数日前から奥さんが老親の世話のために隣村の実家に戻っており、留守中は自炊をしていたので、山野草でも摘んで、間違って毒となるものを食したのではと、当時いわれていたそうです」

「でも青酸性の毒をもつ山野草って、どのような？」

青酸性毒物といわれても、三國にはとっさに浮かばない。

「事件は六月だったそうですから、時季的には青梅でしょうか」

「梅ねえ」

那智の言葉には、納得がいかないというような響きがあった。由美子が、ノートのページを繰りながらいった。

「調べてみましたが、青梅は漢方薬でも使われますが、種子や果肉には青酸配糖体が含まれていて、食べると腸内細菌の酵素によってシアンを生成し、これが胃酸と結びついて有毒性を発揮します。症状としては麻痺《まひ》や呼吸困難で、麻痺状態から死亡に至ることがあるそうです。ただ、よほど大量に摂取しなければ、中毒の可能性は低いようです。通常は加熱やアルコールに漬けることで、毒性がなくなります。梅酒がその例です」

「つまり青梅を大量に摂取した、ということ？」

三國の問いに、由美子がうーんと唸《うな》った。

「それが、どうにも曖昧だったようです。当時、火を通さない青梅の果肉や種子をすりつぶして、まんじゅうの餡《あん》に混ぜて食べさせるという方法まで考えられたそうです。検証はできなかったとのことでしたが」

「青梅を何十個もすりつぶすより、農薬のほうが簡単そうな気がするけど」

「それなりの量を気づかれないように摂取させるのは、無理がありすぎる。青梅から抽出した青酸性の毒物を飲ませたのならわかるがな」

那智の指摘に、由美子がそうですよねと呟《つぶや》いた。

「警察は結局、自殺か殺人かの判断ができなかったそうです」

「にしても、山中で死亡って、どうなんでしょうねえ」

三國は首をひねった。那智は表情も変えずに由美子に聞いた。

「火事は、どうなんだい」

「放火の疑いもあったのですが、当人が煙草のみだった上に、血中から睡眠薬とアルコールが検出されているので、本人過失の可能性も高いとのことでした。男の妻は、息子を連れて実家に帰っていたため無事だったのはいいのですが、それだけに状況が不明。家は全焼で遺体の炭化もひどかったため、死因の特定が難しかったと」

飲酒の末、眠り込んでの火の不始末、という判断なのだろう。

「みな曖昧だな」

那智がメンソールの煙草を取り出し、火をつけた。

「被害者のだれからも、怨恨《えんこん》の線がでなかったようです。唯一問題があったとすれば、当時ダム開発の話がもち上がっていて、推進派、反対派の両派に分かれて賛否両論、村を揺るがす騒動になっていたそうです」

「ダムの建設は、国家規模の大掛かりな権力が行使される。山間《やまあい》の村の宿命とでもいうべきか。おそらく、人口が少ないことも、拍車をかけたのだろう。災難ともいえるが」

「村から離れたくない人もいれば、土地を売って、もっと開けた場所に移りたい人もいるということですね」

用地買収となると大金が動く。昔はそれなりに栄えた村とはいえ、時代の変化と共に、ただの寂れた村となる。山間の土地では大規模農業で繁栄できるわけもなく、商業も産業も特別な産品がなければ、職を求めて村を出たいと思う部分もあろう。

「ただ、この地域は古くから開墾されて続いてきた村なので、反対意見も多かったようです」

先祖代々この地に暮らせば、墓も当然ある。それらが水のなかに沈むのだ。土着の意識が強い日本人にとって、過去のすべてをあっさり捨てるのは難しい。おいそれとは別の地に移れないものだ。

「ダムが出来たら、村全部が沈むのかい」

「当時の計画では、天鬼神社を中心とした、村の三分の二ほどとのことでした。全部ではないというのも、争議の種だったようです」

「それじゃあ、まとまる話ではないでしょうねえ」

三國の言葉に、由美子が「ですよね」と重ねた。

計画から外れた地域に住んでいれば、村から出たくとも補償金をもらえず、金をもらった連中は出ていって、さらに村が寂れるだけだ。下手をすれば廃村の憂き目にあう。一方、出たくないのに立ち退かされる人には補償金など意味はない。村人にとって、どう転んでも不公平感が残るわけだ。

「ここにいってみようか」

那智が地図の一点をさし示したのに、二人は従った。そこは小高い山の中腹の公園だった。見晴しのよい場所で、たどり着くと那智はずっと眼下に目をやっている。半時間ほどたってから「そうか」と呟き、「天鬼神社にいこう」といって、山を下りはじめた。もちろん二人はその後ろをついていく。

ほどなく天鬼神社という場所までくると、何事かいい争っている二人の男性がいた。

こちらに顔を向けている老人の、だらりと垂れた右手が揺れている。脳疾患で体が不自由になったのか、杖《つえ》をついているが、それを跳ね返すほどの生気が見てとれる。背中を向けているほうは、声からしてまだ若いようである。近づくにつれて、どうやら親子であると推測された。

ともかく、杖をついた父親らしき老人の剣幕がすごい。

「なにを考えとるんじゃ」

声も大きい。周囲に人家がないとはいえ、なにもこんな道端でと見ていると、後ろ姿を見せていた男性が動いて顔が見えた。華菱家の当主、華菱正喜だ。そうなると、老人は父親の正義か。全身から怒りをにじませている姿は、息子に当主の座を譲ったものの、まだまだ口をさしはさむ父親といった感がある。那智が二人に向かって歩きだしたのに、三國も由美子も従う。が、当人たちは、一向にこちらに気付く様子はなかった。

「俺だって、当主の仕事をちゃんとこなしているんだ。文句をいわれる筋合いはない」

「お前は、まだなんにもわかっちゃいないひよっこなんだよ」

「今は俺が当主だ。今さら四の五のいっても遅いんだよ。いい加減、口を出すなよ、親父」

派手な親子喧嘩《げんか》に、

「どうなさったんですか」

那智が、声をかけた。振り向いた正喜がぎょっとした顔になった。

「ともかく帰ろう」

那智たちを無視して背を向けると、父親の腕を引っ張った。父親のほうも自分たちが騒動を起こしているのに気づいたのか、慌てた様子ながらも素直に従って歩きだした。神社の鳥居の近くに停めていた乗用車のドアを正喜が開けると、素直に車に乗った。

「いいんですか、先生」

「家族の喧嘩だ。無理やり理由を聞き出すわけにもいくまい」

正喜は那智たちを振り返ることもなく、運転席に座るやすぐにエンジンをかけ、走り去ってしまった。

「そんなに急がなくても……」

由美子の呆《あき》れたような声に、三國も心の裡《うち》で同感だと思った。

「車のなかで決着せずに、怒った父親が降りるのを追いかけて、さらに口論となったのだろう」

車中からの喧嘩とあれば、よほどの対立があったと思われた。

ほどなく天鬼神社の境内に足を踏み入れた那智が、拝殿を見て石灯籠《いしどうろう》を振り返ってから、再度視線を拝殿に戻した。

「やはり、神社は村そのものなんだ。石灯籠は三つの社《やしろ》だ。村と神社、ふたつは完全に相似形となっているんだ」

三國が地図を広げた。天鬼神社は、村のほぼ中心に位置する。そして、石灯籠の置かれている方向は、雪蛇《せつじゃ》、月蛇《がんじゃ》、華蛇《かじゃ》の社がある方向である。

「だから、いびつな三角形の配置なのですね」

由美子が石灯籠と地図を見比べながらいった。天鬼神社内の拝殿と三つの石灯籠の位置関係は、天鬼神社自体と雪蛇、月蛇、華蛇の三つの社とまったく同じ。天鬼神社は、天鬼村の縮図そのものなのだ。

那智が拝殿に向かって右側手前に設置されている石灯籠に歩み寄った。由美子もあとを追うと、表情を変えて灯籠に顔を近づけた。

「文字が刻まれていますね。ずいぶん、かすれてますけど」

追いついた三國も灯籠に顔を寄せて、表面を撫《な》でた。年月を経たための風化なのか、刻まれている文字の凹凸がなくなっていた。最初に天鬼神社を訪れた日にも見た石灯籠だが、翳《かげ》りかけた陽光の下では見つからなかったのも無理ないほどだ。

「本当だ。佐江さん、よく見つけたね。でもずいぶん読みづらいな。先生、拓本を取りますか」

「いや、なんとか読めるだろう」

すべての灯籠に文字が刻まれているが、やはり彫りが浅くなっていて、目を凝らさないと読めない。那智は次は左側の石灯籠を調べはじめた。最後に拝殿の後方の石灯籠に歩み寄り苦労した結果、

「雪は月を包むべし」

「月は華を眠らすべし」

「華は雪を隠すべし」

との文言《もんごん》が、それぞれ、雪蛇の社、月蛇の社、華蛇の社がある場所に相当する位置の石灯籠に刻まれていた。

「すなわち、三蛇封殺《さんじゃふうさつ》の教え、と呼ばれております」

いつの間にか現われた丈麻呂がいった。どこか表情の読めないその顔に、三國はなんとはなしの不気味さを感じた。

「陰陽五行が説く相剋《そうこく》の関係に似ているな」

那智の声が聞こえたのかどうか、丈麻呂は一礼して、拝殿に向かっていった。その後ろ姿には、代々続いた宮司職を背負っているからなのか、重いものが漂っているように三國には見えた。

5

天鬼神社を後にしたものの、那智に目的があったのかどうか、その足取りはどこか頼りない。考え事でもしているような姿に、二人は足を止めた。

「君たちはわかったのかね」

突然の那智の問いに、三國は困惑した。

「なにがでしょうか」

「天鬼年代記さ」

那智は当然といった表情で、二人を見た。

「天鬼年代記には、書かれる必然性があったんだ。三匹の蛇の文様もね」

「なんらかの目的のために作られた書ということですね」

民俗学の立場からすれば、古代文書の真偽は問題ではない。なぜ、その文書が作られたのか。表面的な文言の背後に、どのような真実が隠されているのか……。

「文書が発見されたのは天明期だ」

なにか気づかないかという那智の言葉に、由美子があっといった。

「天明の大飢饉《だいききん》ですか」

「そうだ。日本中が大飢饉に襲われていた頃だよ」

天明は、一七八一年から八年間続いた年号だが、世に聞こえた天明の大飢饉は、天明二年に始まっている。

「飢饉の時に必要なのは水。そして、蛇は川の象徴になりますよね。現に天鬼年代記においても、大蛇が地を這《は》って、そのあとに水が流れたとあります」

「そう。偽書には面白い一面があるんだ。小さな嘘を大きな嘘で包むことで、真実に見せかける。極端なリアリズムを生む手法だ」

「嘘で嘘を、ですか」

三國の問いに、那智がうなずいた。

「天明の飢饉は冷害が原因といわれているが、それを利用すると同時に、将来の水不足の憂いを取り払おうとしたんだ。天鬼年代記において、本当に必要だったのは、天鬼川の水の確保の根拠となる部分だったんだよ」

「なるほど。小さな嘘が水の確保。そして大きな嘘が天鬼年代記の物語そのものですね」

当時水源の確保は死活問題だった。天鬼川を巡る水争いは、多くの死者を出したと、他村の古い記録にある。村の水源を守るためなら、数千年前からの架空年代記を創作しても不思議ではない。

「命をつなぐ糧を得るための水を確保する、そのための嘘の神話なのですね」

由美子の感慨深げな声に、那智はうなずいた。

「天鬼川の上流と下流の村は天鬼村と似たような地形で、面積も同じくらいだ。天明期の飢饉の被害も、同じくらいのはず。その危機的状況で優先的に水の権利を得るために、神代の創世からの歴史を解き明かし、天鬼村の神秘性と神と結びついた特権を主張した。とはいえ、多くの死者が出たほどだから、隣村の抵抗たるや、すさまじかっただろう。なにせ歴史に残る大飢饉だ。だれもが生きるか死ぬかの瀬戸際だったはず。そんな状況で天鬼村が優先権を主張できたのも、天鬼神社宮司家という存在そのものが、当時周囲を納得させせられるだけの人格や背景を備えていたのかもしれないね」

「つまり、天鬼年代記を作ったのは……」

「おそらく、発見者である当時の宮司、天鬼庄三朗だろう。もしかしたら本居宣長《もとおりのりなが》あたりに傾倒したか、実際に学んだかしたのかもしれないな」

「国学《こくがく》を学んだ、ということですか？」

この時代にですか？　と三國が感嘆の声をあげた。学問は金と知性がなければ得られぬ時代だ。

国学者の本居宣長の許《もと》には多くの者が集い学んだというが、天明期の末にはとりわけ門人が増え、のちに国学者として名を馳《は》せた者も多い。門下生には藩士や代官、神主や神官もいたという。

「ここからだと、地理的にも宣長の本拠地であった伊勢《いせ》にもいきやすい。遊学した可能性はあるだろう。このあたりでは学べないことを会得したからこそ、天鬼年代記を著すことが出来たとも考えられる」

「そういえば天鬼年代記って、古事記に似ているところがありますよね」

「たしかに」

由美子の言葉に、三國がうなずいた。

本居宣長は源氏物語の注解もしたが、古事記を研究し、その注釈書を手がけた人物として有名である。天鬼庄三朗がそんな人物の許で学んだのなら、天鬼年代記を著したのもうなずける。書き上げるには相当の教養を必要としたはずだから、山深いこの村で独学で書くのは不可能であろう。

「先生は、偽書には面白い一面があるとおっしゃいましたね」

「ああ。妙にリアリティがあって、人を引きつける部分がある。だがしょせんは偽書。理想や妄想をもっともらしくちりばめた、傲慢《ごうまん》な思想に基づく利己主義者の法螺《ほら》話にすぎない。自己満足を押し通そうとするエゴイズムの塊が作りあげた、ろくでもないものさ」

「やっぱり当時は、天鬼神社宮司家が神か貴人の子孫だと、認知されていたからでしょうかね。だからこそ、天鬼年代記が皆に受け入れられたんですね。状況を分析し、皆が従うように演出をした。頭脳と知識を駆使して、皆から尊敬を一身に受け、貴い人と思われるようにふるまったからこそその結果として水の確保ができた」

「さすがミクニだ」

そういわれて、三國は頭を掻《か》いた。

「治水権を確保してのちは、天鬼の村内での水の分配が問題になる。その決定権を掌握しているのが、天鬼神社の権力の源泉だよ。その権力を維持するために、同じ原理で天鬼庄三朗は、秘密を守るシステムも作り上げた。雪代、月形、華菱の三家と、その分家の村人による相互監視。それがすなわち三蛇封殺の教えだ」

「それぞれ住む場所も限定され、他の系統の地に赴くことすら禁じられている。祭りと三蛇参のときだけは、互いの行き来が許される。それも相互監視のシステムということですか」

三國の問いに、由美子が、でもといった。

「三蛇参は、三つの社を順に参拝して願をかける、宗教的な行事じゃないんですか」

「それは表向きのことだよ」

「では、裏があるんですか？」

由美子の驚く声に、那智が悪魔のような笑みを見せた。

「よくできているよ。豊作祈願などは隠れ蓑《みの》。おそらく神のご宣託だとかいって従わせてきたんだろうから、宗教的といえば宗教的だが。四十年前の変死事件三件の被害者は、どの地域の住民になるんだ」

「ちょっと待ってください」

三國は由美子のノートを覗《のぞ》き込み、村の地図と突き合わせた。

天鬼村の住人は、系統によって住む地域が決まっている。雪代家の系統は雪蛇の社《やしろ》のある地域、月形家の系統は月蛇の社のある地域、華菱家の系統は華蛇の社のある地域というふうに、分家筋はそれぞれの区域を越えてはならないのだと聞いていた。

「雪蛇の社内で発見された若い主婦は、住所からすると雪代系の住民となるようですね」

由美子は、ノートと地図を交互に行き来する三國の指を凝視していた。

「山中で毒死した老人は月形系の住民で、自宅の火事で亡くなった男性は華菱系の住民です」

由美子の目が輝いた。

「先生、各地域の住人が一人ずつ死んでいます」

那智が同意するように首を揺らした。由美子が、それにしてもといった。

「だれが、なぜそのようなことを」

「裏切り者への制裁だよ」

那智が半眼になった。

「他地域の水を盗んだ者か、あるいは隣村と内通した者か。またはそんな行為を見て見ぬふりをした罪かもしれない。いずれも、このシステムに対する裏切りになる」

天鬼神社を頂点に、三家が支える村の構造。相互監視のシステム、三蛇封殺。それに対する裏切りは、死をもって償うしかないというのか。

「それなら、裏切り者一人を見せしめに殺せば済むのではありませんか？」

三國の疑問に、那智が首を横に振る。

「裏切り者一人を殺したのでは、後々その家と系統の者に累が及ぶ。このシステムは、三家のバランスの上に成り立っているんだ。一つの系統だけが衰退したり、恨みを抱いた家が抗争を始めたりすれば、たちまち崩壊してしまう。裏切り者に制裁を与え、かつシステムのバランスを保つにはどうすればいいか。その答えが三蛇参だ」

「まさか……」

絶句する三國に、那智が冷徹にいう。

「一人の裏切り者を抹殺すると同時に、他の二家の系統の者をも殺害する。それによって、裏切り者の系譜を隠してしまおうという魂胆なんだよ」

「なんの罪もない人を巻き込むんですか！」

由美子が悲鳴のような声をあげた。その罪とて、一方的に決められた冤罪《えんざい》の可能性がある。

「罪も恨みもない、なんら関連性のない者をも殺すことで、目くらましとするんですね」

三國が唸《うな》った。恐るべきことだ。真実の殺意を三つの殺人のなかに埋没させてしまうのだ。しかし、だれが手を下すというのか。その疑問を読み取ったかのように那智がいう。

「もちろん、三家が一人ずつ殺すのだ。被害者が三家の系統から一人ずつなら、殺人者も三家から一人ずつ。あの文様を思い出してみればいい」

蛇が互いの尻尾《しっぽ》をくわえている、ウロボロスめいた文様のことだ。

「あれが三蛇参の真意だったのですね」

三すくみによる交換殺人、いや連鎖殺人か、と三國がつぶやく。交換殺人では、殺人者同士の繋《つな》がりが明らかになれば、あっさりと殺人の構図が分かってしまう。だが、なんら動機なき殺人が、利害関係のない者たちによって実行されたら、関連性など見《み》出《いだ》すことができるはずもない。それは、犯人の上がらない殺人事件となる。三家いずれもが加害者として関与していれば、だれも密告できない殺人であり、三蛇封殺となるのか。

「三蛇封殺の教えには、さらなる意味があるのではないでしょうか」

由美子の声に、三國が怪訝《けげん》な顔になった。

「あの天鬼神社の石灯籠《いしどうろう》に刻まれた言葉ですよ。雪は月を包むべし、月は華を眠らすべし、華は雪を隠すべし」

「そうか！」

三國が叫んだ。

「その三つの方法で殺人を行なう、ということですね。三蛇封殺の教えは、犯行方法を暗示しているんだ」

那智が、美しいシルエットの指で三國を指した。

「最初の事件は、ビニールシートに包まれた老人が発見されたことだったね」

「殺された村田老人は、月形系の住人でした。ビニールシートは発見を遅らせるためとかいわれていましたが、そうか、雪は月を包むべし、ですか」

「次の、賀川氏はどこの住民か知っているか」

「え、でも賀川さんはこの村の住人じゃありません」

「佐江君、賀川氏は、父親もしくは祖父あたりがこの村の出身ではないのか」

「まさか、それだから天鬼年代記の調査を依頼してきたんですか」

由美子の驚いた声に、那智はマジシャンのような手つきで煙草を取り出し、火をつけた。

「おそらくね。華を眠らすべし、か。賀川氏は睡眠薬を飲んで死んでいたのだよね」

煙を吐いた那智が、つづけた。

「三國とフィールドワークをしてたときに聞いた話を覚えているかな。華菱系住民の地域で、四十年前の事件のあとに、被害者の妻が息子と共に市内の実家に戻った、それが珍しいといっていた。この村を出ていく者は昔からほとんどいない。だがその息子とは、賀川氏のことではないのかな。この村には観光場所もないから、訪れる者は昔からいない。ところが彼はやってきた。だいたい、研究対象の村にやってきて成果も聞かずに自殺など、目的不明もいいところだ。彼はそんなことはしないタイプだよ」

「ということは、賀川さんは他殺になりますが、なぜ殺されたのでしょうか」

由美子の呟《つぶや》きに似た問いに、三國は思考をめぐらせた。

「たしか四十年前、天鬼川上流にはダム建設の計画がもち上がっていた。まさか、ダム推進派の首謀者に制裁を加えるべく行なわれたのが、四十年前の三蛇参だったわけじゃないですよね」

「ミ・ク・ニ、いいところに気づいたな」

那智が口角を上げてほほ笑んだ。特別な響きをもったミ・ク・ニ。三國は内心歓喜に震えた。

昨晩丈麻呂が激昂《げきこう》しながら否定したが、実は現在もダム計画がもち上がっている。村は、今また存亡の危機に立たされているのだ。だからこそ、天鬼丈麻呂が三蛇参を発動しダム計画を推進する者の殺害を命じたのではなかろうか。

「四十年前に死んだ賀川氏の父親も、ダム推進派だったのかもしれない。そして今回の三蛇参でも、真に殺したかったのは賀川氏ひとりだったということでしょうか」

「じゃあ、あとの二人はなんの関係もない立場の人、ですか」

三國の言葉に、由美子がそんなことってと呟いた。

「いや、最初に殺された村田老人もダム推進派だったのではなかろうか。なんにせよ、四十年前よりも今のほうが村の状況は切実だ。昔に比べて人口の減りはじめた村と、ダムにより恩恵をこうむる人や産業や農業。その規模を天秤《てんびん》にかけると、昔の比ではないほど、現代は利にさとい結果を出すはずだ。どうせ手を汚すなら、最大の利益を求めようとするものだよ。おまけに神仏を身近に感じ、畏敬《いけい》と尊敬をもって対応する人も減っている。それはすなわち、神社への奉納の金高の低下にもつながる」

「となると……」

「そう、三蛇参は三人殺して事が終わる」

「あとひとり残っているじゃないですか」

「一晩ひとりとすると、今日が最後の晩になる」

由美子が驚きに口をあけて固まった。賀川は今朝発見されたが、殺害は昨晩である。そう、今日が最後の晩だ。ではだれが最後のひとりなのだ？

三國は天鬼村での今までのことを思い返してみた。

「先生、最後の犯行を阻止するには、次の被害者を保護するか、犯人を捕まえるしかありません」

「何故『三』なのだ……」

那智のぽつりといった言葉に、由美子が答えた。

「灯籠の文様の、互いに尻尾を飲み込むような三匹の蛇。天鬼年代記に記されていた、三匹の蛇が、天主にひれ伏すという部分。それが三蛇参を行なう者という意味なのでしょうか」

那智が煙草の火を消しながらいった。

「ここ数日で殺された人たちは、どの地域の人間だったかな」

三國が繰ったノートを由美子が覗《のぞ》き込んでいった。

「最初の被害者が月の民。賀川さんは華、となると最後は雪の民ということになりますね」

聞いていた三國が、はっとしたように顔を上げた。

「まさか、犯人は三家の当主？　そうか、最初に天鬼神社にいった時に、三家の当主がしていたくじ引きは、その順番を決めるためのものだったんだ」

「君の発想には、いつも驚かされるよ。冴《さ》えているな」

那智が満足そうな笑みを浮かべた。

「だがそのようなことが、勝手な都合で何度も行なわれるのは避けねばならない」

「つまり、ある者だけがその指令を出せる立場にある、ということですね」

「封印されるべき記憶は、同時に記録されねばならない記憶でもある」

「もしかしたらそれが」

「忌み言葉の正体だ」

三國と由美子が顔を見合わせた。三國がいう。

「とおりゃんせの歌が、妙見様の細道じゃ、になったのは四十年前」

「三蛇参で忌み言葉となった『天神様』とは梅干しの種の中身のことですよね」

「うん、だが本当は、青梅のことをいっているのではないかな。青梅の場合は天神とはいわず種の中身を仁《じん》というが、その部分は実よりも多くアミグダリンが含まれており、体内で青酸となる。つまり、青酸性毒物となるものを抽出することができる」

「四十年前に、青酸性毒物により死亡した住人がいたね」

那智の問いに、由美子がはいと答えた。山中で発見された老人である。

「だから天神様ではなく、妙見様に変えさせたんだ」

「忌み言葉に指定して、別の言葉に変えさせるほどの力をもつのはだれか」

「三匹の蛇、すなわち三家の当主がひれ伏したのは」

「天鬼村でもっとも高位に位置する人間、天鬼神社宮司ですよね」

三國の言葉に那智が答えた。

「ということになる」

古代から連綿と、村の中心として機能する天鬼神社。その宮司がすべての権限を握っているのだ。

「では、四十年前の三蛇参の指示は丈麻呂の父親、ということでしょうか」

由美子の言葉に、

「おそらくそうだろうな」

「灯籠《とうろう》に刻まれた、雪は月を、月は華を、華は雪をという文言が三蛇封殺の教えならば、犯行方法だけでなく、犯人も指定されているんじゃないでしょうか。最初の殺人は月形系の民でビニールシートに包まれていた。それが『雪は月を包むべし』だ。次の賀川さんは華菱系で『月は華を眠らすべし』で、睡眠薬を使って殺されたんだ。となると、次は雪の民を標的にして、『華は雪を隠すべし』にするんですね。そして三蛇の意味が三家の当主を指すのだとしたら。つまり当主が別の地域の人を殺すという意味です。それならば、最後は華菱家の当主が実行することになります」

那智が大きくうなずいた。

「いくぞ」

三人は、華菱家へと歩きだした。家の脇には、さっき神社から走り去った車が停まっている。だが玄関に出てきたお手伝いに聞くと、正喜はいないとのことだった。取り次いでもらうと、ほどなくして八重乃が出てきた。

「正喜さんは、どちらにいらっしゃいますか」

「今日は祭りの中日《なかび》ですし、世話役として華蛇様の社《やしろ》にいったはずですけど。あの、なんぞありましたかのう」

心配げに問い返してくるのに、三國は平静を装って訊《たず》ねた。

「なにか変わった様子はありませんでしたか」

「そういえば、思いつめたような顔が気になったけんど、聞いてもなにも答えなんだし、さっき一緒に帰ってきたせがれも部屋にこもっておって黙っとるし……」

三國は那智の表情を確認してから八重乃に視線を戻し、大したことではないんですよ、ありがとうございましたと礼をいった。

玄関を出ると、今日祭りが行なわれる華蛇の社に、三人は急いだ。

祭りは、夕暮れからピークになる。祭りのときは区域を越えて出歩いてもよいことになっているから、通常よりも多くの人出があるはずだ。夕方まではまだ時間があるが、人を当て込んだ露店などが出ているので、境内にはたくさんの人が集まっていた。露店で食べ物を買い、あちこちでそれを食べている子供たちの笑い声。ぶらぶらと歩いている大人たち。なんとものどかな風景は、三國たちが阻止しようとしている犯行とは無縁のものであり、よけいに焦燥感が募る。

「いったいどこに」

三國が境内を見回したが、那智は考え込む姿で、

「ともかく、境内を一周してみよう」

というだけだった。拝殿の前方には、直径二メートルくらいの円形状に地面が掘られていた。なかには、大量の薪《まき》が置かれている。周囲にもたくさんの薪が置かれていた。

「火を焚《た》くんでしょうか」

神社で火を焚くというと、年明け十五日に行なわれる、各家庭で飾っていた門松やしめ縄を持ち寄って焚き上げる、どんど焼きと呼ばれる風習が有名である。地方によって特色がさまざまあるが、小屋を作り小屋ごと燃やす場合もある。五穀豊穣《ごこくほうじょう》などを願い、その火で餅《もち》や団子を焼いて食べると一年間無病息災で過ごせるともいわれている。

「天鬼村の祭祀については調べたのか」

「すみません、村のホームページもなくて、調べても分からなかったもので……」

由美子がすまなそうに答え、しかたないかと那智が呟《つぶや》いた。三國としても出発前の慌《あわただ》しさのなかで一応ネット検索をしたのだが、特にヒットする事項がなく、他に調べる余裕もなかったのだ。

さして広くない境内は、すぐさま見終わってしまった。拝殿は開け放してあり、内部全てが見渡せる。奥に丈麻呂と数人の氏子らしき人影が見えるが、華菱家の当主の姿はなかった。

「こんな人目があるなかで、殺人などできるでしょうか」

由美子の疑問を含んだ声を聞きながら、三國も同じ思いにとらわれていた。人目がありすぎる。それに今までの犯行は、すべて夜間に行なわれていた。それとも祭りが終わってから実行されるのであろうか。暑くもないのに、三國の額には汗が滲《にじ》んできた。

那智が拝殿の横手に向かい、ひとつの建物の前で立ち止まった。唐破風《からはふ》作りの屋根を載せてはいるが小屋のようである。他の建物と比べてかなり大きく、シャッターが取りつけられている建物はこれだけだ。それゆえ那智が目をとめたのだろうかと三國も目を向けてみると、内部は、二十畳ほどはあるようだ。用具置き場やなんらかの作業などにも使うのかもしれないが、気になる。祭り半纏《ばんてん》を着た男性が通りかかった。

「ここにはなにが入っているのですか」

那智が小屋を指差してたずねた。

「神輿《みこし》だよ。あとで引き出すから見るといい。山から切り出した木を使って、毎年作るんだよ」

そういって、遠ざかっていった。神輿を毎年作るというのは、三國が民俗学を学びはじめてから初めて聞くことだった。通常はきらびやかな装飾を施して、長年使いつづけるものである。どのような物か、造りは、飾りはどうなっているのかとの興味が、脳内の思考を占めた。

「華は雪を隠すべし」

那智の呟く言葉が聞こえて、我に返った。これから行なわれるであろう犯行を突き止めるには、その言葉を解くしかないのか。犯罪は阻止しなければならない。だがその糸口が見つからない。

境内を歩き回ってみたものの、結局探し当てることができず、なにもできないままどんどん日が傾いてきた。だが那智に焦りがあるのかどうかは、その表情からは読みとれなかった。

薄闇に包まれはじめた頃、社務所から人が出てきて、社の前においてあった薪に点火した。小さな揺らめきのような火があちらこちらにともされ、徐々に炎となって、全体を包んでいく。周囲に置いてあった薪もくべられ、炎が広がっていく。

いつの間にかその火を眺められる位置に、華菱家当主の正喜と天鬼宮司が並んで立っていた。正喜の顔が、薄闇のなかで白っぽく、どこか神経質そうな面差しが、ことさら引きつっているように見えた。那智が歩み寄った。

「次の忌み言葉はなんですか」

丈麻呂が小さくうめいて、体を引いた。だがすぐに不遜《ふそん》な表情になって、口角を少し上げて口を開いた。

「忌み言葉が増えることはない」

その目には笑みすら宿っているようだった。それは丈麻呂の余裕なのか。すなわち、すでに本来殺されるべき人物は死んだということなのか。それとも、表向きには三蛇参を発動していないからなのか。

火が激しく熾《おこ》ってきた。薄闇に炎が高くあがる。集まった人々は、少し離れた位置でぐるりと火を囲んでいる。三國は目を凝らしてみた。

拝殿の後ろのほうから、神輿が担ぎ込まれてきた。普通の祭りの神輿と違って、担ぐのに掛け声はない。神輿には装飾もなく白っぽい。よく見るとその白さは、塗装もされていない白木で作られているためで、神輿特有の唐破風屋根をもたず、鳳凰《ほうおう》や擬《ぎ》宝珠《ぼし》のような飾りや装飾が一切なかった。四角い箱に担ぎ棒がついたような簡素な神輿。いや、神輿というよりも、人などを乗せる輿《こし》に近い造りのようだった。担ぎ手も袴《はかま》ばきの全身白い装束で、祭りというより神事そのものの厳かな雰囲気が漂っている。

神輿は静寂のなかを、しずしずとこちらに近づいてくる。

「あれを、どうするんでしょうか」

由美子が三國の耳元に口を寄せて、小声で聞いた。三國は隣にいた人に聞いた。

「これからどのような神事を行なうんですか」

「神輿を焼くんですよ」

「焼く？」

「あのなかには供え物と、村民ひとりひとりの一年の穢《けが》れを移した形代《かたしろ》が詰まっているので、それを火にくべて焼き払うんです」

浄罪《じょうざい》の祭祀《さいし》だ。また神輿ごと焼き払うことが、祭のクライマックスでもあるのだろう。火の向こう側で、白袍《はくほう》に白差袴《さしこ》を着た氏子代表が、祝詞《のりと》を読み上げている姿が見えた。人々の顔が紅潮している。

「神輿を止めるんだ」

那智が叫んだ。三國は一瞬いわれている意味が分からなかった。

「あのなかだ」

三國は反射的に神輿にむしゃぶりついた。担ぎ手がぎょっとして身を引いたが、それでも持ち場を離れない。周囲にいた氏子たちが慌てて三國の体を押さえる。数人に手や体をつかまれ、あっという間に引き剥《は》がされてしまった。

神輿は妨害などなかったかのように再度進みはじめ、掛け声と共に火にくべられた。神輿が揺らめく炎に包み込まれていく。独特なイントネーションの、大和言葉《やまと》の祝詞が続いていた。人々が手を合わせて、真剣な顔で神輿を見つめている。那智が火に近づいた。

「神輿を火から外せ。なかに人が入っているんだ」

神輿を担いでいた人間たちが、驚き顔で那智を振り返った。

「早く外せ」

那智の厳かな声に、皆が神輿を見た。白木の木肌に、なめるように炎がまとわりついて、黒い火の刻印をつけていく。

「早く、お願いします！　なかの人が死んでしまう」

由美子の叫びに、ただ事ではないと、担ぎ手たちがあわてて火中の神輿を引きずり出した。

「なぐりとバールを持ってこい」

一人が叫ぶと、社務所に何人かが走った。すぐさま手に手に道具を持って戻ってきた。

　くすぶる神輿の屋根をこじ開けるようにバールの先を入れて、かなづちで叩《たた》いていく。やがて屋根が取り払われた。氏子の一人が、なかにびっしり詰まった人形《ひとがた》の形代《かたしろ》を何度も掻《か》きだし、手を止めた。

「道理で重かったわけだ」

　ぽつりといった。三國が覗《のぞ》き込むと、たくさんの紙製の形代の上に、長い髪の毛が広がっているのが見えた。手足を縛られた女性が膝《ひざ》を抱えるような恰好《かっこう》で押し込められているのだ。

「華は雪を隠すべし……」

　思わず呟《つぶや》いた。花のように散った白い紙が、まるで雪のように白い肌の女性を覆っている。この女性は、雪代系の住民のはずだ。三蛇参、そして三蛇封殺の教えが、実行されようとしていたのだ。

　手伝ってくれという声で氏子たちが集まった。神輿から女性を救い出すと、人の輪からどよめきが起こった。

　女性は火から離れた場所に横たえられたが、目を覚ます気配がなかった。仰向《あおむ》けになったその顔を見て、三國は驚いた。

「佳織さん！」

天鬼神社の巫女《みこ》の宮永佳織だった。三國は急いで佳織の手首を取った。

「脈はあります」

三國が安堵《あんど》の息を吐くと、由美子もほっとした顔になった。周囲が騒然とするも佳織は昏々《こんこん》と眠っている。

「動物用の麻酔薬でも注射されたか」

那智の指摘に、さもありなんと思えた。華菱家の職業は獣医である。麻酔薬なら常備しているから佳織を眠らせることなど簡単だ。動物は人間用の薬を流用することが多いが、麻酔は体重に対して量を調整するものだ。途中で目覚められては困るし死んでも構わぬと、馬や牛に用いる量を使った可能性もある。

「これが神のご宣託かね」

那智の言葉に、丈麻呂が忌々《いまいま》しいという顔つきになった。

「賀川なんぞ、じゃまだったんだ」

吐き出すような声に、三國はその顔を見つめた。

やはり賀川こそがダム計画の推進者であり、三蛇参を発動させるメイン・ターゲットだったのだ。彼が那智に天鬼年代記の調査を依頼したのは、天鬼村の真の歴史を暴き、また四十年前の連続殺人の真実を暴くことで、天鬼神社宮司家が支配する村を壊滅させようとしたからだろう。それに丈麻呂が気づき、三蛇参を発動して亡き者としたのだ。

「村を守るにはこうするしかなかった」

いい終えるなり、丈麻呂が駆けた。周囲にいる人から悲鳴があがった。丈麻呂が火のなかに飛び込んだのだ。三國が動く前に、火のそばにいた氏子たちが火中に走り、丈麻呂を救い出した。

助けられた丈麻呂は、着衣も顔も煤《すす》け、うなだれて力なく座りこんだ。周囲を見回せば、華菱家の当主の姿はなかった。逃げても捕まるのに。三國はそう思って炎以外は暗闇となった神社の周囲を見つめた。

6

丈麻呂たちが逮捕されてから三日後、那智たちは研究室に戻った。事情聴取で引き留められ、帰京が遅れたのだ。同じ頃、宮永佳織もすっかり回復して、隣の市の病院を退院したと聞いた。

「おそらく、はるか昔に遡《さかのぼ》った時代には、天鬼村一帯は、天鬼家のものだった。もしかしたら、何らかの理由であの村にたどり着いた高貴な出自の者だったのかもしれない。それがいつしか宮司職へと姿を変え、村そのものを守護する存在となったのだよ」

　だから天鬼年代記という発想になったのだと那智は語った。

「代々の宮司が書き写すという手法で、新しいものを権威あるものに仕立て上げた。しかもその度に、三家に新たな忠誠を求めた。書写を重ねることで、偽書かどうかという疑いを永遠にカモフラージュしてしまった。なかなかうまいやり方だよ」

　無から有を生む、もっともらしくするために必要なプロセスだと考えたのだろう。那智の考えに、三國も同じと思えた。

「四十年前も今も、天鬼神社の宮司が殺人を命じていたのは、村を守護するためだったのですね」

「なんとしても村を護《まも》る。そのためには殺人も厭《いと》わない。それでいて罪人を出さないための互助的システムとして、三蛇参なる方法が考え出されたのだろう」

　命じるのは天鬼神社宮司。命じられるのは、雪代家、月形家、華菱家の各家の当主。周囲から疑惑をもたれないように、被害者の選択や犯行方法を、宮司が指示したのだ。

「天鬼は地に降りた神。地にいて、天鬼家を護る存在となった三家。その三家に神のお告げとして与えられるご宣託が、三蛇参だったんだ。どんな指令であれ、神の意思として命じられれば抗《あらが》えなかったのだろう。宮司らしい発想だよ」

　天鬼年代記に、神に従うことを誓った三匹の蛇と記述されたほどの三家だ。三蛇封殺の教えに従わざるを得なかった。それが殺人行為だとしても、四十年前と同様、今回もやらねばならぬと信じたのだ。

「華菱正喜の父親は、三蛇参の真意を知りつつも実行する機会はなかった。だからこそ反対していたのだろう。半身が利かない体では、なんとも出来なかったのだろうがね」

致し方ないなといった那智の目には、静かなものがあった。

「それと、四十年前に殺された賀川氏の父親は、ダム建設の争いには関わっていなかったそうだよ」

「三蛇参のいわれなき犠牲者ということですね」

由美子が、コーヒーを渡しながら眉《まゆ》をひそめた。

「おそらくは、家に上がりこんで睡眠薬入りの酒を飲ませたかして、眠り込んだのを確認してから火を放ったんだろうさ。月は華を眠らすべし、だよ。妻は子を連れて市内の実家に帰っていたから、狙うには都合がよかった。夫の死後、妻は頼る者のない天鬼村を出て、子供だった賀川氏を連れて実家に戻った。旧姓に戻したか再婚でもしたかで姓が変わったんだろう」

「やはり成長してから、実の父親がどうして死んだのかを調べるうちに、三蛇参に至ったのでしょうか」

「賀川氏はダム推進派として活動をしていたんだよ。事実とは違うが、父親がダム推進派で、そのために殺されたと思い込んでいたのかもしれない。その復讐《ふくしゅう》として、村をダムの底に沈めたかったんじゃないだろうか」

「そのための揺さぶりの材料として、天鬼年代記の調査をうちの研究室に頼んできたんですね」

そう口にして三國がため息をついた。昔々に作り上げられた嘘の物語が、ひいては現代でも殺人事件を引き起こした。賀川は、那智なら天鬼年代記の真意を見抜き、三蛇参の真相を暴いてくれると期待したのかもしれない。

「わたしが調査に訪れたら、天鬼丈麻呂や三家の当主があたふたしはじめると予想したのだろう。ところが逆に先手を打たれ、自分に向けて三蛇参が発動されてしまった」

「賀川さんは、ダム推進派として水面下での活動を続けていたから、佐江さんが見かけたように、ひそかに天鬼村に足を運んでいた。まさか三蛇参が発動されたとも知らずにでしょうけど」

「彼のような神経質な男が死ぬとしたら、遺書も残さず、ましてや目張りもせずに練炭自殺など、確実性の低い死に方を選ぶはずがないんだ。しかも、あのタイミングではね」

練炭自殺は確実を期すために目張りをすることがあるが、賀川はしていなかった。

研究室をたずねてきた時にふと見せたあの神経質さで、依頼した調査の途中での自殺というのは、たしかに考えにくい。

「月形家の女当主は、睡眠薬入りの緑茶を飲ませてから、練炭自殺をしたように工作したと自供したそうですよ。持参したポットの緑茶を勧めると、賀川さんは彼女とは顔見知りだったから、ことさら不審がらずに飲んだようだと。内藤さんと私に送ってくれた佳織さんのメールに書いてありました」

「だろうな」

那智が、煙草を指で弄《もてあそ》びながらいった。

「月形保子は賀川氏の小さい頃を知っていたんだろうね。あるいはダム推進派を装って、密《ひそ》かに集会に顔を出していたとか。だから賀川氏は、彼女の呼びだしにあまり警戒心を抱かずに応じたのかもしれないね。まあ高齢の非力な女性だからこそ選ばれた犯行方法だったのだろうが」

最初に殺された村田老人もダム推進派だった。天鬼神社の巫女《みこ》をしていた佳織も、表には出ないようにしていたが熱心な推進派だと分かった。丈麻呂が殺す相手の人選をしていたのならば、獅子《しし》身中の虫として彼女に対する憎しみは強かっただろう。ダムができれば、天鬼神社は水の底に沈む。そこの巫女なのだ。ありえない裏切りである。かつては裏切り者以外の二人の犠牲者は、なんの罪もいわれもない者が選ばれたる。

というが、現代においては、そこに宮司の裁量によって、反旗を翻す者を加えることになったということなのだろうか。

「天鬼丈麻呂が社務所にぼくたちを泊めたのは、自分のアリバイ作りの意味もあったんでしょうね。三家の当主たちのアリバイも、部分的ながらぼくたちが証言することになったし」

「三蛇封殺の文言どおりのやり方には、なにか意味があるのでしょうか。ビニールシートで巻いたりしていましたが、そもそも四十年前にはそんなことはなかったようですが」

由美子の疑問に、那智も少し首をかしげた。

「石灯籠《いしどうろう》にあの文言が刻まれた当時は、それなりの意味があったのかもしれないね。それが時が経つにつれて、言葉に含まれる意味合いも忘れられてしまった。そこでただ刻まれた文言どおりにするものだと思ったのではなかろうか。だから無意味にビニールシートで巻いたり、非力ゆえの方法ではあったが睡眠薬で眠らせたり、形代で隠したりしただけなのだろうよ。四十年前の殺人では、忌み言葉となった青酸性毒物以外は、そのような策は施されていなかったようだし」

カップを取り上げながら、月日が経てば含蓄ある言葉ですら形骸《けいがい》化するものだよと、那智は呟《つぶや》くようにいった。

昔々、利己的とはいえ自分の村のためによかれと記した古文書が、現代の文明に飲み込まれそうになった村を、とんでもない死の連鎖に巻き込んだ。水利権確保のために作り上げられた嘘が、川を堰《せ》き止めるダム建設を巡る連続殺人を引き起こしたというのも、三國には皮肉な符合に感じられた。

「高杉さんは、どうでしたか？」

「多少なりともショックだったようだね。でも大丈夫だろう」

研究室にくる前に、那智が、賀川のことを高杉に告げたのだ。同じ師をもつ者なら、縁もゆかりもない者の死とは片づけられないだろう。

「不幸は予期せぬ形で、突然訪れるようだね」

那智の言葉は、師の衣鉢《いはつ》を継げなかった高杉に向けられたものか、それとも三蛇参で殺された賀川にあてられたものなのか。三國には、どちらですかとは聞けなかった。

「先生、天鬼村は、どうなってしまうんでしょうか」

三國の問いかけに、那智が背を向けた。その後ろ姿が雄弁に語っていた。今回の事件を伝えるニュースで、村の印象は悪くなった。離村する者も多数出るのではといったのは、どこのテレビ局のレポーターだったろうか。神が足をついて陸になった場所が、元の水に覆われた場所に返るのであろう。数年後、神社と共にダムの底に沈むであろう村の運命は、だれの脳裏にも浮かんで消えたのだった。

偽蠶絵
にせ
しん
え

1

「ハマグリ市《いち》？」

　佐江由美子が振り返って、内藤三國の言葉を、おうむ返しに口にした。

「うん。蛭子《えびす》神社の祭礼で通称えべっさん、関東だとえびすさまというけど、そこで、昔行なわれていた山の幸と海の幸の物々交換の名残で、ハマグリを売る市が今も立つんだって」

「伊勢信仰で栄えた街道で行なわれていた市が、今も連綿と続いているということですね」

「海から離れた内陸でハマグリ市というのが珍しいね。それだけ陸路を運んでも傷まず、珍重されたということなのかな」

「なんか京都の塩サバみたいですね」

　由美子と内藤は、気楽な話をしていた。昼食に頼んだ品が出てくるまでの他愛《たわい》ない会話である。蓮丈那智はメンソール煙草を片手に、内藤が用意した資料を読んでいた。

東敬大学、蓮丈那智研究室の三名は、三重県の名張《なばり》にきていた。町の保存会からの依頼で山中の祠《ほこら》にまつわる祭祀《さいし》について調べており、現地に入って二日目になっていた。

宿泊先は町で一番古いという旅館で、なんでも江戸時代に伊勢参りにいく旅人を泊めたのが始まりだという。昭和になって建て替えられた母屋《おもや》に、二十の客室と大浴場を備えた、ゆったりとした造りになっていた。歴史ある建物そのままに、あちこちに古い民具などが飾られて、誠に居心地がよい。しかも昼は食堂の営業もしているとのことで、町中の聞き取り調査をしていた那智たちが食事に戻ってきたのである。

「やっぱり、この旅館から調べたくなりますよね」

昨日、由美子が部屋に通されて開口一番にいった言葉には、内藤もうなずけた。館内のいたる所に歴史が感じられ、すべてがいわくありげなのだ。

今座っている座敷の床の間にも、その筋の人には魅力的であろう壺《つぼ》が飾られている。貝殻の付着した焼き物は古びており、漁で使われたタコ壺らしい。底に付いた貝殻のせいで傾いているのを、古びた漁網を無造作に置いて安定させているところは、妙に趣きがある。貝殻の付き具合と壺の形状は民俗学的見地から興味深いが、なんとも鄙《ひな》びたなかにも美を感じさせ、骨董《こっとう》としても十分通用しそうだ。かたや貴重な民俗資料、かたや金銭で売買される価値をもつ商品。民俗学者と骨董屋《こっとうや》が犬猿の仲になるのも、こんな事情からである。

「ここ名張はハマグリを売る露店が並ぶといったけど、それは『蛭子《ひるこ》』と書いて『えびす』と読む蛭子《えびす》神社の祭礼で行なわれるんだ。えびす神社の総本社《そうほんじゃ》である兵庫県の西宮《にしのみや》神社では、蛭子神《ひるこがみ》は摂津国《せっつのくに》の海岸に漂着したことになっている。しかも蛭子はイザナギとイザナミとの間に生まれた最初の神であり、身体《からだ》が不自由であったことから海に流されてしまったと伝わっている。そのように海との関係が強いことと、七福《しちふく》神《じん》のえびす様が釣竿《つりざお》とタイを持つ姿からの連想なのか、ヒルコがえびすと習合、同一視されるようになったらしい。しかも、後年に偽書《ぎしょ》だと指摘されたんだけど、鎌倉《かまくら》時代に伊勢神宮の外宮《げくう》祠官《しかん》が書いた神道五部書《しんとうごぶしょ》のうちのひとつには、斎宮が伊勢神宮を伊勢の地に決める以前に蛭子神社を訪れたという記述があるんだ」

「それだけ格式の高い神社なんですね。それでその祭礼にちなんだことが描かれているのでしょうか」

由美子が首を傾げながら那智を見た。当の那智は、内藤たちの話を聞いているのかいないのか、下を向いて古文書らしき和綴《わと》じ本を読んでいたのだが、ふいにその顔を上げて問いかけた。

「蛭子神社の由来を調べたのかい」

「あ、はい」

那智は、「なら、いい」と、内藤が手元のノートを繰るのを手でさえぎり、また下を向いた。

「だからハマグリなんですかねえ」

さっきからなにをいっているのだろうと由美子を見た内藤だが、指さす先を見て、合点した。これがさっきから由美子が気にしていたものかと、内藤は目を凝らした。壁には、貝を描いた一幅《いっぷく》の掛軸が掛かっていた。

「きっとハマグリ市の縁で、飾られているんですね。ここのお孫さんがいっていた『うちのハマグリは夢をみるの』って、あの絵のことですよね」

掛軸には、たしかに貝の絵が描いてある。内藤にはその貝がサザエでないのは分かるが、アサリなのかハマグリなのかの判別はできない。だが由美子がいうのだし、きっとハマグリなのだ。由美子は、その絵が蛭子神の話とも関連性があると思っているようだ。それに対し、孫はその絵に漫画のセリフなどを書き入れる「吹き出し」のようなものが描いてあるので、ハマグリが夢を見ていると思ったのだと気づいた。

「いや、多分そっちの……えっと、ハマグリ市の縁とは違うんじゃないかな」

「蜃気楼《しんきろう》か」

那智がぽつりといった。いつの間にか、視線が手元の本ではなく、掛軸を向いている。

「司馬遷《しばせん》の史記《しき》、『天官書《てんかんしょ》』のなかに、蜃気楼の語源となる大ハマグリの記述があるよ」

「ハマグリが蜃気楼……ですか」

由美子が半信半疑といった態《てい》で、内藤を振り返った。

「中国の『彙苑詳註《いえんしょうちゅう》』でもハマグリは気を吐いて楼台を作るとあり、日本にも伝わっている。江戸時代、蜃気楼はハマグリの出す『気』が見せるものだと思われていたようだ」

由美子が知らなかったのは意外だったが、そうやって説明できるのは嬉《うれ》しかった。

「以前に骨董屋さんが泊まった時に、大した値段にはならないといっていましたけどね」

会話に気づいた女将《おかみ》が、笑いながらいった。父がわざわざ軸にしたんですよ、とも付け加える。書画に明るくない内藤だが、その目から見ても骨董と呼ばれるほど古いものではなさそうに思えた。絵は肉筆画で、鮮やかな色彩で描かれており、保存状態は極めてよいようだ。那智は自分の役目を終えたかのように、また手元に目を落としてこちらを気にかけるそぶりもない。由美子がどことなく困った顔つきになっている。

「まあ蜃気楼自体は、『北越軍談《ほくえつぐんだん》』で上杉謙信《うえすぎけんしん》が蜃気楼を見たという逸話なんかが残っているけど、ああ、ここにも書いてあるね」

身を乗り出した内藤は、絵の左上に書き込んである文字を指さした。

「史記の天官書にいはく、海旁蜃気《かいぼうのしんき》は楼台に象《かたど》ると云々《うんぬん》。蜃《しん》とは大蛤《おおはまぐり》なり。海上に気をふきて、楼閣城市《ろうかくじょうし》のかたちをなす。これを蜃気楼と名づく。又海市《かいし》とも云《いう》。――鳥《とり》山石燕《やませきえん》の絵に添えられているのと、同じ文言みたいですね」

「ああ、絵の内容はだいぶ違うようだがね」

那智が下を向いたままいった。

「たしか石燕の『今昔百鬼拾遺《こんじゃくひゃっきしゅうい》』という妖怪《ようかい》画集に載っている絵が有名なんだ。まさしく、ハマグリが蜃気楼を吐き出しているこれみたいな構図のが」

「蜃気楼が、妖怪ですか」

「当時は人知を超える超自然現象に思えたんじゃないかなあ。だから妖怪にたとえたとか」

由美子が目を丸くした。実際、内藤にもなぜ妖怪なのかは、わからないところだが、「妖怪」は人間の理解を超える現象を指すこともあるから、あながち違うともいえないのかもしれない。

掛軸は横長のタイプだった。絵はＡ３判の長辺を横にしたくらいの大きさであろうか。軸の地色が抹茶を薄めたような色なので、古びた建物に似合っている。

絵は、中心から向かって右寄りに大ハマグリが描かれ、開けた口から左側に向かって気を吐きだしている。漫画の吹き出しのような「気」のなかには、石燕が描いたような中国風の楼閣ではなく、寝殿造《しんでんづくり》のような和風の館《やかた》が描かれていた。

館を取り巻く廊下には、竜宮城《りゅうぐうじょう》の乙姫《おとひめ》かと見紛《みまが》う姿の美女が座り、欄干に体をもたれかかって庭を眺めている。周囲にはうっそうとした森林が描かれ、白い鹿が顔をのぞかせている。館の前には小川が流れ、きらめく光を表わすかのような小さな十字形の模様が、随所にちりばめられていた。小川にかかった橋の上では、水干《すいかん》姿の男が館を眺めている。

その吹き出し内が別世界なのは、ハマグリの横に貝やカニや海藻など、海のなかの光景が描かれていることから分かる。館の部分は鹿もいることから、地上であろう。

内藤が絵を見つめていると、由美子が「不思議な絵ですね」と呟《つぶや》いた。

女将が、絵を指していった。

「これは昭和十年頃に描かれたものだそうですよ。当時うちに泊まっていた若い絵師が描いたのだと、祖父から聞いています」

「なぜ蜃気楼なんですか」

名張に海岸はなく、もちろん蜃気楼などを見られる地域ではない。

「祖父が絵師から聞いた話では、なんでも絵になる題材を探して名張を歩きまわっている時に、村はずれで大きな屋敷に迷い込んだそうで、そこで見た光景を描いたとか。

なんでもことのほか美しい女性を見かけたんだそうですよ」

「だから欄干にもたれかかる美女の絵なんですね」

「ですがね、そこで屋敷の家人に見つかって追い出され、以後たずねてもそんな女はいないと、けんもほろろに追い返されたそうです。それでも日参したものの、使用人に水をかけられたり殴られたり、医者を呼ぼうかというほど叩《たた》きのめされたのに、その翌日も足を引きずりながらたずねたとか。そんなことを繰り返してばかりだったと聞いていますよ」

「すごい拒絶の仕方。そこまで拒《こば》むなんて尋常じゃないですね。それでも日参するなんて、よっぽどご執心だったんですね」

　由美子が目を丸くした。

「でも、一度だけ見た美女を忘れられずに絵に描く。何度いっても会えぬ、幻のような女性を思いつづけるなんて、ロマンチックじゃないですか、内藤さん」

「ゆめまぼろしってことで、蜃気楼なのかなあ」

　由美子の弾んだ声に、内藤はうなずくしかなかった。

「それで、ハマグリの夢に託して描いたんでしょうかねえ」

　女将までもが、どこかうっとりするような口調になっていた。

「その村はずれの屋敷というのは、今も残っているのですか」

その場の温度や空気を読むどころか、遠慮も配慮もない鋭い声で那智がたずねると、我に返ったかのような女将が、首を横に振った。

「いえ、戦争前だか後だかに子供が死んで、結局その家系は途絶えてしまい、屋敷は親戚《しんせき》の手に渡ったそうです。ついこの間も建て替えをして、今もその親戚筋が住んでいますよ」

どこのだれの家かは、わかっているようだ。

「でも会えなかったとはいえ、そこにその美女はいたんですよね」

「さあ、まあ昔のことですから、どうでしょうか」

女将があいまいに首をひねった。と、

「お待たせいたしました。どうぞ」

主《あるじ》が出来上がった昼食を持ってきた。湯気の揚がる器がいくつも並べられた盆が、めいめいの前に置かれた。

「ハマグリは冬の味も格別ですが、特に春が旬なのでお出しししているんですよ」

「だからおひな祭りに、お吸い物とかで出されるんですね」

由美子が無邪気にいうと、女将がやんわり否定した。

「それは、よい伴侶《はんりょ》に巡り合えるようにとの願掛けだとか、聞いたことがありますよ」

「ハマグリの貝殻は元の組み合わせ以外には合わせ目がかみ合わないことから、結婚式に出されることもあるらしいね」

内藤の言葉に、由美子がうなずきながら椀《わん》のふたを取った。

「粕汁《かすじる》、ですか」

「蛭子神社の二月のえべっさんでふるまわれる千人鍋《せんにんなべ》の中身は、ハマグリの粕汁なんですよ。それでうちでも、まだ三月は寒いから粕汁仕立てにしてお出ししているんです」

女将が説明した。てっきりお吸い物だと思っていたのが裏切られたのだが、一口飲んで、思わずほうっと息をつくうまさに感心した。

「なかなか味わい深いですね」

「そうでしょう」

女将がにこにこしている。

「ハマグリ尽くしというだけあって、本当にハマグリばかりですね」

由美子が感嘆するようにいった。ハマグリの炊き込みごはんに、ハマグリとセリのかきあげ。ハマグリの卵とじ、ハマグリと分葱《わけぎ》のぬた。焼きハマグリや、切り身魚を加えたアクアパッツァ風のものまである。

「このアクアパッツァ、しょうがと、香りづけにしょうゆが入っていますね。昆布もですか」

「よくお分かりで。お米に合うように、和風仕立てにしてみました」

内藤は、次々と味わってみた。料理もうまい宿だと紹介されたのも、もっともだ。

「ご飯と粕汁はお代わり自由ですので」

女将の言葉に内心にんまりと笑った内藤だったが、なんてことだろう。気づけば、三人は絵のことを忘れて、しばし食欲の権化《ごんげ》となっていたのであった。

2

午後は隣町へと足を延ばし、手分けして聞き取り調査にあたった。民俗学調査は足を使い資料を読み、ともかく根気よく事象をすくい上げ、想像力を駆使し、解明までには時間がかかるものである。

「美術品や骨董《こっとう》の鑑定とは違います。対象物のデータを正確に収集して、そこから推論を導くのです。どうしても、相応の時間が必要です」

那智は調査の依頼を受けた時に、相手にそう答えた。現地に入って調べれば、それで即解決というわけにはいかないのだ。家々を回って調査をしている時にも、大学の偉い先生が――と相手がいった――調べれば、すぐにわかりそうなものをと、口にする人がちらほらといた。偉いかどうかは別にして、たしかに短期間でわかることもある。すべては那智の頭脳しだい、内藤と由美子は手足でしかないのだ。

内藤は、何軒目かの家で世間話のついでにハマグリの絵のことをしゃべったら反応があったことを、夕方宿に戻った時に那智に告げた。由美子も断片的だが話を聞けたという。

「よっぽどあの絵が気になるようだな。じゃあ調査のほうはひとまず置いて、絵からとりかかろうか」

夕食の時間になっていたので、一階の、あの絵のある座敷に三人は座った。

「どの人も、あの村はずれの御屋敷といっていましたね」

由美子もノートを開いた。

「七十歳になるおばあさんの話では、それは二本榎《にほんえのき》の宝来《ほうらい》家のことで、ともかく大きな家だったと。もとはこの地方をまとめていた旧家で、かつては長いこと町長を務めていたそうです。なんでも代々美しい娘が生まれる家で、県外のそれなりの家に嫁いだこともあるとか。それこそ江戸時代は、藩主の側室になったなどという話もあるそうです」

「昭和初期の頃にも娘さんがいたそうですけど、病弱のために外出もせず学校にもいかず、戦後、世間が落ち着いたと思ったら亡くなったようだと、ちょっと曖昧《あいまい》な話でした。どうもその頃は近隣と付き合いがなくて、葬式も出さなかったから気づかなかったとか」

由美子につづく内藤の報告に、那智が「そうか」と頷《うなず》いた。

「やっぱりはっきりしないんだな。わたしは、代々産婆をしている家にたまたま当たってね。そこの老女が、二本榎の宝来家で双子が生まれたことがあったといっていたよ」

古来、双子は忌み嫌われたものだった。大正や昭和初期ならそこまでではなかっただろうが。

「ところがまだ小さいうちに一人が死んでしまい、残った一人は大切に育てられたそうだよ」

「それがこの絵の女性ということですか」

「だが、うちにはそんな女はいない、という拒絶の仕方が奇妙だと思わないか」

那智の疑問はもっともである。

「断るにしても、娘が会いたくないといっているとか、嫁入り前の娘をどこの馬の骨かわからない男に会わせるわけにはいかないとか、いくらでも断り方はありそうですよね」

「なぜそこまでして、絵師に秘密にしておきたかったのか」

那智の問いかける視線に、内藤と由美子は絵を食い入るように見つめた。

「近隣に聞けば、娘がいることは判明しそうなものですよね」

「いや、隠していたんだよ、きっと。うん、そうだよ」

内藤の、突然確信したような声に、那智が硬質な目を向けた。

「娘は決して病弱なんかじゃなかったんです。家の奥深くに、わざと隠していたんですよ。つまりこの光り輝いているような小さな十字の模様は、けっしてロマンチックにきらめいている夢の意味じゃないんです」

「ロマンチック？」

由美子がおうむ返しのようにいったのに、内藤が「違うんだよ、これは」と首を横にふった。

「これは夢の表現じゃないんだ。先生、これって十字架ですよね」

「さすがミクニだ」

那智は笑ってから、ほらよく見てごらんと、由美子に絵を示した。

「まぶしい輝きの反射に見せて、巧妙にちりばめられている、きらめきのような十字形。これは十字架さ。つまり、キリシタンであるなによりの証拠なんだよ」

由美子が目を凝らすようにして、絵に顔を近づけた。建物の釘隠《くぎかく》し、着物に廊下の欄干にと、至るところに十字が描き込まれている。屋根や小川の光の反射を装った十字もある。

「単なるキリスト教信者ならば、十字架を隠す必要などないんだ。つまり、二本榎の宝来家は、江戸時代に端を発する隠れキリシタン系のキリスト教信者だったんですよ。絵師はそれを知って、目立たないように十字を描き入れた。欄干にもたれる女性は信者だから十字を描き入れ、建物も隠れキリシタンの家だから入れたが、男性の周囲には十字がないでしょう。当然です、男性は描いた絵師本人だから、キリスト教信者じゃない。対比として強調する意味も込めて、描き分けているんですよ」

「内藤さん、そんなところまで気づいたんですか。すごいですよ。でも本当に細かく描き込んでいますね」

感心する由美子の顔が、内藤にはまぶしかった。が、今はそのようなことに気を取られている場合ではない。

絵のなかの十字架は、床の間の壺《つぼ》などには大胆に大きく入れられているが、美女の衣服にはかなり細かく描かれ、全体にちりばめられている。それはまるで模様かと思うほどだ。

「一番丁寧に描かれているのは女性ですね。主役であり、憧憬《しょうけい》の対象ですから」

「それほど思い囚《とら》われたってことなのでしょうね」

由美子の問いに納得したようにうなずいた内藤が、疑問を口にした。

「ですが、キリスト教は江戸時代は禁教であっても、明治維新後、昭和年代では特に咎《とが》められるものではなくなっているんですよね」

キリシタンという言葉は、フランシスコ・ザビエルによって伝えられたキリスト教の信者のことである。江戸時代には厳しい弾圧を受けたが、明治六年に禁教令《きんきょうれい》が解《と》かれて、晴れて公にキリスト教信者となれたはずだ。昭和の時代での信教は自由である。隠れる必要など、どこにもない。

「そうですよね、決して禁忌ではない。ではなぜ絵師は十字架を隠したのでしょうか。たしか、江戸時代から続く隠れキリシタンは、後世二種類に分けられていますよね。徳川家康《とくがわいえやす》により禁教とされて、表向きは仏教徒となった潜伏キリシタンと、明治になって禁教を解かれたのちも、独自のスタイルとなった信仰を捨てなかった隠れキリシタンがいます。区別するために後者は『カクレキリシタン』とか『古キリシタン』とか呼ばれているようですが」

「佐江君のいう通り、隠れキリシタンには二種類ある。だが昭和の時代では、独自な宗教観をもちつづけるカクレキリシタンも、公的に咎められることはない。となると、その地方独特の問題だろう」

昭和十年当時では、長崎や熊本などの一部地域を除いては、隠れキリシタン系の住民が残る土地は少ないだろう。おそらくは仏教系と神道系がほとんどを占め、キリスト教などは珍しく思われたのではないか。ましてや隠れキリシタンとなれば、ひそやかに信仰していてもおかしくはない。

「時代的な問題もあって、秘匿するという方向にもなろうし、どうしてもという理由があったからだ。絵師はその娘が人目をはばかり祈りを捧《ささ》げている姿を見て普通のキリスト教信者ではなく、隠れキリシタンだと気づいたんだろう」

「それで密《ひそ》かに絵のあちこちに、十字架を忍ばせたんですね」

たしかにこの近辺をたずね歩いた調査でも、隠れキリシタンの情報は聞かれなかった。納得した内藤だったが、絵のなかにはまだ気になることがある。

「でもこの女性って、なんでこんな衣装なんでしょうか。だって男は水干姿なのに、女がまるで竜宮城の乙姫って、おかしくないですか。普通は年代とかを揃えますよね」

「そういわれれば、たしかにへんですよね」

内藤につられるように、由美子も疑問を口にした。

「これを竜宮城の乙姫と考えるからだ。隠れキリシタンということを考えてごらん」

「キリスト教信者といえば、マリア様？」

由美子が首をひねるのに、「そうか佐江さん、観音なんだよ」と内藤がいった。

「潜伏キリシタンや隠れキリシタンが信仰のよりどころにしていたのは、ひそかに聖母マリアに見立てたマリア観音と呼ばれた観音像だった。絵師はそれを知っていたから、わざわざマリア観音を連想させる服装にしたんだよ」

「十字のきらめきのように、隠れキリシタンであることを示唆するためですか」

「それだけじゃない。この恰好《かっこう》にはわけがあったんだ。いや、わけというより、必要があったんだ」

由美子の不思議そうな顔に、内藤は笑みを返した。

「手を、隠せるからさ。ほら、この美女の衣装の袖《そで》は、手の甲まで覆っている」

「わかったのかい」

那智の促す声に、内藤はうなずいた。

「実際に絵師が遭遇した彼女も、なんらかの方法で手を隠していたんです。だから、それを反映させたんです」

「女性にしては、手が大きいとか？　それならコンプレックスですから、隠すだろうけど」

「そのような女心ではないんだよ。もっと切実な理由なんだ」

内藤が首を横に振って、いった。

「それは、聖痕《せいこん》を隠すためだよ」

思いがけない言葉に、由美子が戸惑いの表情になった。

「聖痕って、あのイエス・キリストが磔《はりつけ》にされたときの傷が浮かび上がるとかいう……」

「新約聖書のなかで、聖パウロは聖痕を『イエスの焼印』と呼んでいる」

那智が煙草を手にいった。

「聖痕は奇跡。神聖な証《あかし》であり、キリスト教信者にとって最高の栄誉かもしれない。受難の際、磔《はりつけ》の釘《くぎ》を打たれた左右の手足と、ロンギヌスの槍《やり》で刺された脇腹に現われるという。それ以外にも、荊《いばら》の冠による額の傷や、十字架を背負った際に付いた背中の傷、血の涙や汗なども、聖痕の一種と捉《とら》えられている。また、傷口から芳香を発するという説もあるのさ。まあ、強い共感などによる精神状態との関連が指摘されてもいるが」

「その聖痕が、この絵の女性にもある、と？」

由美子の問いに、内藤は「そうだ」と答えた。

「そうでなかったら、こんなわざとらしく、手を隠したりはしないだろう」

不自然すぎるよと、内藤は由美子を向いた。

「つまり、聖痕を隠すために、存在そのものを隠すがごとく、ひっそりと家の奥深くで生活をさせていたから、彼女を見つけた絵師をたたき出したと？」

「それだけじゃないさ。昭和十年がどんな時代か、ミクニは知っているかい」

「日本が海外に触手を伸ばし、戦争の火ぶたがいずれ切られる予感に満ちた、きな臭い時代ですかね」

那智がうなずいた。

「昭和七年三月に満州《まんしゅう》国建国宣言、五月に五・一五事件。翌八年三月に、日本は国際連盟より脱退。昭和九年三月には満州国の帝政が始まる。軍国主義が世を覆いつくそうとしている時代なんだ。おそらくそれを感じとっていたのだろう。それゆえこんな風に描かれたのだろうが、ほら見てごらん」

那智が、絵のなかの女の首元を指さした。内藤と由美子は思わず身を乗り出して、那智の指の先を見つめた。

「喉元《のどもと》ですか?」

絵のなかでは、欄干にもたれかかった艶《えん》なる美女が薄布を首に巻き、たおやかに、やさしく微笑んでいる。

「産婆いわく、当時この家に生まれたのは男女の双子だった。一人が幼少の内に死んだ。死んだのは男の子だったそうだが、これが逆だったとすると、どうなるかね」

「となると……これは男?」

「えっ、まさか」

内藤と由美子が同時に声をあげた。

「絵師は、あまりの美しさに日参したんですよね」

だって美女ですものという、由美子の付け加えた言葉通り、どう見ても女である。

「男であっても、男でいるわけにはいかなかったんだ」

「そうか、徴兵ですね、先生」

「戦争の足音が間近に聞こえる時代だ。男なら、いつ徴兵で兵隊に取られるかわからない。たった一人の息子だ。戦争に出したくないとの思いから女の恰好をさせ、対外的に女のふりをさせていたのではなかろうか。もちろん、人目を避けて屋敷の奥に住まわせ、万一だれかに見られてもいいように、喉仏も隠させた。いや、昔は男の子を健やかに育てるために、女児の恰好をさせる風習もあった。もともと女の服を着せて育てていた可能性もある」

「ああ、思い出しました。かつて天皇家では、男児にとりつく悪霊から守るために女装をさせていたとか。明治や大正、昭和天皇も幼少時に女性の装いをしていたようです」

「山梨県甲斐《かい》市では、男性が女装をして神輿《みこし》を担ぐ祭りがあるくらいだ」

「日本に限らず、女装には霊的な意味合いがあるとの説を読んだことがあります」

種子島《たねがしま》から出土した弥生《やよい》時代後期の遺跡では、女のシャーマンの遺骨に交じり、女性用の装身具を身に着けた男性の遺骨も発見されたという。女装は、単に憧《あこが》れや個人的嗜好《しこう》、カルチャーの一種というわけではないのだ。

「ですが、先生。時代は昭和。近隣との交流を完全に絶つことはできないでしょう。

男であるとは、ゆくゆく分かる。それに、そんな非国民のような行動は、時世的に許されないでしょうし、その考え自体どうかと」

内藤の疑問に、那智の唇が、うっすらと笑みを浮かべた。

「だからキリシタンだったのだよ。人殺しをさせるわけにはいかない、とね。考えてもごらん。聖痕が浮き出るような尊い子だよ。崇《あが》め奉ってきた子を世間の目にさらすわけにはいかない。家の奥深き所でかしずき、奇跡を崇拝していたのだから」

「たしかに宝来家は隠れキリシタンだから、もともと戦争に参加などしたくない。しかも聖痕が顕《あらわ》れる聖なる存在。となると、たしかに人を殺させるなんてあり得ない話ですね」

「でも性別を偽っていては、家を継ぐ子孫を残せないですよね」

由美子の言葉に、内藤も同意のうなずきをした。昭和初期の時代、家の存続はされてしかるべきであろう。

「それもやむなし。それが聖痕を有する尊き者の宿命とでも思ったのかもしれないね」

「神のような存在、崇められる存在ゆえの、当然の犠牲だったと？」

それが信仰なのでしょうかと、由美子がため息をついた。

「でも、絵師は宝来家に迷い込んで、女性に出会ったから、この絵を描いたんですよね。ともかく見た目は女性、しかも通い詰めるほどの美女だった。なのに、いつそれが女性ではなく、男性だと気づいたのでしょうか」

たしかに絵師は、聖痕にも真の性別にも気がついた上で、容易に真相が分からないように、手掛かりを絵のなかに描き込んでいったはずだ。だからこそ、手をすっぽり覆う袖や、喉元を隠す薄布を描いたに違いない。だが、美女と会うことができたのは最初の一度限り、その後は何度通っても叩《たた》き出され、再び会うことはできなかったとすれば、どうやっていつ真相を知ったのかという疑問は残る。由美子が「ねえご主人」と話しかけた。

「この絵の美女にご執心だった絵師って、何日も滞在していたのに、結局あきらめたんですよね」

主《あるじ》が料理を並べていた手を止めて、うなずいた。

「その時に、やはり投宿なさっていた男性と、何事かしばらく話をしていたそうです。そのあと猛烈な勢いでこの絵を描いて、憑《つ》きものが落ちたような顔で宿を出ていった、と父が話していました」

「その話をしていた男の人は、どなたなのですか？」

「さあ、泊り客の一人だということでしたが」

「その男の人が、謎を解明したのかしら」

由美子が首をかしげると、那智が主に向かっていった。

「当時の宿帳をみせていただけないでしょうか」

内藤は、なるほどと膝《ひざ》を打った。だがどこのだれか分からぬ状態では、宿帳を見ても特定できないのではないか。

ほどなく、主が古めかしい和綴《わと》じ本を数冊抱えて戻ってきた。

「この界隈《かいわい》は戦火にあっていないので、結構残っているんですよ、ああ、この辺が絵の描かれた昭和十年頃ですね」

ページを繰っていた主が、開いたままの宿帳を那智に向けて差し出した。那智の目配せで、内藤が受け取った。

「結構遠方からもきていたんですね」

関東や東北の住所が散見されるが、これを見て分かるのだろうかと、半信半疑でページをめくっていた。絵師の名前も不明だし、昭和十年前後ということだけでは、その泊り客を探し当てることは難しいのではないか。

「先生、だいたいの時期を絞らないと……」

「絵師がなぜハマグリを描いたのか分かるか」

ミ・ク・ニといわれて、内藤は脳髄にきらめくなにかが刺さるのを感じ、ぶるっと体を震わせた。そして、あっと声をあげた。

「ハマグリ市を訪れ、そこからハマグリが蜃気楼《しんきろう》を出す話を連想して、絵を描いたんですね」「となれば、見つけるのもたやすいだろう」ハマグリ市は二月だった。一応前年の十二月からめくっていた内藤の手元に、ふいに那智の指が伸びてきて、ある箇所を指さした。

「彼だよ」

半ば機械的な動作を止められて、内藤は思わず「えっ」と声をあげたが、形のよい那智の指の先を見ても、ごくありきたりの名前が見受けられるだけだった。由美子も覗《のぞ》き込んでいった。

「この人が真相を見抜き、それを若い絵師に告げたのですね」

「ああ。絵師と宿の主人の会話を聞いて、卓越した推理力でもって絵解きをしたんだ」

「で、その絵師にいったのですね」

「そう。彼女は聖なるしるしをもつ者、そして男だ、とね」

那智が煙草に火をつけながら、内藤に視線を向けた。

「おや、まだわからないのかい。君の得意なジャンルじゃないのか。手掛かりは多すぎるくらいあるぞ」

煙と共に吐き出された那智の声がどこか皮肉めいて、内藤の頭に響く。

「彼は名張で生まれ、ごく幼いうちに転居したが、昭和十年頃、生地《せいち》の名張を訪れたことをエッセイに書いたり、地元紙の取材で話したりしている。彼の名作の一節に『態々《わざわざ》魚津へ蜃気楼《しんきろう》を見に出掛けた帰り途《みち》であった』とあるくらい蜃気楼に関心をもっていた。兵役拒否のトリックも使ったことがあるし、男装女装の話は枚挙に遑《いとま》がないほどだ。そしてもちろん、驚異的な思考力の持ち主」

煙草をはさんだ指先が、再び宿帳のその名を示す。那智の悪魔的な笑みを見て、内藤のなかでようやく正解のスイッチが入った。宿帳の名を口にする。

「平井太郎《ひらいたろう》……」

紫煙がゆらりと揺れ、その向こうで那智が笑ったように見えた。

「またの名を、江戸川乱歩《えどがわらんぽ》」

由美子の目が見開かれた。

壁の掛軸はなにも語らず、ただ年月を蓄積したくすんだ紙の色の内に、今はゆめまぼろしとなった過去を、皆に見せているだけであった。

「明日からは祠《ほこら》の調査だ」

酒を飲み干す那智に、はいと答える二人であった。

主な参考文献

『民間伝承』編輯・柳田國男／日本民俗学会
『日本妖怪大事典』画・水木しげる　編著・村上健司／角川書店
『偽史と奇書の日本史』佐伯修／現代書館
『江戸川乱歩著書目録』名張市立図書館

＊その他、新聞・雑誌・ウェブサイトの記事を参考にしました。
実在の地域とは一切関連ありません。
また、創作上、意図的に歴史や伝承などの内容を変更した部分があります。

あとがき

あれは『邪馬台《やまたい》』の単行本刊行後の打ち上げでのことでした。文庫担当者のA氏から「北森鴻《きたもりこう》さんの短編集を出しませんか」との言葉をいただいたのです。実は北森さんは、『邪馬台』を書く前に「小説新潮」に蓮丈那智《れんじょうなち》シリーズの短編を二編書いていました。それが「鬼無里《きなさ》」と「奇偶論」です。しかしその後短編が掲載されることなく、『邪馬台』の連載が始まったのです。もともとこの二本はイレギュラーで掲載されたようで、おそらくは『邪馬台』が完結したら、また短編を書く予定だったのでしょう。だが実際にはそれはかなわず、北森さんの死去によって、この二編は宙に浮いてしまうことになったのです。

そのため、これらを『邪馬台』の単行本刊行の際に収録しようとしたのですが、いかんせん本文が長くなりすぎて、断念せざるを得なかったのです。単行本担当のT氏とは、文庫化の際に入れましょうかなどと話していたのですが、A氏はそれらを踏まえて、単行本未収録のこの二編を入れた単行本を出しましょうといってくださったのです。

もちろんわたしに異存などあろうはずがない。北森さんの本を、しかも単行本で出してくださるというのはとてもありがたいお話です。即座にお願いしますと答えたのですが、ただしそれには条件があるとのこと。短編二編ではいかんせん単行本一冊にはなりません。ついては、その分量にすべく、何編か短編を書いてください、とのことでした。

北森作品のファンである方々には（いや、多分そうでない方々にも）、これがいかに無謀なことかお分かりいただけるでしょう。北森ワールド、それも異端の民俗学者、蓮丈那智シリーズです。『邪馬臺』の時とはかなりわけが違う。執筆途中での絶筆は、北森さんが書いた部分の世界観を引きずることができる。だが新たな短編を書くとなると、これは全くのゼロからの構築になる。わたしが北森ワールドを作り上げなければならないのです。北森さんの本は出してほしい、だがそれには自分が書くしかない。これは為さねばならぬことだ。わたしはなんとか書き上げようと決心をしたものの、そこからが大変でした。まず蓮丈那智にふさわしい題材の選出をしなければならない。その部分が最も頭を抱えるところなのですが、一つだけ朗報がありました。それは北森さんが書いたプロットが一つ残っていたことです。

御記憶の方も多いでしょうが、蓮丈那智シリーズの一作目「凶笑面」が二時間ドラマ化されたことがあります。この放映は好評だったようで、すぐに第二作の企画が立ち上がり、そこで北森鴻自らプロットを手掛けることが決定し、それで書かれたのが「天鬼越《あまぎごえ》」でした（実際に脚本化までされたそうなのですが、諸々《もろもろ》あって映像化はされておらず今に至っているようです）。

しかし、実を申せば北森さんの書いたプロットはA4数枚程度のもので、しかも二時間ドラマ用のため、かなりアバウトな設定がありました。また映像化を前提としたもののゆえのビジュアルに訴える個所などもあるため（うーん、これはいかがなものでしょうか？　みたいなところとか）、担当T氏と相談して、変更を加えて「小説」に仕上げることになりました。通常蓮丈那智シリーズでは内藤三國《ないとうみくに》は「内藤」と表記されます。ですが、このプロットでは、全て「三國」と書かれていましたので、北森さんの創作意志を尊重して、そのままとしました。基本的な案や組み立てはご本人の作ったものですので、久しぶりの北森ワールド、蓮丈那智を楽しんでいただけると思います。また、以前北森さんが書いた短編二本は、手掛けたのが『邪馬台』より以前になりますので、その点を留意してお読みください。

しかし、なんといっても、問題はそれ以外の新たに作る短編です。ともかくは、まずアイデアを出すことから始めました。蓮丈那智にふさわしいミステリーになるもの。『北森鴻』の思考とはなんぞや？　それに始まりそれに終わる。ともかく自分の思考方法ではなく、北森式の考え方を反映させることに腐心したのですが、上手《うま》くいっているかどうか、本心をいえば、はなはだ心もとない部分があります。

絵に例えるならば、『邪馬台』は七割方書き上げた絵を仕上げるようなもので、今回は、真っ白いキャンバスに新作の『北森鴻』の絵を描かないといけないような作業でした。自問自答しながら取り組んだわたしは、上手い模倣画家になれたでしょうか。今回も、北森鴻を見つめ寄り添い、身近に感じながら仕上げた一冊となりました。ひとえに、読者の方にこの本を届けたかったからこそできた仕事です。また北森さんのためにと、声をかけてくださった担当A氏、同じ志でアドバイスやダメ出しをびしびしと出して下さった担当T氏。長年北森さんの担当をなさっていたこの御二方のご協力なしには完成しない作品でした。深く深く感謝しております。この場を借りて、お礼を申し上げます。どうもありがとうございました。

北森鴻を失い悲しんでいる読者に、そしてこれから出会うであろう読者に、楽しんでいただける一冊になれば幸いです。どうぞ『北森鴻』というミステリー作家を忘れないでください。そして時々本を取りだして、その多彩な作品をお読みください。独特な世界に、連れていってくれるでしょう。北森鴻は、いつもあなたのそばにいます。

二〇一四年十一月

浅野《あさの》里沙子《りさこ》

角川文庫版あとがき

「映像化されるとしたら、蓮丈那智《れんじょうなち》は誰が演じるといいか？」

北森鴻《きたもりこう》の蓮丈那智シリーズの読者ならば、つい考えてしまうことだと思う。

実際に、那智シリーズ最初の『凶笑面《きょうしょうめん》』に収録された「凶笑面」は、フジテレビ「金曜エンタテイメント」枠のテレビドラマとして、二〇〇五年九月十六日に放送された。ありていに言えば細部の設定は少し違うものの、北森鴻の世界観をお茶の間に届けることのできたドラマだった。

本作は、そのドラマの次回作として作られたプロットを基にした「天鬼越《あまぎごえ》」を収録した、北森鴻が書いた小説が収録された最後の本となる。

北森さんが亡くなった時、「小説新潮」で連載していた「邪馬台《やまたい》」（当時のタイトルは「鏡連殺《かがみれんさつ》」）をミステリ作品として成立させるため、補筆して刊行すると決断をして下さった新潮社の担当者さんたちには、今でも感謝するばかり。さらに本書は、二作だけ遺された短編を単行本として出版するために企画してくれたものでした。

北森さんが敬愛する池波正太郎《いけなみしょうたろう》さんも急逝された作家でした。そのため執筆途中の

『鬼平犯科帳《おにへいはんかちょう》』は絶筆となり、最後に「作者逝去のため未完」と記載された。私はこの文章を見るたびに、胸が苦しくなる。書きたいのに書けなくなった事実と、現世を離れなければならない無念さに、惨《むご》さを感じるからだ。だから、『邪馬台』が完成することによって、読者が途絶に直面する悲しみを取り去ってくれたことを、補筆して刊行したいという編集者さん達の真心を、とても嬉《うれ》しく思ったのだ。

しかもそれから十年、新装版となって、蓮丈那智シリーズがまた書店に並ぶのを見て、しみじみ北森さんは愛されているんだなと感じる。

今まで北森作品の復刊などに関わってきたが、最も難しく神経を使ったのはこの蓮丈那智シリーズ。この小説が初めて世に出たのは「小説新潮」の「鬼封会《きふうえ》」で、1998年5月号に掲載された。北森さんが頭の中で考えていた時期は更に以前ではあるが、発表時で考えれば、すでに二十六年も前のことになる。だが読んでみると、昔書かれたものという古さはほとんど感じられない。もしかしたら謎を追求したミステリに没頭していたから、流行や時代の流れなどは頭に浮かばなかったのかもしれない。謎とミステリが大好きだった北森鴻らしいともいえる一面かもしれない。

北森さんはこと小説になると、複雑な思考や物事の組み立てが、嵐のように頭の中で吹き荒れていたようだ。紙に書いた凝ったプロットを作ることはほとんどなく、簡単なメモ程度が初期作品のみあるものの、すべてを頭の中で作りあげる作家だった。私が書き継いだり新たに作った作品を「なにか違う」と受け入れがたい読者がいることも、当然だと思う。北森鴻の思考は、北森鴻以外にはできないのだから。それを承知の上で私が引き継いだのは、北森鴻の本を出すため。その一言に尽きる。

恐らく読者の皆さんが不思議に思うのは、単行本がでて文庫にもなった本に、直すところなどあるのだろうか？　という点だと思うのですが、那智シリーズは突出して、補足が必要な作品ばかり。

民俗学自体が伝承や昔からの慣習などを扱っていて、それらについての記述が差別的と捉えられる恐れがあるため、表現や文章などを現代に通ずる言葉に置き換えたり、難読漢字が多いため、通常初出にしか振らないルビを何度もつけたり、神話や歴史の用語に説明を補ったり。読む方にとって、少しでも理解しやすくなっていたら良いのですが……。

最後に、新潮社の担当者さん、そして今回角川文庫での新装版を出すにあたってご尽力いただいた担当のMさんにも、編集部の方々にも厚くお礼を申し上げたい。また、本を作るためにご尽力いただいた方々、ありがとうございます。

そして、北森作品を初めて読む人も、長く愛読してくれている人も、たくさんの読者の皆様へ、北森さんが書いた、幻のテレビドラマ「天鬼越」の脚本用プロットをお届けします。ちなみに『邪馬台』は、小説用プロットが存在しなかったので、すべて創作で作りあげました。目立つ誤字は直したものの、途中でやめました。小説と違ってあまり気を配らないで書いたのかな？　などと考えたりしますけど、そんな部分も含めて、二時間ドラマの世界を考えた北森鴻作の「天鬼越」をお楽しみください。これは実際に、ドラマの制作会社の方に送ったものです。

浅野里沙子

二〇二四年九月

北森鴻作　ドラマ版「天鬼越（もしくは三蛇参）」プロット

ＴＶのパネルディスカッション。

1

「超古代史文書の真贋」

ＴＶのパネルディスカッション。四人の学者が賛否を論じている。男三人、残りの一人が蓮丈那智《れんじょうなち》。

宇宙の創生から神々の降臨、人類の創世までを伝え、神世《かみよ》の創世記の異名を取る竹《たけの》内文書《うちもんじょ》。スサノウ出雲王朝の真実を伝えるとされる九鬼文書《くかみもんじょ》、（原文ママ／。）徐福《じょふく》の来日と、富士《ふじ》山麓《さんろく》にあったとされる高天原《たかまがはら》伝説を伝える宮下文書《みやしたもんじょ》。調停（原文ママ／朝廷）にまつろわぬ者たちの歴史、東日流外三郡史《つがるそとさんぐんし》（原文ママ／誌）。などなど。こうした超古代史文書を否定する学者は、しょせんは万世一系の正当性のみを訴える記紀の呪縛にとらわれているに過ぎないと主張する、肯定派。

一方、否定派は各文書の矛盾を指摘し、これらは後世、さまざまな思想を目的に作られた偽書であり、史書としての価値はないと反論。たとえば義経＝ジンギスカン説が大陸進出を狙う政府のプロパガンダを背景に歴史の表に引っ張り出されたものであるし、多くの国家主義者たちが、イデオロギー故にこうした偽書を持ち出した歴史について言及。

論争しているのは主に三人。それを冷ややかに見つめる那智。

「蓮丈先生、民俗学者としてのご意見を」と司会者。

確かに、記紀が為政者の手によってねじ曲げられた事実はある。しかしだからといって、超古代史文書を肯定する理由にはならない。またこれを簡単に否定して良いものでもない。こうした文書が偽書であるなら、なぜ生まれたのか。その来歴を探るのが民俗学の立場であり、真贋を探求するのは古文書学者の仕事である。

あまりに断定的な意見に、色を失う他の学者。

番組終了後、憮然とした表情で局を去る那智。追いかける三國《みくに》。

「みごとでした先生。どちらも肯定せず、否定もせず、民俗学者としての立場を主張して」「茶番だ。出るんじゃなかった」

「しかし……研究費のほとんど残っていない今のわたしたちには、出演料が」

「ミクニ、研究費のない研究者は首がないのと同じだな」

2

研究室に届く一つの手紙。

民族（原文ママ／俗）調査依頼書。在野の民俗学研究者・賀川乙松《かがわおつまつ》からのもの。

某県天鬼《あまぎ》村に伝わる「天鬼年代記」について。

「そんな怪しげな文書なんて」

「だが、彼は桜井和音《さくらいかずね》先生のかつての教え子だった」


天鬼村へと向かう二人。

天鬼神社宮司、天鬼丈麻呂《たけまろ》。明らかに迷惑をしている様子。

天鬼神社の社を三角形に取り囲む石灯籠の奇妙な配置に気づく那智。

「どうして、こんな形に」

天鬼村・天鬼神社に伝わる三蛇の文様。三匹の蛇が互いのシッポを喰らいながら、
車輪の形となっている。
「ウロボロスに似ているな」

「というと、己のシッポをくわえ環状になった蛇ですね」

「終わりなき始まり、永劫回帰のシンボルであり、無限大を表す記号の元となった図版だ」

天鬼年代記は、数千年前の神代から続く天鬼村の伝承。高天原から続く日本の正統史とは明らかに異なる、もう一つの日本民族の歴史。天鬼王朝とでもいうべきか。

故事によれば天明年間、宮司であった天鬼庄三朗《しょうざぶろう》が、神社に伝わる秘仏と共に、封印を施された古文書を発見。

その文書を読む那智。明らかに新しい紙質。

「紛れもなく偽書だよ」

乱暴だがと断って、文書の一部に水を垂らす。墨が滲《にじ》んで、和紙の白い部分に赤、黄色、などの色が滲む。和紙が濾過紙《ろかし》のかわりとなり、クロマトグラフィー効果。つまりこの文書に使われた墨は古いものではなく、ごく最近の合成インクであることを示している。

だがと、天鬼丈麻呂。それは問題はない。天鬼年代記は宮司が替わるたびに、宮司自ら書き継ぐことになっているから、と。

倉には代々の宮司が書き写した年代記が残されている。

その夜、村人の一人が殺害され、ビニールシートに包まれているのが発見される。

3

村の片隅で、「とう（原文ママ／お）りゃんせ」で遊ぶ子供たち。

「とう（原文ママ／お）りゃんせ、ここはどこの細道じゃ。妙見《みようけん》様の細道じゃ」

なぜ天神様ではなく妙見様なのか。

古老の話。二十年ほど前に「三蛇参《さんじゃさん》」があった。そのときに天神様は忌み言葉となった。三蛇参とはなにか。

村は三つの社によって守られている。

雪蛇《せつじゃ》様の社。月蛇《がんじゃ》様の社。華《か》様《じゃ》の社
それぞれの社を守る、雪代《ゆきしろ》家。月形《つきかた》家。華菱《はなびし》家。村の大半はそれぞれの家の分家であり、天鬼神社宮司家と、三家及びその分家で村は構成されている。

三つの社を雪・華・月の順番に参拝することで願を掛けるのが三蛇参。

「どうして、それが忌み言葉に繋がるんだ？」

三國に、二十年前のことを新聞社で調べるように命じる那智。

「先生はどうするんですか」

「この村と周辺の歴史をもう少し調べてみたい」

天鬼村の歴史。

豊かな水源に恵まれ、質素ながら平和な村であったらしい。

天鬼年代記にもそのことが記されている。今から千五百年あまり前、天鬼王朝天主の神通力によって開削《かいさく》が行われた。それが村を流れる天鬼川だ。以来この村に干ばつによる飢饉《ききん》はなくなった、とある。

農薬で毒殺された賀川乙松の遺体が発見される。

もしかしたら、天鬼年代記のことを外部に漏らしたことで、天鬼丈麻呂の怒りを買ったのか。だが、天鬼にはアリバイがある。

4

二十年前の事件。村で三件の殺人事件が起きている。

雪蛇の社内で発見された遺体。月形系の住民。

毒殺とも病死とも判断が付かない状態で発見された華菱系住民。

自宅の火事によって焼死した雪代系住民。

天鬼神社とその社を取り囲む石灯籠の関係に気づく那智。

「そうか、神社は村そのものなんだ。そして石灯籠は三つの社《やしろ》だ。二つは完全に相似形となっている」

石灯籠をよく調べる那智。それぞれの灯籠に、文字が刻まれている。

雪蛇の社に相当する灯籠には「雪は月を包むべし」

月蛇の社に相当する灯籠には「月は華を眠らせるべし」

華蛇の社に相当する灯籠には「華は雪を消すべし」

いつの間にか現れた天鬼丈麻呂。

「すなわち三蛇封殺《さんじゃふうさつ》の教え、と呼ばれているようです」

「陰陽五行が説く相剋《そうこく》の関係ににているな」


天鬼年代記の秘密に気づく那智。

同時に三蛇封殺の秘密にも。

「年代記において、本当に必要だったのは、用水路確保の部分だったんだ」

「それだけですか」

「文書が発見されたのは天明期だろう。日本中が大飢饉に襲われていた頃だ」

当時、水源の確保は死活問題に直結していた。ァ（原文ママ／天）鬼川を巡る水争

いは、多くの死者を出したと、他村の古い記録にある。村の水源を守るために、数千年前からの架空年代記を創作したのが、

「たぶん、天城庄三朗だ」

小さな嘘を大きな嘘で包むことで、真実に見せかける。

「偽書にはそんな一面もあるんだ」

同じ原理で彼は、この秘密を守るシステムも作り上げた。雪代、月形、華菱の三家と、その系統の村人による相互監視システムである。

それが本当の三蛇参であり、三蛇封殺の教え。

同時にそれは、裏切り者への制裁をも意味していた。だが、裏切り者一人を殺したのでは、後々その家と系統のものに累が及ぶ。ならば、一人の裏切り者を抹殺するために、他の二家のものをも殺害し、裏切り者の系譜を隠してしまおう。

真実の殺意を三つの殺人の中に埋没させてしまう。

「だが、封印されるべき記憶は、同時に記録されねばならない記憶でもある」

「もしかしたらそれが」

「忌み言葉の正体だ」

天神様とは果実の種の殻の中身をさす。ことに青梅。青梅の天神様からは青酸毒を抽出することができる。

「そしてそんなことを指示できるのは」

「天鬼神社宮司ですね」

天鬼丈麻呂の元へ急ぐ二人。


二十年前、天鬼川上流にダム建設の計画が持ち上がった。そうなると村はダムの底に沈んでしまう。その首謀者に制裁を加えるべく、行われたのが二十年前の三蛇参だった。指示したのは丈麻呂の父親だった。

今また、村は存亡の危機に立たされている。再びダム計画が持ち上がったからだ。

ポリタンクに詰めたガソリンと（原文ママ／を）持った、華菱家当主と天鬼宮司。

「次の忌み言葉はなんですか」と那智。

「忌み言葉が増えることはない」

すなわち、すでに本来殺されるべき人物は死んだということ。

賀川こそが、ダム計画の推進者だった。彼が那智を呼んだのも、天鬼村の秘密を暴き、また二十年前の殺人の真実を暴くことで、村を壊滅させようとしていた。

「村を守るにはこうするしかなかった」

ポリタンクをもって、神社の社に駆け込む天鬼。

やがて炎上する、天鬼神社。

すべてが炎の中に包まれ、苦い結末に。

＊北森鴻の原文ママで収録しています。

解説

千《せん》街《がい》晶《あき》之《ゆき》（ミステリ評論家）

北森鴻《きたもりこう》を代表するシリーズであり、歿後《ぼつご》は彼の公私に亘《わた》るパートナーだった浅野《あさの》里《り》沙《さ》子《こ》が書き継ぐことになった〈蓮丈那智《れんじょうなち》フィールドファイル〉の角川文庫からの復刊も、本書『天鬼越《あまぎごえ》　蓮丈那智フィールドファイルⅤ』（二〇一四年十二月、新潮社から刊行。二〇一六年四月、新潮文庫版が刊行）が最後の一冊となる。

今回の復刊を追ってきた（あるいは、リアルタイムでこのシリーズを読んできた）方ならご存じと思うが、東敬《とうけい》大学で教鞭《きょうべん》を執る民俗学者・蓮丈那智とその助手・内藤《ないとう》三國《みくに》が活躍する民俗学ミステリ〈蓮丈那智フィールドファイル〉は、二〇〇〇年に一冊目の『凶笑面《きょうしょうめん》　蓮丈那智フィールドファイルⅠ』が刊行され、翌年に第一回本格ミステリ大賞にノミネートされた。続いて、『触身仏《しょくしんぶつ》　蓮丈那智フィールドファイルⅡ』（二〇〇二年）、『写楽《しゃらく》・考《こう》　蓮丈那智フィールドファイルⅢ』（二〇〇五年）と中短篇集が刊行され、二〇〇〇年代に入ってからの北森の本格ミステリ路線を代表する人気シリーズとなった。ところが、《小説新潮》二〇〇八年十月号から連載が始まっていたシリーズ初の長篇「鏡連殺《かがみれんさつ》」は、二〇一〇年一月二十五日に北森が逝去したため未完となったのである。それを引き継いで二〇一一年に『邪馬台《やまたい》　蓮丈那智フィールドファイルⅣ』というタイトルで完成させたのが浅野だったのだ。

かくして、北森鴻の作家生活最後の十年を代表する名シリーズはフィナーレを迎えた……と思えたが、実はその時点で、〈蓮丈那智フィールドファイル〉の単行本未収録作として、「鬼無里《きなさ》」（初出《小説新潮》二〇〇五年四月号）、「奇偶論《きぐうろん》」（初出《小説新潮》二〇〇六年六月号）の二篇が残っていた。本書はその二篇に、浅野里沙子が執筆した「祀人形《まつりひんな》」「補堕落《ふだらく》」「天鬼越」「偽蜃絵《にせしんえ》」の四篇（いずれも単行本版書き下ろし）を追加したものである。

北森執筆の二篇のうち「鬼無里」は、蓮丈那智と内藤三國のコンピュータにそれぞれ届いたメッセージから、二人が五年前に東北某県のH村で体験した事件を思い出すところから始まる。フィールドワークのため二人が訪ねたH村では、鬼哭念仏《きこくねんぶつ》と呼ばれる祭祀《さいし》が伝わっていたが、その年は祭祀の最中に殺人事件が起きたのだ。鬼哭念仏のあいだ人々は外出禁止となっているため目撃者もなく、結局事件は未解決となったが——。現在と五年前とをパラレルに描いた点は異色ながら、祭祀の起源と現代の殺人事件とを那智が同時解明する展開は、〈蓮丈那智フィールドファイル〉の典型ともいうべき仕上がりを見せている。私はかつて『狐闇《きつねやみ》』（二〇〇二年）の徳間文庫版の解説で、『北森史観』と言うべき独自の壮大かつ伝奇的な歴史観」について触れておいたけれども、本作の祭祀の起源に関してはそれとリンクする部分がある。

一方「奇偶論」では、内藤が「フィールドワークへの誘《いざな》い」と題した市民講座の講師を引き受ける羽目になる。受講者の中には、教務部主任の高杉康文《たかすぎやすふみ》の姿もあった（彼はシリーズ初期は融通の利かない人物として登場したが、次第に人間的な側面や意外な過去が描かれるようになった）。ところがフィールドワークの最中、受講者たちの会話は妙な方向へと脱線してゆく——。この作品では、那智が内藤の話をもとに「安楽椅子探偵」として事態の背後の秘密を推理するスタイルとなっており、彼女の出番が最初と最後だけという点も含め、〈蓮丈那智フィールドファイル〉の中でもかなり異色の構成である。

「鬼無里」と「奇偶論」が最後まで単行本未収録のまま残っていたのは偶然にすぎず、北森としては「鏡連殺」を完結させた後、新たに幾つかの中短篇を執筆して一冊にまとめる予定だったと推測されるが、奇しくもこの二篇が、いかにも〈蓮丈那智フィールドファイル〉の典型とも言うべき作品と、シリーズのフォーマットから逸脱した作品であることは興味深い。『触身仏』角川文庫版の解説で法月綸太郎《のりづきりんたろう》は、シリーズが軌道に乗るまでは敢えて定型の力を借りていたが、次第にそこから逸脱した作品が増えている点を指摘しているけれども、この二篇からも、フォーマットへの従属と逸脱という二つの指向が北森の中で鬩《せめ》ぎ合っていたことが読み取れるのではないか。

浅野が執筆した四篇のうち、表題作「天鬼越」は北森が遺したプロットをもとにしている。〈蓮丈那智フィールドファイル〉の「凶笑面」は、二〇〇五年九月、フジテレビ系列の「金曜エンタテインメント」でドラマ化され、蓮丈那智を木村多江《きむらたえ》が、内藤三國を岡田義徳《おかだよしのり》がそれぞれ演じた。実は、このドラマの好評を受けて第二作の企画が立ち上がり、北森自らプロットを手掛けることになったのだ（今回、そのプロットも初めて収録されることになった）。それをもとに脚本が書かれたものの、何らかの事情で結局ドラマ化は実現しなかったが、その時のプロットを浅野が小説化したのが「天鬼越」なのである。通常、〈蓮丈那智フィールドファイル〉では内藤三國は「内藤」と表記されるが、遺されたプロットでは「三國」となっていたので小説でもそれを踏襲した……という差異はあるものの、在野の民俗学研究者からの依頼で某県の村を訪れ、そこに伝わる古文書を調査することになった蓮丈那智研究室の面々が不可解な連続殺人事件に巻き込まれる展開は、〈蓮丈那智フィールドファイル〉の基本的フォーマットをなぞっている。犯罪と因習が織り成す構図は大胆そのものであり、読者を戦慄《せんりつ》させるに充分だ。

A４数枚程度とはいえ、一応北森が遺したプロットが存在した「天鬼越」に対し、残り三篇は浅野の完全なオリジナルである。文体を似せ、レギュラー陣のキャラクター造型を違和感なく継承するといった作業だけでも大変だが、北森同様の民俗学の知識や本格ミステリとしての一定の水準も求められるとなれば、あまりに高いハードルであり、普通なら二の足を踏むだろう。それを浅野が敢えて引き受けたことからは、並々ならぬ覚悟と、北森への敬愛が窺《うかが》えるではないか。

三篇のうち「祀人形」と「補堕落」は、「鬼無里」がそうであるように〈蓮丈那智フィールドファイル〉の基本的フォーマットを踏まえた作品だ。前者では、那智と内藤は中部地方のG県にある村の旧家の女性から調査を依頼され、現地を訪れるが、そこで殺人事件に遭遇する。「補堕落」は宮崎県の海辺の町が舞台で、そこでは昔から伝わる補陀落渡海《ふだらくとかい》を町おこしの材料にしようとしていたが、行事の最中、渡海船の中にいた行者役の人物が他殺死体となって発見される。その船には伴走船しか近づけない状態であり、事件は不可能犯罪の様相を呈する。

三重県の名張を訪れた蓮丈那智研究室の面々が、旅館にあった掛軸の来歴を辿《たど》る「偽蜃絵」は珍しく犯罪が起きない作品だが、実は本作発表の翌年の二〇一五年は、作中の最終ページで言及される人物の歿後五十年にあたる年だったのである。それに合わせて執筆されたボーナストラック的作品であることを説明しておく必要があるけれども、シリーズのフォーマットに、時には従い、時にはそこから逸脱する——という北森の姿勢を浅野が継承していることも窺えるだろう。

普通はミステリ作家がこの世を去ると、その作家が創造したキャラクターが登場するシリーズも同時に終了してしまうものだが、シャーロック・ホームズやエルキュール・ポアロ、明智小五郎や金田一耕助など、他の作家によってパスティーシュが盛んに執筆される例もある。蓮丈那智もまた、そうした名探偵たち同様、作者の歿後も活躍の場を得られたことは実に慶ばしい。このシリーズがこれからも長く読み継がれることを願ってやまない。

本書は、二〇一六年四月に刊行された
新潮文庫を加筆修正したものです。

天鬼越《あまぎごえ》

蓮丈那智《れんじょうなち》フィールドファイルV

北森《きたもり》 鴻《こう》　浅野里沙子《あさのりさこ》

令和６年 10月25日　初版発行

発行者●山下直久

発行●株式会社KADOKAWA
〒102-8177　東京都千代田区富士見2-13-3
電話　0570-002-301（ナビダイヤル）

角川文庫 24356

印刷所●株式会社暁印刷
製本所●本間製本株式会社

表紙画●和田三造

●お問い合わせ
https://www.kadokawa.co.jp/（「お問い合わせ」へお進みください）
※内容によっては、お答えできない場合があります。
※サポートは日本国内のみとさせていただきます。
※Japanese text only

ISBN 978-4-04-114082-6　C0193

角川文庫発刊に際して

角川源義

第二次世界大戦の敗北は、軍事力の敗北であった以上に、私たちの若い文化力の敗退であった。私たちの文化が戦争に対して如何に無力であり、単なるあだ花に過ぎなかったかを、私たちは身を以て体験し痛感した。西洋近代文化の摂取にとって、明治以後八十年の歳月は決して短かすぎたとは言えない。にもかかわらず、近代文化の伝統を確立し、自由な批判と柔軟な良識に富む文化層として自らを形成することに私たちは失敗して来た。そしてこれは、各層への文化の普及滲透を任務とする出版人の責任でもあった。

一九四五年以来、私たちは再び振出しに戻り、第一歩から踏み出すことを余儀なくされた。これは大きな不幸ではあるが、反面、これまでの混沌・未熟・歪曲の中にあった我が国の文化に秩序と確たる基礎を齎らすためには絶好の機会でもある。角川書店は、このような祖国の文化的危機にあたり、微力をも顧みず再建の礎石たるべき抱負と決意とをもって出発したが、ここに創立以来の念願を果すべく角川文庫を発刊する。これまで刊行されたあらゆる全集叢書文庫類の長所と短所とを検討し、古今東西の不朽の典籍を、良心的編集のもとに、廉価に、そして書架にふさわしい美本として、多くのひとびとに提供しようとする。しかし私たちは徒らに百科全書的な知識のジレッタントを作ることを目的とせず、あくまで祖国の文化に秩序と再建への道を示し、この文庫を角川書店の栄ある事業として、今後永久に継続発展せしめ、学芸と教養との殿堂として大成せんことを期したい。多くの読書子の愛情ある忠言と支持とによって、この希望と抱負とを完遂せしめられんことを願う。

一九四九年五月三日

角川文庫ベストセラー

凶笑面
蓮丈那智フィールドファイルⅠ

北森　鴻

「異端の民俗学者」と呼ばれる蓮丈那智が、フィールドワークで遭遇する数々の事件に挑む！　激しく踊る祭祀の鬼。丘に建つ旧家の離屋に秘められた因果――。連作短編の名手・北森鴻の代表シリーズ、再始動！

触身仏
蓮丈那智フィールドファイルⅡ

北森　鴻

東北地方の山奥に佇む石仏の真の目的。死と破壊の神が変貌を繰り返すに至る理由とは――？　孤高の民俗学者と気弱で忠実な助手が、奇妙な事件に挑む5篇を収録。連作短篇の名手が放つ本格民俗学ミステリ！

写楽・考
蓮丈那智フィールドファイルⅢ

北森　鴻

蓮丈那智が古文書調査のため訪れた四国で、美術界を激震させる秘密に対峙する表題作など、全4篇。異端の民俗学者の冷徹な観察眼は封印されし闇を暴く。はなれわざの謎ときに驚嘆必至の本格民俗学ミステリ！

邪馬台
蓮丈那智フィールドファイルⅣ

北森　鴻
浅野里沙子

民俗学者・蓮丈那智に届いた「阿久仁村遺聞」は明治時代に消えた村の記録だが、邪馬台国への手掛かりとなる文書だった。歴史の壮大な謎に、異端の民俗学者と助手が意外な「仮定」や想像力を駆使して挑む！

幻坂

有栖川有栖

坂の傍らに咲く山茶花の花に、死んだ幼なじみを偲ぶ「清水坂」。自らの嫉妬のために、恋人を死に追いやってしまった男の苦悩が哀切な「愛染坂」。大坂で頓死した芭蕉の最期を描く「枯野」など抒情豊かな9篇。

角川文庫ベストセラー

狩人の悪夢　有栖川有栖

ミステリ作家の有栖川有栖は、今をときめくホラー作家、白布施と対談することに。「眠ると必ず悪夢を見る」という部屋のある、白布施の家に行くことになったアリスだが、殺人事件に巻き込まれてしまい……。

こうして誰もいなくなった　有栖川有栖

孤島に招かれた10人の男女、死刑宣告から始まる連続殺人――。有栖川有栖があの名作『そして誰もいなくなった』を再解釈し、大胆かつ驚きに満ちたミステリにしあげた表題作を始め、名作揃いの贅沢な作品集！

霧越邸殺人事件〈完全改訂版〉(上)(下)　綾辻行人

信州の山中に建つ謎の洋館「霧越邸」。訪れた劇団「暗色天幕」の一行を迎える怪しい住人たち。邸内で発生する不可思議な現象の数々…。閉ざされた〝吹雪の山荘〟でやがて、美しき連続殺人劇の幕が上がる！

Another エピソードS　綾辻行人

一九九八年、夏休み。両親とともに別荘へやってきた見崎鳴が遭遇したのは、死の前後の記憶を失い、みずからの死体を探す青年の幽霊、だった。謎めいた屋敷を舞台に、幽霊と鳴の、秘密の冒険が始まる――。

Another《アナザー》 2001 (上)(下)　綾辻行人

夜見山北中学三年三組を襲ったあの〈災厄〉から3年。春からクラスの一員となる生徒の中には、あの夏、見崎鳴と出会った少年・想の姿があった。〈死者〉が紛れ込む〈現象〉に備え、特別な〈対策〉を講じるが……。

角川文庫ベストセラー

目白台サイドキック
女神の手は白い
太田忠司

お屋敷街の雰囲気を色濃く残す、文京区目白台。新人刑事の無藤は、伝説の男・南塚に助けを借りるため、あるお屋敷を訪れる。南塚が解決した難事件の「蘇り」を阻止するために。警察探偵小説始動！

目白台サイドキック
魔女の吐息は紅い
太田忠司

天才探偵刑事、南塚と、謎めいた名家の若当主・北小路は、息の合ったやり取りで事件を解決する名コンビ。今度の事件は銀行頭取の変死事件。巻き込まれ系若手刑事・無藤の運命は⁉ 面白すぎる第2弾！

GEEKSTER
秋葉原署捜査一係 九重祐子
大倉崇裕

人気の食玩フィギュアをめぐって起きた殺人事件。被害者の話を聞いていた九重祐子巡査部長は、独自に捜査を始めた。そんな中、街で噂の〈ギークスター〉と出会う……。痛快無比な警察アクション小説。

BLOOD ARM《ブラッドアーム》
大倉崇裕

山に抱かれた町で頻発する謎の地震、増えつづける行方不明者。不穏な空気の中、麓のガソリンスタンドで働く沓沢は、仕事で山を越える羽目になる。彼を待ち受けていたのは、想像を絶する光景だった――。

二人道成寺
近藤史恵

不審な火事が原因で昏睡状態となった、歌舞伎役者の妻・美咲。その背後には2人の俳優の確執と、秘められた愛憎劇が――。梨園の名探偵・今泉文吾が活躍する切ない恋愛ミステリ。